# Renée Bonneville

# L'amour
# au bout des doigts

Les hauts et les bas des rencontres sur Internet

## ROMAN

Éditions Véritas Québec

# L'amour

# au bout des doigts

Catalogage avant publication de Bibliothèque et Archives nationales du Québec et Bibliothèque et Archives Canada

Bonneville, Renée

    L'amour au bout des doigts : les hauts et les bas des rencontres sur Internet

    ISBN  978-2-89571-008-0

    I. Titre.

PS8603.O597A76 2011       C843'.6       C2011-941844-4

PS9603.O597A76 2011

Réviseure :    Thérèse Trudel
Graphiste :    Marie-Ève Guillot
Photographe:    Beauchamps et Moreau
Éditrice :    Éditions Véritas Québec
           2555, avenue Havre-des-îles, Suite 118
           Laval (Québec) H7W 4R4
           450-687-3826
           www.editionsveritasquebec.com
           www.editeurs-aqei.com

Pour joindre l'auteure : reneebonneville12@hotmail.com

Dépôt légal :    Bibliothèque et Archives nationales  du Québec
            Bibliothèque et Archives Canada

            ISBN : Version imprimée :   978-2-89571-008-0
            ISBN :Version numérique :   978-2-89571-009-7

*Une vie sans amour et sans amitié*
*c'est une vie sans soleil*
Hervé Bazin

# Chapitre 1

Une atmosphère euphorique flotte dans l'air. Parce que le mois de mai s'achève, les terrasses de la rue Saint-Denis fourmillent de clients : une sorte de faune bigarrée profite d'un après-midi un peu en dehors du temps. Même à dix-huit heures, les survivants de la longue période d'hivernation ressentent du plaisir à rester en chemise, d'oublier la petite laine et de savourer l'air tiède qui enveloppe la ville. Sur des chaises de résine inconfortables, ce qui surprend les passants, c'est de voir que les gens se sourient. Ce phénomène n'arrive que quelquefois par année pour les Montréalais de souche soit à l'ouverture des terrasses ou pour célébrer la victoire des Canadiens.

Lucille fait partie de cette première vague d'oiseaux de terrasse. Elle attend ses deux grandes amies, Denise et Madeleine. Depuis une trentaine d'années, elles ont pris l'habitude de se rencontrer le jour de leur anniversaire. Leur amitié remonte, en fait, à la fin de leurs études primaires. Ces trois filles ont tissé des liens durables malgré leur différence.

Leurs entourage les avaient surnommées le trio « P.B.G. », pour la petite, la belle et la grande. « À cet âge, songe Lucille, c'est souvent la seule façon de se démarquer. Mais déjà, mes amies avaient une forte personnalité. Évidemment, nos camarades de classe ne le savaient pas encore. »

Plusieurs fillettes enviaient ouvertement la belle Denise, parce qu'elle avait tout pour plaire aux garçons. Malgré sa beauté qui aurait pu suffire à la rendre très populaire, elle tentait néanmoins par tous les moyens de se faire aimer de tous. Madeleine était, au contraire, dotée d'un physique ingrat, d'un tempérament gêné, d'une attitude maladroite qui la marginalisaient. « Elle s'est toujours sentie redevable envers moi de l'accueillir au sein du groupe. Pourtant, ses qualités, son authenticité et sa détermination faisaient l'envie des autres. Mais elle ne les mesurait pas, parce qu'elle était trop timide. » Pour Lucille, déjà meneuse dans l'âme, organiser des réunions, orchestrer des activités en dehors de l'école, faire participer les autres selon leurs talents semblait tout naturel. La vivacité des filles ne se démentait jamais, peu importe le plan à exécuter. Après leur 9e année, elles s'étaient perdues de vue un certain temps.

Lucille se tourna alors vers l'enseignement, Madeleine choisit le secrétariat, pour finalement se marier quelques mois plus tard et Denise s'inscrivit dans une école spécialisée pour parfaire ses études en design intérieur. Elles auraient pu ne jamais se revoir, happées par des destinées très différentes.

Cinq ans plus tard, par l'entremise d'une connaissance commune, Lucille avait eu vent des difficultés matrimoniales que vivait Madeleine. Il n'en fallait pas plus pour qu'elle essaie, par tous les moyens, de reprendre contact avec ses deux amies. Depuis ce temps, elles ne s'étaient jamais éloignées malgré le fait que leur statut marital et financier différait grandement. Toutes les trois s'étaient mises d'accord sur deux points : Article 1- aucun homme ne viendra briser l'amitié ni empêcher le trio de se rencontrer périodiquement et, Article 2- l'argent ne serait jamais un sujet de discrimination positive ou négative entre elles. Ce désir de protéger la relation d'intimité qu'elles avaient réussi à créer avait été comme un ciment qui résistait depuis plus de quarante ans. De temps à autre, Denise s'éloignait parfois quelques semaines pour accompagner son richissime mari dans ses voyages d'affaires. Curieusement, à son retour, elle appréciait la simplicité de ses amies comme si la réalité humaine valait bien plus que tout l'or du monde pour elle. Après les mondanités, parfois superficielles, elle avait besoin de s'amuser, d'être simplement elle-même.

Ce jour-là, sur la terrasse ensoleillée, comme à son habitude, Lucille était arrivée à l'avance. Femme d'une énergie débordante, elle détestait dans le passé courir après son horaire : les retardataires la mettaient parfois en rogne, surtout s'il s'agissait d'une sorte de symptômes de désorganisation chronique. Elle aimait se promener dans les rues de Montréal, regarder les gens, essayer d'imaginer leur personnalité, leurs préoccupations. Depuis sa tendre enfance, elle tentait d'imaginer la vie comme un film qui fait du bien. Ses deux amies se moquaient parfois d'elle, de son positivisme, mais chacune y puisait les quelques éléments utiles à leur équilibre.

* * *

Pourtant Lucille avait eu un parcours parsemé d'embûches. Sans le savoir, c'est cette capacité de rebondir dans l'épreuve qui lui avait été précieuse, au fil du temps. Jeune fille, Lucille était la plus dégourdie du trio. Ambitieuse de nature, elle croyait pouvoir devenir médecin. Mais la petite dernière de la famille Séguin, celle que tous entouraient et protégeaient, avait dû se rendre à l'évidence. Le budget restreint de ses parents ne pouvait lui permettre de réaliser ce grand rêve. Elle attirait comme un aimant les copains de ses frérots. Sélective et déterminée, elle voulait dénicher l'homme qui la comblerait d'amour, certes, mais aussi un compagnon qui respecterait sa volonté de demeurer sur le marché du travail. Yves avait réussi ce pari. Il fit la conquête de la belle Lucille grâce à son statut social, à son physique agréable et à son modernisme. Grand, mince, cheveux bouclés, ses yeux reflétaient cependant une vulnérabilité qui attendrissait Lucille. Ce fils de médecin, étudiant dans la même faculté que son paternel, permit à Lucille de l'identifier comme le mari idéal.

Ils s'étaient mariés après la deuxième année de médecine d'Yves. Le père du marié, Bruno, leur avait assuré qu'il subviendrait aux obligations matérielles du couple tant et aussi longtemps que son fils en aurait besoin. Lucille adorait l'enseignement. Elle mettait de l'avant mille projets pour motiver les étudiants, même les plus indisciplinés. Les parents des élèves appréciaient son intensité, son dévouement, son attitude de battante. Elle ne baissait jamais les bras devant une difficulté.

Après seulement un an de mariage, malgré les précautions prises, Lucille annonça sans éclat qu'elle attendait un enfant. Les nouveaux conjoints furent alors aspirés dans une obligation qui causa des perturbations importantes. Yves surtout appréhendait la venue de ce bébé, car le futur médecin ne devait commencer son internat que deux ans plus tard. Que faire?

À l'idée d'être enfin grands-parents, les Bérubé acceptèrent la situation en payant les coûts pour assurer à la progéniture, dont ils rêvaient sans l'avouer, tout le confort nécessaire. Était-ce dû à l'annonce de sa paternité, au stress relié à ses études, Yves avait basculé lentement dans une dépression. Plus rien ne l'intéressait. Il négligeait ses cours, sa femme, ses parents, ses amis. Son père suggéra de le faire examiner par l'un de ses confrères psychiatre, mais ce dernier refusa avec véhémence. Par mesure de précaution, illégalement, son paternel lui avait prescrit des antidépresseurs qu'Yves prenait à l'occasion pour faire plaisir à Lucille. Il ne croyait pas que les petites pilules lui redonneraient la joie de vivre, malgré l'insistance de Bruno.

Lucille avait vécu sa grossesse dans un état de grande nervosité. Elle ne savait pas où aller chercher l'aide dont elle avait besoin, sa mère étant décédée à la fin de son adolescence. Par chance, elle avait pu trouver du réconfort auprès de son amie Madeleine. Malgré ses activités professionnelles et ses deux bébés, toujours à l'écoute des autres, Madeleine lui avait prodigué conseils et soutien. Elle l'accompagnait à toutes ses visites chez l'obstétricien et lui avait même proposé d'assister à l'accouchement au cas où Yves ne serait pas en état de prendre ses responsabilités. Madeleine comprenait le conjoint de Lucille, car elle avait connu elle-même les écueils d'une dépression lors de la disparition de son mari.

Outrée par la situation, Lucille était incapable de pardonner à son beau-père d'avoir forcé son fils unique à devenir médecin, persuadée que son homme aurait préféré choisir un métier différent, peut-être moins honorable, mais davantage dans ses cordes. Mais aurait-elle été attirée par lui son futur mari avait chosie de devenir comptable ou mécanicien? Elle n'en savait rien.

Yves avait été incapable d'assister à l'accouchement. Lorsque son beau-père se présenta dans la salle de travail, les paroles acerbes de Lucille lui avaient fait comprendre qu'il devait quitter les lieux. Elle avait une amie, fort heureusement! La naissance d'une magnifique petite fille qu'elle avait prénommée Annie marqua donc un point tournant dans sa vie. Yves avait dû se rendre à l'évidence qu'il n'était pas en mesure de terminer son cours de médecine, au grand désespoir de ses parents. Malgré tout, au contact de sa petite fille, il avait retrouvé la force de se prendre en mains et il accepta un emploi modeste comme menuisier. Suivant les conseils de sa femme, de ses amis, il avait aussi coupé les ponts avec sa famille. Il lui fallait apprendre à vivre sa propre vie.

Après son bref congé de maternité, Lucille était retournée à l'enseignement. Madeleine ayant ouvert une garderie, elle lui laissa sa petite fille chérie en toute quiétude. Psychologiquement instable pendant une dizaine d'années, Yves ne pouvait satisfaire les attentes de sa femme. Elle avait mille projets et sa fougue légendaire cachait une certaine insouciance devant la réalité de la vie. Elle regardait le verre à demi-plein sans mesurer ce qu'il fallait faire pour le remplir.

Pour souligner leur dixième anniversaire de mariage, Lucille avait décidé d'offrir à son homme une fin de semaine dans une auberge des Laurentides. Elle voulait l'aider à retrouver son équilibre d'abord, puis à se rapprocher de sa fillette avec qui il communiquait trop peu. Avant de partir, le désir d'avoir un autre enfant titillait Lucille. Yves reviendrait-il l'homme qu'elle avait aimé? Convaincue que le meilleur était à venir pour eux, Lucille avait décidé de faire enlever son stérilet, sans en parler à son époux. Deux mois plus tard, elle était de nouveau enceinte. Elle dut avouer à son mari qu'elle avait posé ce geste sans lui en parler, croyant bien faire. La réaction d'Yves fut vive. Lucille encaissa le choc. L'avortement et rien d'autre! Pourtant, il savait qu'elle désirait donner un petit frère ou une petite sœur à Annie. Pour elle, la famille était plus importante que les petits problèmes du moment.

Tout s'arrangerait tôt ou tard entre eux. Il la remercierait même, une fois l'événement passé, croyait-elle.

— Il n'est pas question d'un avortement. Jamais! Nous nous aimons, ta dépression est chose du passé. J'ai un travail et d'excellentes conditions. Explique-moi pourquoi refuser d'avoir un deuxième bébé, se défendit-elle.

— Parce que je ne me sens pas capable d'en élever un autre. Tu aurais dû me consulter. J'espère de tout mon cœur qu'Annie n'est pas au courant; ce serait catastrophique pour elle, dit-il en retenant sa colère.

— Elle m'a vue vomir, alors je lui ai dit la vérité. Tu aurais dû la voir sautiller de joie. Cette nouvelle est bien accueillie, je t'assure.

— Bon sang, tu ne comprends pas que je ne suis pas prêt. Choisis : si tu le gardes, je pars, mais si tu mets un terme à ta grossesse, je reste. C'est à prendre ou à laisser, lança Yves comme un ultimatum.

— Nous l'avons fait à deux cet enfant. Ne fuis pas tes responsabilités, cria-t-elle.

— Là, tu es de mauvaise foi : tu m'as joué dans le dos. Tu oublies que j'en ai bavé pour me sortir de mon mal-être. Tu ne comprends donc pas ma fragilité? Je ne veux pas retomber. Un enfant, ça suffit.

Malgré son tempérament impulsif, Lucille avait pesé le pour et le contre pendant deux longues semaines avant de prendre sa décision. Son cœur disait oui, mais son côté rationnel l'empêchait de prendre une décision éclairée. Elle avait donc sollicité les conseils de Denise et de Madeleine. Avec doigté, Madeleine lui avait posé la question déterminante, celle qui allait éclairer la décision de son amie.

– Quels sont tes sentiments envers Yves?

Elle réfléchit un long moment, pour faire le point en elle, avant de laisser parler son cœur.

– De l'amour? Non. Par contre, je ressens encore de la tendresse pour lui. Depuis qu'il a quitté la médecine, mon estime a baissé. Il n'a pas assez de détermination pour s'accrocher à des objectifs. C'est décevant. Pour moi, excusez ma franchise, je trouve que c'est un homme sans colonne vertébrale. Je prends toutes les décisions et c'est lourd. Annie adore son père. C'est ce qui me déchire. S'il me laisse, il faudra se partager notre fille. Dans dix jours, elle fêtera ses neuf ans. Ce n'est plus un bébé. Elle a tellement hâte d'avoir un nouveau frère ou une petite sœur. Je ne veux pas la priver de cette expérience. Et moi, je le voulais et je le veux encore, cet enfant. Qu'est-ce que vous en pensez?

Avec toute sa sagesse, Madeleine lui avait rappelé qu'elle était seul maître à bord; que la décision finale lui appartenait. Son instinct maternel lui avait dicté sa conduite. À elle de voir si ses choix valaient le coup d'y sacrifier son mariage. Sept mois plus tard, Lucille accouchait d'une autre fille. Madeleine et Denise avaient assisté à la naissance de la petite Cassandre. Et les années s'étaient envolées si vite, lui semble-t-il.

Professeure dévouée pendant vingt ans, Lucille avait ensuite été nommée directrice dans une école secondaire de Montréal. Grâce à ses compétences, elle était devenue une femme-orchestre, capable de diriger dans un établissement scolaire des programmes particuliers où plusieurs jeunes présentaient des difficultés de tout genre. Puis, après un enchaînement accéléré de rentrées scolaires et de fêtes de fin d'année, l'heure de la retraite avait sonné. Habituée d'être entourée, d'avoir sans relâche des combats à livrer, la solitude du moment lui pesait. Elle s'enlisait de plus en plus dans une routine qu'elle n'aimait pas vraiment. Que devait-elle faire pour se sortir de cette impasse? La question lui trottait en tête pendant qu'elle faisait les cent pas, en attendant l'arrivée de ses deux complices.

# Chapitre 2

Lucille observa avec attention la démarche nonchalante de son amie Madeleine qui venait vers elle. Cette femme à la stature imposante, dodelinant de la tête avec une sorte de nonchalance, coiffée de cheveux poivre et sel, incarnait parfaitement la militante engagée et féministe qui traçait sa voie avec détermination, à la mode des années 70. Elle dégageait à la fois un mélange de calme et de force. « J'aurais aimé me faire bercer par elle, se dit Lucille. Elle a toujours été notre mère Teresa. Madeleine déteste ce surnom, mais il lui va si bien. »

—   Bonjour la p'tite. T'attends comme ça depuis longtemps, lance-t-elle avec entrain en lui faisant une accolade musclée.

—   Tu me connais, je ne suis jamais en retard, réplique Lucille.

—   T'en as profité pour regarder les beaux hommes? Ton œil est brillant... j'ai deviné?

—   Je ne magasine pas, si tu veux savoir. Par contre, j'ai plein de choses à vous raconter.

—   Tu t'es fait un chum? Tu ne vas pas me faire languir jusqu'à ce que Denise se pointe le bout du nez?

—   Pas un mot avant son arrivée. Justement... J'oubliais! Il faut se mettre d'accord sur un point. Aujourd'hui, c'est sa fête, est-ce qu'on évite de lui parler de son Gilles? Depuis qu'il l'a laissé tomber comme une vieille chaussette, elle est dans tous ses états.

– J'l'avais avertie : vivre avec un homme plus jeune était risqué, décréte Madeleine.

– Je n'en crois pas un mot. Te connaissant, tu as dû l'écouter avec patience sans oser lui dire comment elle devrait agir. Comment fais-tu pour ne jamais juger les autres? Annie me dit souvent que j'ai la langue bien pendue, que je suis incapable de garder mes impressions pour moi. Je fais souvent des gaffes impardonnables. Toi, tu écoutes…! Je t'envie.

– T'es spontanée, c'est tout. T'as jamais été méchante.

Comme d'habitude, Denise se faisait attendre. Lucille détestait ce trait de caractère de son amie. Mais c'était son anniversaire après tout…

– Enfin…, la belle Denise! T'as vu comment les hommes la reluquent. Un vrai mannequin.

– Son manteau a dû coûter la peau des fesses, ça se voit. Oups! Je te l'avais dit que j'avais la critique facile.

Lucille se contente de sourire. Elle regarde sa montre par habitude : 20 minutes, tout de même…

– Elle a encore changé de couleur. J'crois que j'l'aimais mieux en rousse, de dire Madeleine.

– Malgré sa beauté et sa richesse, je ne l'envie pas. Elle a d'autres préoccupations, comme nous toutes. J'ai constaté que la vie s'amuse à nous compliquer les choses…

– C'est vrai, elle a essuyé beaucoup d'échecs. J'suis sûre qu'elle a fait au moins quatre thérapies, conclut Madeleine.

En apercevant ses deux amies, Denise s'efforce d'inscrire un sourire sur son visage. Mais sitôt qu'elle touche l'épaule chaleureuse de Madeleine, elle fond en larmes. Impossible pour elle de dissimuler à ses deux meilleures amies son état d'esprit du moment.

– Qu'est-ce qui t'arrive, tu pleures, dit Madeleine en lui frottant amicalement le dos pour la consoler.

– Ma ménopause… je braille pour des riens. Les astres doivent être mal alignés. De quoi ai-je l'air? Je fais une folle de moi, se reprend-elle en voyant qu'on l'observe?

– Rassure-toi, ton mascara n'a pas coulé, tu es toujours aussi belle, lui souffle Lucille à l'oreille en la serrant contre elle.

– Toi quand tu mens, ta lèvre supérieure tremble un peu…, mais bon, tu me fais du bien. T'es fine! ajoute-t-elle.

– Quand allez-vous arrêter de me taquiner avec ça? Je suis sincère. Vous êtes toutes les deux des femmes magnifiques. Passons aux choses sérieuses. Alors, on reste sur la terrasse ou l'on entre dans le restaurant, s'impatiente Lucille.

* * *

Lucille avait proposé la rencontre à cet endroit après avoir pris soin de vérifier les prix. Madeleine ne serait pas mal à l'aise en recevant son addition. Flexible et toujours prête à déguster la cuisine exotique, Denise s'était exclamée qu'elle adorait l'ambiance thaïlandaise. Les accueillant froidement, le serveur avait escorté les trois dames au fond de la salle.

— Est-ce qu'il veut nous cacher? maugrée Lucille. On n'est plus des attractions, on ne nous met plus en vitrine? C'est quoi l'idée?

Le garçon rougit en entendant cette remarque. Il se dépêche de justifier son choix.

— C'est simplement parce qu'à l'avant, mes chères dames, les places sont déjà réservées. Ici, vous serez plus tranquilles pour jaser, non?

— Justement, j'ai fait une réservation la semaine dernière. Lucille Legrand, ce n'est pas difficile à écrire sur un bout de carton, réplique Lucille, de plus en plus cinglante.

La réaction de Lucille gênait souvent ses deux amies. Elle avait un petit côté mère supérieure qui tolérait mal les mauvaises excuses.

— Laissez-moi vérifier. Nous avons un nouvel employé. Il s'est peut-être trompé.

Tout en courbette, le serveur, un Asiatique au seuil de la quarantaine, s'était empressé de les rediriger près des portes-patio. Elles apprécieraient la circulation d'air, croyait-il, en observant qu'elles avaient un certain âge.

— Tu ne changeras jamais Lucille, pourquoi l'avoir mis dans l'embarras?

— Denise, ne joue pas à la maîtresse d'école s'il te plaît. J'aime simplement être considérée comme une cliente, pas simplement la personne qui paye l'addition. Pour me faire pardonner, je vous offre l'apéro : Champagne ou kir royal?

– Seulement un verre de vin blanc, dit Denise.

– J'aime pas l'alcool, mais aujourd'hui, j'vais faire une exception. Un p'tit rosé peut-être... annonce Madeleine en faisant un large sourire. C'est un grand jour non?

– À la bonne heure! Quand tu bois un peu, Madeleine, ta langue se délie, et j'adore ça... dit Lucille en levant la main pour appeler le serveur.

– Si tu te moques de moi, la p'tite, j'en prendrai pas de ton rosé!

\* \* \*

Depuis le début de leur adolescence, la dynamique n'avait pas changé. Lucille adorait taquiner la trop sérieuse Madeleine, tandis que pour Denise, c'était différent. Elle admirait sa prestance, son savoir-vivre. Lucille était consciente qu'elle faisait partie de la masse. Ni belle, ni laide, de petite taille, les cheveux souvent en broussailles, elle se voyait comme une sorte de modèle réduit, le genre de femme qui attire rarement l'attention des hommes qu'elle aurait aimé avoir à ses côtés.

– Lucille, t'as l'air distraite, Tu penses à tes vieux péchés! reprend Madeleine en levant la tête après avoir jeté un œil sur le menu.

– Tu sais très bien que moi et l'église, c'est fini. Je suis un peu dans la lune... admet Lucille.

– T'es pas censée nous apprendre une grande nouvelle, glisse Madeleine en douce.

23

– La soirée est encore bien jeune. Je vous parlerai seulement quand j'aurai la certitude que vous êtes assez pompettes pour ne pas tomber en bas de vos chaises.

– Quel mystère! Tu m'intéresses... souligne Denise.

– T'as connais! Elle tend sa perche, pis elle attend qu'on morde à l'hameçon, fait Madeleine en imitant le geste du pêcheur. Allez, jette-toi à l'eau.

– D'accord, bande de curieuses. J'ai pris une importante décision. Je me suis inscrite sur un site de rencontres par Internet. Je vois vos yeux... Vous vous dites que cela ne marchera pas, que je suis trop vieille. Or, depuis trois jours, je reçois des courriels d'hommes intéressés par mon profil. Sans me vanter, je suis populaire. Vous ne dites rien?

Madeleine est toute retournée. Elle voit défiler dans sa tête une suite de questions. Elle ne sait pas par laquelle commencer. D'abord le prix d'une inscription. C'est important à ses yeux!

– Une vingtaine de dollars par mois. Je ne pensais jamais que j'en arriverais là. C'est ma fille Annie qui m'a suggéré d'aller sur S.O.S. Rencontre. Au début, j'étais sceptique. Je me suis remise en question : qu'est-ce qui me faisait peur? D'abord, il faut se décrire. Pas facile! Mais le plus drôle c'est ensuite la photo. Vous auriez dû voir de quelle façon je me suis photographiée. Je tenais mon appareil à bout de bras. J'ai dû prendre au moins une vingtaine de clichés avant d'en trouver un qui me plaisait. Enfin, qui était passable, avoue Lucille en riant.

– Dire que j'ai dépensé une petite fortune dans une agence de rencontres. En plus, je suis tombée sur deux hommes qui m'ont littéralement arnaquée. Si j'avais su... Tu es certaine que ce n'est pas dangereux? Tu peux te faire escroquer... ose dire Denise qui craint souvent que les autres abusent de ses avoirs.

— Ma pauvre Denise, je n'étais même pas au courant que ça existait, du moins pour les femmes de notre âge. Je trouve pour l'instant que ce n'est pas dangereux, du moins à l'étape où j'en suis.

— Le magasinage n'est pas vraiment engageant, faut dire. Après le souper, on pourrait aller chez moi. Je vous montrerai le bottin téléphonique au complet des mâles qui sont à la recherche d'une femme. Ça vous intéresse? J'avoue que j'ai été plutôt surprise par la qualité de certains individus.

— Tu sais c'qu'on dit... Les prédateurs sexuels travaillent avec Internet. Lorsque j'tenais ma garderie, j'devais surveiller les maniaques, s'inquiète Madeleine.

— D'après ma fille, les jeunes d'aujourd'hui se rencontrent de cette façon. C'est facile, à la portée de tout le monde. Plus besoin de sortir dans les bars. Au début, on regarde leur photo, on lit leur description. Ensuite, on peut s'envoyer des courriels, ou se parler au téléphone. Si la chimie opère, on se donne rendez-vous dans un endroit public. Pas question d'inviter des inconnus à la maison la première fois. J'ai déjà trois candidats que j'aimerais rencontrer. Deux d'entre eux m'ont donné leur numéro de cellulaire. C'est décidé, demain, je fais le grand saut.

— Tu vas nous tenir au courant? Tes deux meilleures amies veulent tout savoir, de dire Denise.

— Je ne vous ai jamais rien caché, voyons! Je vous promets un récit complet de mon premier « blind date ». Ce sera comme dans les téléromans. Une goutte à la fois, propose Lucille en imaginant déjà l'intensité des points de vue de chacune.

— Je suis surprise que tu te lances dans une telle aventure. Ça fait tellement longtemps que tu vis toute seule.

— Justement Denise, j'en ai assez. Quand un téléviseur est ton seul compagnon de vie, ça devient monotone à la longue. Depuis ma retraite, j'ai envie d'avoir quelqu'un dans mon lit, un homme avec qui je pourrais discuter. Je rêve peut-être à quelque chose d'impossible chez un homme moderne, mais j'y crois... C'est bien beau faire du sport, de se garder en forme, mais à deux ce doit être mieux.

— Je te comprends, dit Denise. Moi aussi, j'ai besoin de compagnie. Je n'ai pas envie de finir ma vie toute seule. Tu ne dis rien Madeleine?

— En vous écoutant, j'me rends compte que ma vie est ben plate, moi aussi. Dans mon livre à moi, les gars jasent pas beaucoup : ils sont là pour aut'chose... Toi Lucille, tes filles, elles en pensent quoi?

— Elles ont de moins en moins besoin de leur môman! Si je ne veux pas être un poids, je ne dois pas devenir dépendante; je ne veux rien attendre d'elles. Heureusement, j'ai mes deux petits-fils à bécoter. Lorsque je me suis séparée d'Yves, j'ai senti un vide. Depuis ce temps, mon sentiment de solitude s'est agrandi. Si je trouvais un homme bien, je pourrais en profiter...

La conversation des unes et des autres s'est animée autour de ce que signifie une nouvelle relation à cet âge. Et elles ont ingurgité leur soupe thaïe sans même penser à regarder les autres convives, tellement passionnées par le sujet. Oui, vieillir seule, pour une femme, demeure une décision d'importance. Même les femmes mariées se posent la question, alors... à plus forte raison ces trois femmes libres, débordantes d'énergie. Ont-elles abordé un débat qui méritait bien plus qu'un petit repas pour en faire le tour?

— Êtes-vous prêtes à venir vous choisir un mâle pour finir vos vieux jours? conclut Lucille après avoir dégusté le dessert d'usage pour marquer l'anniversaire de Denise.

— Moi, ça m'intéresse pas d'essayer ça, dit Madeleine. J'pogne pas. Mais je veux tout savoir, promettez de tout me dire!

— Moi, j'ai des réserves, des doutes. Je ne crois pas que ce soit une bonne façon de trouver l'âme sœur. C'est comme une loterie : tu peux bien acheter des tonnes de billets, mais si tu gagnes jamais, ça donne quoi de rêver?

\* \* \*

Lucille avait fait l'acquisition d'une petite maison au prix de nombreux sacrifices et elle y habitait depuis plusieurs années. Elle voulait donner à ses deux filles le confort d'une vie loin de la trépidante métropole, un endroit où elles pourraient s'adonner à leurs activités préférées en toute quiétude. Elle aimait la banlieue. Grâce à la pension alimentaire de son ex-mari, elle avait réussi à inscrire ses deux amours dans des écoles secondaires privées. Malgré leur différence d'âge, Annie et Cassandre s'entendaient bien. Annie était plus cartésienne, prudente et peu encline à prendre des risques ; elle protégeait et encadrait la benjamine qui possédait le caractère plus imprévisible de sa maman. Chacune avait l'âge de voler maintenant de leurs propres ailes.

La maison reflétait la personnalité de sa propriétaire. Sans décoration particulière, Lucille avait su donner une âme à sa propriété. Même après le départ de ses filles, elle avait gardé in- ·tactes leurs chambres. Quand celles-ci revenaient chez leur mère pour quelques jours, elles étaient contentes de retrouver leurs souvenirs. Dans la pièce lui servant de bureau, il y avait de nombreuses plantes.

La jeune retraitée bichonnait, parlait et prenait soin de ses violettes africaines, de ses orchidées, de sa fougère, comme des créatures vivantes qui dépendaient d'elle. L'important pour cette femme énergique était d'être entourée de vie, car elle aimait ressentir cette sensation de croissance et d'interdépendance.

— Prêtes à vous rincer l'œil? J'ouvre la boîte à surprises! dit-elle en s'assoyant devant son ordinateur.

Madeleine, sur la défensive, se met à douter.

— Dis-moi pas que tu nous as fait marcher. Si c'est des photos cochonnes, j'passe mon tour. Tu vas faire monter ma pression.

Depuis quelques années, Madeleine souffrait d'hypertension. Avant de lui prescrire des médicaments, son médecin lui avait suggéré de perdre du poids et d'éviter le plus possible les situations stressantes. Elle évitait les surprises, qu'elles soient agréables ou désagréables.

— Madeleine, je blaguais. Ne crains rien; Voici les deux premières fiches que j'ai choisies. D'ailleurs, j'ai besoin de vos lumières. Vous pourrez me dire lequel je devrais rencontrer en premier. Je n'arrive pas à me décider! ajoute-t-elle en imprimant les feuilles.

*Tu as lu ma description, donc tu connais mon profil. Ce qui m'a attiré chez toi, c'est ton côté sportif. Tout comme toi, je pratique de nombreux sports. Sans être un expert, je me*

*tire assez bien d'affaire avec le golf, le ski, le patin, l'alpi-*
*nisme. Je ne veux plus de Germaine dans ma vie. Je veux*
*être libre d'aller où je veux. Tu sembles être indépendante.*
*C'est ce que je recherche. Fais-moi signe si le cœur t'en*
*dit. J'habite non loin de chez toi.*

*Lionceau*

Denise replace une mèche rebelle et poursuit son analyse. Elle prend son rôle au sérieux, car l'avenir de son amie, ce n'est pas rien!

— Sans être bel homme, il a un certain charme. Mais, il a 68 ans! Tu ne trouves pas que c'est trop vieux?

— Lorsque je me suis inscrite, j'ai indiqué que je voulais rencontrer un homme entre 55 et 70 ans. Toi, quand tu es allée dans une agence de rencontres, quel âge avais-tu spécifié?

— Entre 45 et 60 ans. Oui, je sais ce que vous pensez : je cherche encore le jeune mâle qui me fera vibrer. Qu'est-ce que tu en penses toi, Madeleine? Dans deux ans, il aura l'air de quoi ce Lionceau?

— L'âge, c'est pas le plus important. Selon moi, il faut d'abord qu'y soit en santé. Mais j'peux pas comparer si j'ai pas vu les deux autres.

*Belle dame, vous avez un visage qui m'enflamme. Vos yeux*
*reflètent votre riche personnalité. Vous vous dites énergi-*
*que, voilà le secret de la longévité. Je rêve du jour où nos*

*chemins se croiseront. Je garde pour moi les autres qualifi-*
*catifs en espérant pouvoir vous les dévoiler de vive voix. À*
*plus, j'espère.*

*Le roi Arthur II*

— Lucille, t'as pas à hésiter. Le premier à l'air mieux. Ça prend du front pour s'appeler le roi. Il doit être prétentieux. Jette ça à poubelle, de dire Madeleine.

— Toi Denise, quel est ton point de vue, questionne Lucille en cherchant à décoder les impressions de son amie.

— Je mettrais ma main au feu que ton choix est déjà fait. Te connaissant, tu voudras découvrir qui se cache derrière ce deuxième profil : un poète, flatteur et cultivé. Un brin de mystère, tu dois aimer ça?

— Comment as-tu fait pour deviner, s'étonne-t-elle.

— Je pourrais bien te dire que c'est de la magie, mais je mentirais. Avec toutes les thérapies que j'ai faites, j'ai appris à observer les gens. Je te connais assez bien, ajoute Denise d'une voix nuancée, et c'est ce qui fait que je comprends sans juger.

— Tu as vu juste; j'ai donné rendez-vous au roi, dont le vrai nom est Jean-Pierre. Hier soir, je lui ai longuement parlé au téléphone. Il a 59 ans, il a fait des études universitaires, mais il ne m'a pas dit ce qu'il fait dans la vie. Il est veuf depuis deux ans. Pendant cinq ans, il a pris soin de sa femme atteinte d'un cancer. Il a deux garçons qui n'habitent plus avec lui. Tout comme moi, il vient à peine de s'inscrire sur le site.

– J'espère qu'il aime s'entraîner aussi souvent que toi? T'arrêtes jamais deux minutes : tu marches, tu nages, tu fais du ski.

– Pour moi, Madeleine, ça n'a pas autant d'importance. Je veux me garder en santé. J'ai besoin de bouger. C'est mon tempérament nerveux, sans doute.

– Tu dis ça, mais s'il n'est pas sportif, tu vas peut-être t'ennuyer, opine Denise.

– Je suis ouverte à d'autres activités. Savez-vous ce qui me fait le plus peur? questionne Lucille en cherchant comment aborder un point délicat.

Perspicace, Denise devine ce qui la tracasse avant tout. Avec l'âge, cette question prend une tournure parfois dramatique.

– Le sexe, murmura-t-elle en baissant le ton. Tu as peur d'être ridicule, de te sentir moins belle...

– Bingo! Tu as tout deviné, pas moyen de te déstabiliser, toi! Ça fait comme... un million d'années que je n'ai pas fait l'amour, dit-elle en sentant monter une bouffée de chaleur évocatrice.

– N'exagère pas. Je sais que c'est un point important parce que cela me torture moi aussi.

– C'est pratique d'avoir une psy dans le groupe! La vérité? Disons une vingtaine d'années. Terrible non? J'ai honte d'avouer ça!

– Après Yves, t'as eu des amants, pis t'en as pas parlé, questionne Madeleine en faisant le décompte sur ses doigts. Cassandre a 25 ans.

– J'ai droit à mon petit jardin secret. Toi Madeleine, tu n'as jamais couché avec un autre homme après le décès de ton mari, attaque Lucille pour esquiver.

– Jamais dans cent ans. Pour qui tu m'prends? Pour une femme normale! Pourquoi te fâcher?

– Le sexe, c'est comme déguster un bon dessert. Lorsqu'on y a goûté, c'est difficile de s'en passer, lance Lucille pour dédramatiser.

– Si tes filles t'entendaient…, murmure Madeleine.

– Elles diraient que j'ai raison; toi, tu as eu deux garçons et pas avec le Saint-Esprit, semble-t-il. Tes fils ne parlent donc jamais de sexualité avec toi?

– Ouais, mais astheure, j'serais ben trop gênée. Denise, tu en penses quoi, toi?

– Lucille n'a pas tort. Faire l'amour ça fait du bien au corps et à l'âme. On oublie tout, on vit le moment présent. Évidemment, il faut que le compagnon nous plaise, qu'il soit adroit, attentif à nos besoins. Les femmes doivent se sentir désirées.

Denise aimait retrouver un homme dans son lit. Elle avait appris à cajoler et gâter celui qui la faisait vibrer de plaisir. Mais elle savait que certaines femmes avaient une peur bleue de s'abandonner, d'aller chercher leur dû dans une relation intime. Les femmes craignaient de jouir plus souvent parce qu'elles n'en avaient jamais eu l'occasion, dans le cadre formel du mariage notamment.

– Avec ma taille, il n'y en a pas un qui voudrait m'avoir dans son lit. J'suis mieux d'arrêter de penser à ça, décide Madeleine en renonçant à aller plus loin.

–   Là, tu te trompes. J'ai fait imprimer trois fiches de candidats qui cherchent des femmes enveloppées. À l'inverse, ce n'est pas tous les mâles qui aiment les petites comme moi.

–   J'espère que tu as aussi pensé à moi? ajoute Denise qui aimerait bien jouer le jeu, elle aussi.

–   Tu sais bien que je ne t'ai pas oubliée. J'en ai repéré deux pour toi. Mon intention, c'était de voir si la recherche vous intéresserait. Si vous voulez vous inscrire, je peux vous aider. Au début, j'en ai bavé pour comprendre de quelle façon il fallait s'y prendre. Mais maintenant, le site n'a plus de secret pour moi.

Les yeux de Denise pétillent tout à coup. Elle est partante.

–   J'avoue que cela m'intéresse. Tu es fine d'avoir pensé à nous. Si je décide de m'inscrire, j'ai une belle photo prise par mon photographe. Par contre, j'étais rousse dans ce temps-là.

–   Ce serait de la fausse représentation. Non?

–   Toi pis tes cheveux! Tu m'fais ben rire. Je rêve du jour où j'vais t'voir décoiffée, Miss Perfection!

–   J'espère que cela n'arrivera jamais : pour moi, la tenue est importante, comme l'apparence d'ailleurs, car c'est le reflet de notre intérieur. Regarde mon cou, il commence à plisser, ajoute-t-elle en tripotant la peau élastique sous son menton.

–   Fais comme moi, mange plusse, pis ça va se remplir naturellement. Ça vieillit moins vite les grosses, paraît-il.

–   Denise, tu es toujours aussi belle. Toi aussi, Madeleine. Un jour, vous trouverez quelqu'un qui vous aimera pour les bonnes raisons : votre grand cœur et aussi votre intérieur.

–   Si Dieu pouvait t'entendre, disent Denise et Madeleine en même temps.

Un éclat de rire remplit la maison. Lucille est heureuse de son initiative. Elle est fière d'avoir partagé avec ses deux amies la solitude qu'elle vit. Le geste qu'elle a posé comporte bien peu de risques, mais il n'est pas non plus improvisé. Faire une rencontre implique de sortir de sa zone de confort. Et le long célibat de Lucille a ses bons côtés.

Madeleine repart avec trois candidatures, qu'elle regardera à tête reposée. A-t-elle accepté les fiches seulement pour faire plaisir à ses amies? Pour faire comme les autres? Ses complexes ont-ils la priorité sur la recherche d'une autre chance d'être heureuse? Elle n'en sait rien encore. Quant à Denise, elle est partie plus enthousiaste. Qui sait où cette expérience peut l'amener? Cela réveille en elle une lueur d'espoir. Elle a lu plusieurs livres sur la quête du bonheur sans y associer directement la présence d'un compagnon. Et si la vie lui réservait un cadeau inespéré, pour ses 56 ans? Elle se sent prête à relever le défi de se placer sur la route d'un homme, juste au cas où ce serait une révélation. Cette initiative renforce la complicité qui les avait rapprochées jadis. Le trio P.B.G. n'en est pas à un défi près!

# Chapitre 3

Lucille et Jean-Pierre s'étaient donné rendez-vous dans le nord de la ville. D'un commun accord, ils avaient fait chacun leur bout de chemin, lui habitant Outremont. Ils avaient convenu de se rencontrer en face d'un petit café, ayant pignon sur la rue Fleury. Curieuse de voir le physique de l'homme qui lui avait envoyé un message si poétique, pour le moins surprenant, elle avait décidé d'arriver dix minutes avant l'heure prévue. Ne voulant pas être repérée par son interlocuteur, plus distraite qu'à l'habitude au volant, elle faillit brûler un feu rouge. Du coin de l'œil, elle avait aperçu un homme qui tenait une rose blanche à la main. « Un peu ancien d'apporter une fleur à une inconnue. »

Elle avait une envie subite de rebrousser chemin. « Ne fais pas l'enfant, se dit-elle. S'il ne te plaît pas, tu le lui diras, tout simplement. Fuir ne t'apprendra rien de plus... »

Pour cette première rencontre, Lucille avait pris soin de se maquiller ce qui n'était pas son style. Juchée sur des talons aiguilles, elle s'était approchée de cet inconnu, d'un pas incertain.

— Ta photo ne te rend pas justice. Tu es très jolie. Je me sens un peu idiot avec une fleur. J'aurais dû t'en offrir toute une gerbe. Les femmes me regardent d'un drôle d'air. Mais je te l'offre de tout cœur!

– Merci Jean-Pierre. Il y a tellement d'années que je n'ai pas reçu ce genre d'attention. J'en suis touchée, ajoute-t-elle en le regardant avec une émotion qu'elle attribue au stress du premier contact.

De taille moyenne, les cheveux noirs, parsemés de quelques mèches blanches, Jean-Pierre porte un chandail bleu qui rehausse la couleur de ses yeux. Sans être beau, il a un certain charme. Il est souriant, plus calme en apparence qu'elle. Un peu coincée dans son petit deux-pièces gris, Lucille hume la rose pour retrouver un peu de calme. « Respire, ma vieille, le reste est une question d'atomes crochus. » C'est lui qui entame la conversation, sans mentir sur ses sentiments.

– Je me suis fait mille scénarios depuis hier après-midi. Tu es la première femme que je rencontre. Une copine m'a dit que le texte que je t'ai envoyé paraissait trop énigmatique. C'est un peu contradictoire, pas très fidèle avec mon tempérament, j'en ai bien peur.

– J'avoue que c'est pour cette raison que je désirais faire ta connaissance. Je me suis demandé qui pouvait se cacher derrière ce courriel. Tu as un style un peu mystérieux.

– Comme tu peux le voir, je suis un homme tout ce qu'il y a de plus ordinaire.

« Recherche-t-il des compliments ou est-ce un aveu rempli de sincérité? » se demande Lucille, en marchant à ses côtés. Le restaurant est assez tranquille à cette heure. Ils s'installent face à face et commandent une boisson gazeuse. Après avoir parlé de la température, de leurs enfants respectifs, de leurs centres d'intérêt, Jean-Pierre a décidé d'aller droit au but.

– Je suis professeur d'histoire à l'Université de Montréal. Je prendrai ma retraite dans deux ans. J'ai accepté un demi-poste parce que j'aime enseigner. Quand j'ai parcouru la liste de tes passe-temps, j'ai constaté que tu étais très sportive. Moi, je ne pratique aucun sport. Je suis du genre pantouflard, qui aime lire des exposés littéraires ou philosophiques. Selon mes amis, je suis d'un ennui mortel. Je me suis dit que rencontrer une femme comme toi pourrait m'aider à changer ma routine. Qu'en penses-tu? questionne cet intellectuel en la regardant franchement, espérant une réponse positive de sa part.

Heureux d'avoir fait la rencontre de cette femme d'apparence très agréable, Jean-Pierre craint que leurs personnalités soient incompatibles. « Est-ce que j'arriverai à me sentir à l'aise devant une femme aussi énergique? » se demande-t-il.

– Évidemment, j'aime aussi la lecture et la culture, de dire Lucille. J'ai quitté la direction scolaire depuis un moment et il fallait m'organiser. Le sport est mon équilibre. Il me permet aussi de socialiser. Mais je ne sais pas si je pourrai m'attacher à un homme, pour vrai je veux dire. Tu crois que c'est encore possible à nos âge?

– Je l'espère. Sinon, je ne serais pas ici, dit-il en faisant un demi-sourire. Le défi, c'est de s'apprivoiser. On est de deux univers. Nous avons au moins un point en commun, l'enseignement.

– J'ai eu beaucoup de peine quand j'ai pris ma retraite, mais je n'avais pas le choix. La clientèle était de plus en plus difficile. Je n'arrivais plus à trouver les solutions. Les problématiques sont devenues tellement complexes. Les jeunes d'aujourd'hui sont impolis, souvent intransigeants. Ils n'acceptent aucune remontrance. Si tu savais le nombre de plaintes que j'ai reçues de la part des parents. Ils protègent leurs petits enfants-rois. Je n'avais plus le droit d'éduquer, sans recevoir un tollé de protestations.

Lucille veut exposer son point de vue, mais elle sent que son compagnon l'écoute par politesse seulement. Jean-Pierre a le regard absent, répondant par monosyllabes. Il revoit son Élise, le soir de leur anniversaire de mariage. Les dernières années passées avec son grand amour, celle qui avait tant souffert avant de mourir, lui chavirent encore le cœur. Elle lui manque terriblement.

— Je t'ennuie sans doute avec mes histoires? demande-t-elle avec une pointe d'ironie. Tu es habitué à des conversations plus étoffées.

— Excuse-moi. Ce n'est pas de ta faute. Je me sens mal, tu vois. J'ai l'impression de tromper Élise. C'était ma conjointe. Elle est morte, mais personne n'a jamais pris sa place...

— Ton deuil n'est donc pas terminé! Je te conseille de te retirer du site, car j'ai bien peur que tu ne sois pas réellement disponible, comme on dit.

— Tu as sans doute raison. Je voudrais tourner la page, mais je n'y arrive pas. Je me sens si seul. La solution est peut-être tout autre. Que dirais-tu si on demeurait des amis? lance-t-il en guise de compromis.

— Je ne crois pas beaucoup à l'amitié entre un homme et une femme. J'ai essayé à quelques reprises avec des collègues de travail, mais la sexualité venait toujours brouiller les cartes. Quand on est libre en apparence seulement, de faux sentiments peuvent naître, s'enraciner. Nous risquons de souffrir à cause des attentes trop différentes.

– Je comprends ce que tu veux dire. C'est dommage, tu me plais bien, admet-il avec une note de déception.

. – Je recherche un compagnon de vie, enfin j'espère une relation durable, pour finir mes jours auprès d'une personne inté-ressante. Je pense que c'est encore possible d'aimer quelqu'un, même à mon âge. Je suis peut-être naïve, mais j'espère rencon-trer un homme libre, ouvert, assez mature pour qu'on puisse se faire une belle vie à deux. Ce sont mes attentes.

– J'admire ta franchise. Est-ce que je peux continuer à t'en-voyer des courriels de temps à autre?

– Si tu veux! Mais si je rencontre celui que je cherche, je serai franche avec toi. Je ne te dois rien.

« Pourquoi ne pas lui avoir dit non? S'il m'envoie des courriels, je vais me sentir obligée de lui répondre. Dans quoi me suis-je mis les pieds? »

Leur rencontre a été brève et décevante par certains aspects. De retour à la maison, Lucille a trois messages dans sa boîte vocale.

*« Salut m'man, c'est moi. As-tu finalement suivi mes conseils? Es-tu inscrite sur S.O.S. Rencontre? Rappelle-moi. »*

C'est quoi cette manie de ne jamais utiliser son prénom. À croire qu'elle ne l'aime pas. Annie c'est joli.

« *Bonjour la p'tite. Tu peux dire que tu m'as mise tout à l'envers. J'ai lu les papiers que tu m'as donnés, hier. J'ai pas dormi de la nuit. J'ai l'goût d'essayer moi aussi. J'sais que j'suis folle, que j'pognerai peut-être pas. Mais, veux-tu m'aider? Rappelle-moi.* »

La voix de Madeleine trahit sa fébrilité. Depuis plusieurs années, elle dit qu'elle se trouve moche, qu'elle n'a aucune volonté pour suivre un régime, et pense même que ses deux amies la côtoient par pitié. Elle se dévalorise. « Je ne pensais jamais que Madeleine serait intéressée. Mon Lionceau peut attendre, Madeleine est plus importante. »

Lucille est certaine que le dernier message est celui de Denise.

« *Comment s'est passée ta rencontre avec le roi Arthur? J'ai hâte d'avoir de tes nouvelles. Si le cœur t'en dit, don-ne-moi un coup de fil.* »

Tout en se préparant un petit souper léger, Lucille laisse retomber la poussière sur cette première rencontre. « Une chance que mon premier rendez-vous n'a pas fonctionné. Denise aurait eu raison d'être jalouse. Tellement malchanceuse en amour celle-là. »

\* \* \*

Lucille se souvient très bien du temps où Madeleine avait été une femme comblée auprès de son mari Jacques. Plus grand que nature, affable et généreux, ce deuxième mari, car le premier l'avait délaissée à cause de son surplus de poids, avait accepté d'emblée et aimé les deux enfants de Madeleine, même si ceux-ci n'étaient pas les siens.

Elle avait utilisé ses connaissances en secrétariat pour ouvrir sa petite garderie, un service qu'elle avait fait évoluer et qui avait été fortement prisé par le voisinage. Femme au cœur d'or, elle adorait tous les enfants qu'on lui confiait, sans exception. Elle était la générosité même!

Lorsqu'elle avait rencontré Jacques, elle ne croyait plus qu'il était possible de retomber en amour. Son bonheur dura à peine onze ans. Son nouveau conjoint, qui travaillait pour Postes Canada comme facteur, avait été renversé par une voiture un matin glacial du mois de janvier. Ce jour-là, la nature avait décidé d'étaler un tapis de glace sur la chaussée. Pendant un long moment, Madeleine s'était repliée sur elle-même. Mais grâce à ses deux fils et aux enfants de la garderie, elle s'était progressivement reprise en mains.

Lucille compose son numéro en cherchant bien comment lui redonner confiance en elle-même.

— Bonjour Mado. Paraît que je te fais faire de l'insomnie? la taquine-t-elle.

— Tu peux l'dire. Tu m'as mise à l'envers avec tes idées de rencontres. J'me posais plus de questions depuis longtemps. J'acceptais ma vie comme elle était. Il a fallu que tu viennes brouiller les cartes.

— Pas si vite Madeleine. Je t'ai tout simplement donné les profils d'hommes qui recherchent une femme bien enveloppée. Ce n'est pas de ma faute si tu es anxieuse.

– Tu as lu la fiche de Wilfred le bienheureux?

– Avec un pseudonyme pareil, je ne l'ai pas oublié.

– Il m'intéresse en pas pour rire. T'as vu sa binette? Pis, y aime les femmes enrobées, j'en r'viens pas.

– Avec sa taille, c'est évident qu'il ne recherche pas une petite comme moi, s'amuse Lucille.

– Peux-tu lui envoyer un courriel? En mon nom?

– Je le ferai avec plaisir. Mais, il va sûrement demander une photo. En as-tu une assez récente?

– Tu pourrais m'photographier, tu as un bon appareil, toi.

– Viens à la maison demain après-midi, tu me dicteras ce que tu veux lui écrire. Je te photographierai après.

– T'en ben fine. Pis de ton côté, ton « blind date » s'est passé comment?

– Pas très intéressant. Je suis déçue, dit Lucille donnant les grandes lignes de sa rencontre.

– Tu fais quoi? Tu passes au second?

– Probablement!

Sans vouloir l'admettre, Lucille est désillusionnée. Elle aurait voulu qu'il se passe quelque chose dès la première rencontre. Le deuxième candidat saura-t-il combler ses attentes? Son désir de rencontrer quelqu'un à tout prix est-il une passade? Son côté impulsif va-t-il nuire à sa recherche? L'impatience... Lucille doit travailler très fort sur ce point. Sinon, sa belle énergie partira vite en fumée.

# Chapitre 4

À trois reprises, Lucille a essayé de rejoindre le Lionceau. Elle s'entête à ne pas laisser de messages dans sa boîte vocale. « Je ne veux pas qu'il pense que je cours après lui » se dit-elle, hésitante. Elle a oublié un détail : si ce monsieur possède un afficheur, il saura sur-le-champ qui a appelé.

Comme il faut qu'elle bouge, la patience n'étant pas sa qualité première, elle décide de rendre visite à Cassandre qui habite à deux kilomètres de chez elle. Lorsque sa fille lui ouvre la porte, surprise qu'elle n'ait pas avertie, Lucille a l'impression d'arriver à un mauvais moment.

Cassandre ressemble physiquement beaucoup à son père. Grande et mince, des yeux verts perçants, elle a un peu de sa froideur, mais sous cette carapace, se dissimule le désir d'action et d'évasion que sa mère lui a transmis en héritage. Lucille ne sait jamais comment la prendre. Les effusions entre la mère et la fille sont presque inexistantes. À l'adolescence, elle a délibérément coupé toute relation avec sa mère, préférant prendre soin de son « pôvre papa ». Pour Lucille, cette deuxième fille est à la fois trop pareille et trop différente, une éternelle rivale dans le regard d'Yves, une adulte changeante et difficile à cerner. Pourtant, elle en a vu des cas de relations mères-filles compliquées. Alors,

45

Lucille ne baisse pas les bras. Elle veut trouver le fil conducteur d'une complicité encore impossible à identifier.

– Je te dérange?

– Tu n'as pas l'habitude d'arriver sans avertir, lui dit-elle sèchement.

– J'avais besoin de me changer les idées. Tu vas bien? Tu n'es pas seule?

– Catherine est venue m'aider à travailler ma thèse. J'en arrache ces temps-ci.

– Je vais aller la saluer et je vous laisse. Je reviendrai un autre jour.

– Maman, ce n'est pas le moment, ajoute-t-elle en faisant un geste de retenue.

Lucille connaît bien sa fille. Quand elle est mal à l'aise, elle se dandine d'un pied à l'autre.

– Ne fais pas cet air-là, j'ai compris. La prochaine fois, je t'avertirai à l'avance.

– Je déteste quand tu prends ton air fâché. Je t'en prie, ne boude pas.

– Je ne suis pas fâchée. Je vois bien que je ne suis pas la bienvenue. Je n'ai pas l'habitude de m'immiscer dans ta vie. N'en faisons pas tout un plat. C'est rien!

Cassandre semble irritée, impatiente.

– C'est vrai, tu es une mère tellement parfaite.

46

—  Ne dis pas de bêtise. Comme tout le monde, j'ai mes défauts.

—  Puisque tu es là, entre, je vais tout t'expliquer, insiste maintenant Cassandre. Je voulais seulement t'annoncer que je suis à la recherche de l'homme idéal. J'ai décidé de mettre fin à mon long célibat.

—  Je sais, Annie m'en a parlé. Je te souhaite de le trouver. C'est une décision très personnelle, ça.

Froidement, elles se font la bise. Lucille est décontenancée. « Je ne sais pas de qui elle tient, celle-là. Son père a bien des défauts, mais il est beaucoup plus agréable que sa fille. »

* * *

Déçue par l'attitude de Cassandre, Lucille retourne à la maison. « Qu'est-ce qu'elle me cache? S'il y a un homme dans sa vie, ce n'est pas la fin du monde. Elle a 24 ans, bientôt 25, ce serait normal. Il est grand temps qu'elle se fasse un chum. Moi, à son âge... »

Lucille n'a jamais eu de secret avec ses filles, sauf son aventure de quelques mois avec un collègue marié. Cet accident de parcours l'avait aidée à faire le deuil de sa première relation; elle y avait appris notamment que les besoins sexuels d'Yves et les siens étaient aux antipodes. Pour lui, la sexualité était secondaire. Cet amant lui avait fait le plus grand bien. Elle avait découvert sa féminité et repoussé ses blocages : oui, elle était attirante et passionnée. Ce sentiment d'être une amante capable de s'abandonner avec plaisir lui avait permis de rehausser son estime d'elle-même, du moins en cette matière. La liaison clandestine n'avait eu aucune répercussion négative. Il avait ensuite changé d'école, ce qui avait facilité la rupture. Elle avait aimé cet homme, mais pas au point de changer quoi que ce soit dans sa vie familiale.

Revenant à la réalité, elle détecte que le clignotant de son téléphone est activé. Elle s'approche et jette un coup d'œil à son afficheur. « Gabriel Lacombe, qui est-ce? »

Elle écoute attentivement son message. Sa physionomie passe du doute au sourire en quelques secondes.

> « Bonjour Muse, j'ai vu que tu m'avais téléphoné à quelques reprises. Je suis le Lionceau. J'étais occupé avec un client, je ne pouvais pas répondre. Je suis désolé d'avoir manqué tes appels. Tu as pu penser que c'était par manque d'intérêt. Alors, je te rassure. J'existe et je serais heureux de te parler. Rappelle-moi à ton retour. »

Malgré la température agréable dans la maison, Lucille sent une chaleur immédiate monter en elle. « Flute de flute! Je devrais me méfier des technologies modernes. Qu'est-ce que je dois faire? Je lui retourne son appel tout de suite ou j'attends? »

Impossible pour Lucille de changer son caractère spontané. Son impulsivité reprend toujours le dessus sur sa rationalité. Elle décroche le téléphone dans un geste rapide. « On verra bien! »

— Bonjour monsieur le Lionceau. Je suis une Muse, dit-elle en espérant qu'il va prendre le relais de la conversation?

— Enfin! Nous voilà synchronisés vous et moi, lance-t-il d'une voix enjouée.

– Je m'appelle Lucille. Vous m'avez démasquée. J'aurais dû savoir que vous alliez me repérer. Je ne vous dérange pas? Son timbre de voix trahit sa nervosité. Il tente de la rassurer.

– Pas de problème. Je suis content d'entendre une voix aussi chaleureuse, et jeune! J'ai constaté que nous avions les mêmes goûts. Tout comme moi, vous êtes sportive. Il faut toujours que je bouge. J'aimerais en savoir un peu plus sur vous. Racontez-moi ce que vous avez fait ces dernières années.

Lucille lui fait un résumé succinct de ce qu'a été sa vie depuis sa retraite. Délibérément, elle omet de mentionner qu'elle a deux filles maintenant adultes.

– Vous êtes donc une jeune retraitée? glisse-t-il pour enchaî-ner.

– Oui et je n'ai jamais regretté ma décision. Vous travaillez encore?

– Par choix. Je suis représentant pour une compagnie phar-maceutique.

Lucille décode cette information en grimaçant : « Il doit être tou-jours sur la route. »

– Vu mon ancienneté, j'ai fini de voyager. Mon territoire se limite à Montréal.

Cette précision fait un bel effet chez Lucille. « J'aime sa façon de s'exprimer. Il a l'air d'un homme qui a de la classe. » Voulant être moderne, prendre les devants comme les jeunes le font sans hésiter, c'est elle qui décide de faire les premiers pas.

– Que diriez-vous si on se fixait un rendez-vous? Rien de mieux qu'une rencontre pour apprendre à mieux se connaître.

– Je ne suis pas libre cette semaine. Mais lundi prochain, je pourrais prendre mon après-midi. Qu'en pensez-vous? Je devine que votre agenda est flexible, mais je peux me tromper. Certains retraités s'organisent pour ne jamais s'ennuyer.

Lucille apprécie cette remarque. En effet, elle aurait pu être occupée, mais fort heureusement, elle décide de ses priorités. Alors, elle lui propose de le retrouver au même café qu'elle avait choisi pour rencontrer Jean-Pierre. C'est un resto à la fois sympathique et anonyme, se dit-elle.

– J'ai hâte de vous connaître. Dites-moi une chose, votre photo est-elle récente? ose questionner Lucille. Car pour se connaître, il faut d'abord être en mesure de se reconnaître…

– Lucille, vous pouvez me faire confiance, Je me suis fait prendre par ce genre de tricherie à quelques reprises. Je ne joue pas à ce jeu-là. Nous allons donc nous fier à nos photos respectives, ma chère Muse.

Lucille reste suspendue au téléphone même si la tonalité indique que la conversation est terminée. « Quelle voix chaleureuse. »

* * *

Tel que convenu, le lendemain pour tenter elle aussi sa chance, Madeleine se rend chez Lucille par un bel après-midi de juin. Elle est fébrile comme si, de toute sa vie, le fait de se mettre à la recherche d'un compagnon est le geste le plus risqué de toute son existence.

C'est une folie. Dis-moi que ça va pas me faire souffrir. J'ai peur de faire une erreur.

—   Madeleine, pourquoi ne fais-tu pas confiance au destin? Le premier pas n'est pas très engageant, essaie de la rassurer son amie.

—   Le destin... parlons-en du destin. Il m'a laissé tomber souvent. J'voudrais pas être pire après. Je suis tranquille; pis personne m'achale.

—   Mais tu mérites que la vie soit bonne avec toi. Pour avancer, il faut bien mettre un pas devant l'autre. Montre-moi celui que tu choisirais.

—   Wilfred. Qu'est-ce que t'en penses? dit-elle en lui montrant la feuille, toute barbouillée de confiture.

—   Il est bien. Tu as déjeuné avec la feuille ma parole? la taquine Lucille, pour tenter d'alléger la nervosité de son amie.

—   C'est un accident. J'ai échappé ma petite cuillère dessus, ajoute Madeleine en riant. J'espère au moins qu'il aime la confiture aux fraises.

—   Physiquement, il est pas mal. Il a mis plusieurs photos. Allons voir de près la fiche de ton futur amoureux, dit-elle en badinant.

—   Arrête de me niaiser. J'me sens tellement énervée, si tu savais. J'ai la trouille!

—   Tiens, il y a une photo avec un chien. Tu aimes les animaux?

—   Pas vraiment! J'pourrais m'en accommoder. C'est peut-être pour lui un compagnon pour meubler sa solitude.

– Tu as vu l'autre photo? Une vraie carte postale. Pourquoi a-t-il choisi de se faire photographier devant un coucher de soleil? observe Lucille.

– Il doit aimer les beaux paysages, pis les voyages peut-être aussi.

– Maintenant, passons aux choses sérieuses. Que veux-tu lui écrire?

– T'es meilleure que moi pour composer. J'te laisse faire. Tu me connais depuis si longtemps, ajoute Madeleine en affichant son manque de confiance en elle.

– Parce que tu n'as pas d'ordinateur, ça me fait plaisir de te dépanner. Mais j'insiste : c'est toi qui dois te décrire.

– Ça va être plate si tu lui écris que j'suis grosse, veuve, pis que j'aime les enfants, dit-elle en éclatant d'un grand rire. Je me suicide tout de suite?

– Pas grosse Madeleine, seulement enveloppée. Avec ta grandeur, aux yeux du monde tu n'es pas obèse. As-tu pensé à te choisir un pseudonyme?

– J'y ai même pas pensé.

– Que dirais-tu de mère Courage? propose Lucille.

– Ben oui, tu veux que j'fasse pitié. Pourquoi pas Bébé Phoque, tant qu'à y être?

– Très drôle! J'ai trouvé : Mado 777. C'est ton nom, en plus c'est un chiffre chanceux. C'est génial non?

52

–   OK. Un bon point avec la chance de mon bord, approuve Madeleine. Mais n'oublie pas le troisième 7 parce que les hommes vont penser que j'ai 77 ans.

Malgré tous les efforts de Lucille, Madeleine n'arrive pas à mettre en mots ce qu'elle doit écrire pour attirer Wilfred. Des gouttes de sueur perlent sur le front de cette nouvelle membre du réseau S.O.S. Rencontre.

–   J'sais pas quoi dire, c'est trop compliqué pour moi. J'laisse tomber.

–   Pas question, tu dois aller au bout de ton projet. Il faut être simplement honnête. Ce que tu cherches et ce que tu es.

Finalement, Lucille trouve enfin le filon pour que Madeleine soit capable de se décrire de façon positive.


*Wilfred,*

*Votre profil correspond bien à ce que j'attends d'un homme qui partagerait ma vie. Veuve depuis plusieurs années, j'ai consacré mon temps et mon énergie auprès des enfants. J'ai fermé ma garderie, il y a quelques années. Maintenant, je fais du bénévolat pour des personnes âgées. Mes loisirs sont simples : la télé, le cinéma, les repas préparés avec amour pour mes deux gars et mes petits-enfants. L'amitié est très importante dans ma vie. Comme je n'ai pas d'or- dinateur, c'est une amie « Muse » qui s'occupe de mettre des mots sur ce que j'aurais envie de vous écrire. Je suis grande et selon votre expression, une femme enveloppée. Vous trouverez ci-joint ma photo. Si le cœur vous en dit, envoyez-moi un petit mot à l'adresse courriel de mon amie.*

*Mado 777*

— Tu es satisfaite du texte?

Émue, Madeleine ne sait pas comment remercier son amie.

— J'aurais pas été capable de faire mieux, c'est sûr.

— Maintenant, il faut patienter. Ça c'est le pire, pour moi je veux dire, ajoute Lucille.

— Et s'il n'aime pas mon visage? se torture Madeleine. J'ai beau être ronde, je ne peux cacher que j'ai du millage...

— Ta photo est très belle. Lorsque tu souris, avec tes yeux pétillants, c'est même séduisant! Quand j'ai rencontré le roi Arthur, j'étais convaincue que ce serait un homme imbu de lui-même. C'était tout le contraire. Il ne faut jamais se fier aux apparences. Le texte qu'il m'avait écrit ne correspondait pas à son vrai caractère.

— J'espère que ce sera différent avec le Lionceau. Tu es toute rouge. J'espère que je n'ai pas fait grimper ta pression. Si on allait s'asseoir pour prendre un thé glacé. Qu'en dis-tu?

— Je ne dis pas non. Tu m'as embarquée dans une belle galère, ajouta-t-elle en regardant l'écran.

— Je ne t'ai pas forcée à faire quoi que ce soit.

—   J'te connais depuis tellement longtemps. Tu savais qu'en me donnant les feuilles, que j'étais pour les lire.

—   Tu aurais pu les jeter à la poubelle, tourner la page, vieillir dans tes pantoufles.

Elles bavardent de tout et de rien, installées confortablement sur la terrasse. Le soleil et le vent jouent dans les arbres. Plus détendue, Madeleine n'arrête pas de louanger son amie.

—   Les amies, c'est fait pour ça. Tu m'as soutenue tellement de fois, toi aussi, la rassure Lucille.

—   Tu m'appelles aussitôt que t'as des nouvelles?

—   Juré, craché, comme dans le bon vieux temps.

À chaque occasion où Lucille peut rendre service, elle a le sentiment de faire du bien, d'être utile. Sans amitié, pas de partage et d'événements imprévus.

Alors qu'elle range la maison, une heure environ après le départ de Madeleine, on sonne à la porte. En ouvrant sans même vérifier qui est le visiteur, Lucille voit apparaître sous son nez une immense gerbe de fleurs.

—   Tiens la p'tite. Tu le mérites bien, annonce Madeleine, toute joyeuse.

Lucille n'a même pas le temps de réaliser que cette attention est à la hauteur de la gratitude de son amie; Madeleine est déjà repartie. Sur son comptoir de cuisine, elle parcourt la carte :

« *Merci! Tu me redonnes confiance en la vie!* »

55

«Chère Madeleine, pense Lucille en humant les roses magnifiques. Elle ne changera pas. Pourvu qu'elle ne se rende pas malade. Ce n'est pas normal d'avoir le teint écarlate. Je m'en voudrais tellement s'il lui arrivait quelque chose. »

# Chapitre 5

La ressemblance entre Annie et sa mère est frappante. À peine un peu plus grande, les cheveux souvent décoiffés, elle dit tout haut ce qu'elle pense tout bas; la diplomatie n'étant pas sa qualité première. Ses deux fils la remplissent de fierté. Elle a même mis de côté pour un moment son plan de carrière, en réaction sans doute aux choix de sa propre mère de travailler lorsqu'elle était jeune. La comptable agréée voulait donner à ses petits tout ce qui lui avait manqué : un père impliqué et une mère attentive. Elle se souvient qu'à titre d'aînée, elle devait parfois protéger sa petite sœur.

« Si maman savait la nouvelle... Je me demande bien comment elle réagirait » se demande-t-elle, un peu dépassée par les événements. Les choix de Cassandre risquent de choquer. Doit-elle attendre que sa sœur lui parle ou se vider le cœur pour éviter de vivre avec ce poids sur les épaules? Sans penser qu'il s'agit d'une indiscrétion, elle se précipite sur le téléphone. « De toute manière, maman sera en colère si elle l'apprend de quelqu'un d'autre.»

—  Je te dérange? fait-elle avec une voix douce.

—  Non. Tu tombes au bon moment. Madeleine vient tout juste de partir. Tu m'appelles pour...? Curiosité sans doute. Imagine le Roi Arthur s'est manifesté.

– Entre autres choses.

– Eh bien! Ça n'a pas fonctionné. Il n'avait pas encore fait le deuil de sa femme. Je lui ai même conseillé de se retirer du Réseau. Par contre, j'ai appris une chose, il ne faut pas se fier aux apparences. Son profil ne reflétait pas vraiment sa personnalité. Du moins ce que j'ai pu observer.

– J'espère que tu ne baisses pas les bras. Un de perdu...

Annie a la manie d'être assez directive. Sa mère la taquine souvent en lui rappelant qu'elle a le droit de réfléchir au moins une fraction de seconde avant de passer à l'action. Et cela vaut aussi pour ses opinions.

– Ne t'en fais pas, j'ai déjà un autre rendez-vous pour lundi prochain. Sans parler du reste. J'ai au moins une dizaine de courriels que je n'ai pas eu le temps d'ouvrir.

– Tu es populaire. M'man, je dois te parler de Cassandre. Je lui ai promis de garder ça pour moi, mais je pense que... je ne sais plus quoi lui dire pour l'aider.

– Je suis passée chez elle ce matin. Elle avait un drôle d'air. J'espère qu'elle n'est pas malade, s'inquiète Lucille.

– Non, mais elle est mélangée plutôt, ma petite sœur.

– Que veux-tu dire? Je ne saisis pas bien!

– Elle croit être homosexuelle. Il semble que Catherine et elles sont attirées l'une vers l'autre. Ça n'a pas de bon sens. J'ai peur pour sa réputation. La société accepte mieux les hommes gais que les femmes.

– Je me questionnais sur sa lenteur à se faire un petit copain. Les études me semblaient un bon prétexte, mais là, je comprends mieux. Si son cœur penche pour une amie, moi je n'y vois pas un drame. Tu sais, il y en a de plus en plus de nos jours qui font ce choix. Au travail, il y en avait plusieurs autour de moi.

– Je ne te comprends pas. Tu trouves ça normal que ta fille soit homosexuelle? Je croyais que tu allais exploser en entendant ça!

– Oui et non. Ta sœur n'a jamais eu de chums dans sa vie. J'avais pensé que, peut-être... Si c'est son choix, que puis-je y faire. Elle est adulte et très bien équilibrée. Il faut l'accepter telle qu'elle est.

– Je ne te reconnais plus. En tout cas, moi je ne le prends pas, ajoute Annie sèchement.

– Je t'en prie, ne la juge pas. Elle a confiance en toi. Tu es une deuxième mère pour elle.

– Je dois être vieux jeu. En tout cas, je ne suis pas toute seule avec ce secret. Promets-moi de ne pas lui dire que tu es au courant.

– J'attendrai qu'elle m'en parle elle-même. De ton côté, ça va? Raconte-moi plutôt les dernières prouesses de tes deux amours.

Lucille adore ses deux petits-fils, Charles-Antoine et Mathis. Âgés de trois et cinq ans, ils sont sa richesse, ses cadeaux du ciel, comme elle le dit à qui veut l'entendre. Sans être une grand maman gâteau, elle leur témoigne son affection en s'amusant avec eux, en inventant des histoires fantaisistes. Leur complicité prend toutes sortes de formes, dont leurs fameuses parties de cachette. Elle aime les entendre ricaner lorsqu'elle fait mine de ne pas les trouver.

En déposant le téléphone, Lucille essaie d'identifier ce qui la trouble. Que Cassandre se soit confiée à sa sœur au lieu de venir directement vers elle, cela la peine. « Pourtant, elle connaît mon ouverture d'esprit. Pourquoi ne m'a-t-elle pas fait confiance? Sans être prude, Annie est beaucoup plus conventionnelle que moi. Pourquoi cette retenue? »

La réponse n'étant pas à sa portée, Lucille reprend le cours de ses propres pensées. « Et ces courriels alors? »

Sur onze missives, il n'y en a que trois qui semblent intéressantes. Elle en refait la lecture tout en analysant les codes de langage : « les hommes ne savent pas se mettre en valeur. Leur pseudonyme en dit long sur ce qu'ils doivent être dans la vie. Apollon, Sexuellement vôtre, Gentil lapin, Cochon d'Inde, Superman 2. Rien d'inspirant. Tiens! Wilfred... c'est pour Madeleine ça. Il a déjà répondu. Il n'a pas perdu de temps.

*Bonjour Muse et Mado, j'suis honoré que deux femmes s'intéressent à moi. Cette soudaine popularité m'excite. Êtes-vous du genre à faire une partouse à trois? Dites-le-moi, je suis votre homme.*

« Quel idiot! Madeleine sera déçue. Je ne pensais pas que ce genre d'homme agissait sans retenue. Je dois être naïve. Il va

connaître ma façon de penser » se dit-elle en cliquant sur l'onglet
« Répondre à Wilfred ».

*Monsieur Wilfred!*

*Vous n'avez rien compris. C'était écrit noir sur blanc que
j'étais l'intermédiaire pour mon amie. Le site de rencontres
devrait bannir des gens de votre espèce. Vous manquez
totalement de respect. Allez donc au diable! Votre humour
n'intéresse pas des femmes sérieuses, comme nous. Point
final!*

Lucille a les nerfs à vif. Sa frustration a deux sources : ce grossier
personnage et le silence de sa fille. Elle connaît bien Cassandre,
elle ne veut pas briser la complicité qu'elle a avec sa sœur; la
sagesse maternelle n'est-elle pas de la laisser venir vers elle, au
moment qu'elle choisirait. Mais pour Madeleine, c'est différent.
« Je lui dis la vérité au sujet de Wilfred ou j'attends un peu? Dans
quoi me suis-je encore mis les pieds? » se demande-t-elle en
constatant que son désir d'aider les autres vient parfois compliquer sa propre vie.

Au même moment, le téléphone sonne. L'afficheur indique que
c'est Denise. « Elle va me donner son avis, celle-là. Elle ne peut
pas mieux tomber! »

– Pas facile de te parler, lance l'amie délaissée depuis quelques jours.

– Je m'excuse, j'ai manqué de temps. Comment vas-tu?

Laconique, Denise lui raconte sa journée de la veille. Elle veut surtout savoir si Lucille a rencontré son premier candidat.

–   Tu n'es pas déçue? s'informe Denise.

–   Je ne suis pas si pressée que ça. Annie m'a expliqué qu'il fallait magasiner.

–   J'ai l'impression que tu parles des hommes comme s'ils étaient des objets. J'ai parcouru les feuilles que tu m'as remises. J'avoue que je ne me sens pas encore prête.

–   Je n'ai pas envie d'avoir une autre mauvaise surprise. Madeleine t'a-t-elle donné signe de vie?

Lucille lui relate sa mésaventure.

–   Je suis étonnée qu'elle veuille entreprendre ce genre de démarche.

–   Moi aussi Denise. Mais rappelle-toi tout ce qu'elle nous a caché. Avec elle, je peux m'attendre à tout. J'espère sincèrement lui trouver un autre candidat.

–   Nous sommes à une étape déstabilisante, imprévisible. On ne peut pas oublier tout ce qui fait partie de notre passé. Il faut peut-être lâcher un peu nos vieux rôles si on espère refaire notre vie. C'est ce que j'ai lu justement cette semaine. Être soi-même, ça commence aujourd'hui. Madeleine ne s'embarrasse pas de sa vieille image : elle fonce avec un appétit de vivre que je lui envie. Moi, j'ai toujours peur de déplaire, conclut Denise avant de s'esquiver. Excuse-moi, le coiffeur m'attend.

\* \* \*

Après quarante-huit heures d'attente, Madeleine décide de rappeler Lucille.

— Wilfred a-t-il répondu? dit-elle sans préambule. J'en peux pu moi!

— Tu pourrais au moins me demander comment je vais, ironise Lucille. J'ai bien peur que tu sois déçue. Cet homme n'en valait pas la peine. Hier, j'ai reçu un courriel de sa part. Il n'a rien compris. Il voulait un « trip à trois », imagine-toi!

— Tu m'fais marcher? C'est pas vrai?

— Dis-moi pas que ça t'aurait tenté? Je rêve! s'exclame Lucille.

— C'est une blague. Ce n'est pas du tout mon genre. Mes complexes sont plus gros que moi! ajoute Madeleine avec un rire retentissant.

— Il y a toutes sortes de personnes qui s'inscrivent sur ces sites. Tu n'as pas frappé le bon numéro avec Wilfred, c'est tout. Je continue à faire des recherches. Le deuxième en vaut-il la peine?

— Arrête tout ça. J'me suis fait des accroires. J'dois t'avouer une chose : après t'avoir donné le bouquet de fleurs, je me suis sentie mal. J'me suis arrêtée à la pharmacie pour prendre ma pression. Elle était haute en titi. J'ai pris un rendez-vous chez mon médecin. T'en fais pas, j'me sens mieux maintenant. Pis toi, tu rencontres lequel demain?

— Pour la deuxième fois, je me jette à l'eau. Cette fois-ci, c'est avec le Lionceau. Je ne veux pas me créer d'attente. Un jour, je vais sûrement rencontrer la bonne personne. Lui ou le prochain, ça reste à voir... Je relaxe!

— J'te souhaite d'être heureuse, tu sais. Pour ma part, je vais mijoter un peu dans mon jus avant de passer au second. Mais si tu trouves un candidat, tu m'appelles quand même!

Lucille comprend les hésitations de Madeleine. « J'ai souvent pensé qu'elle avait la force de caractère qui me manque. Elle vit sa solitude mieux que moi. Je me rends compte que sous sa carapace se cache une femme organisée et stable. Évidemment, nous sommes toutes vulnérables, parce que nos relations ratées nous ont blessées. Mais Denise a peut-être trouvé la clé. C'est la femme que je suis aujourd'hui qui compte. La vieille Lucille, comme une chenille qui est à l'étroit dans son cocon, pourrait-elle devenir un papillon? Faudrait en reparler après avoir rencontré le Lionceau.»

# Chapitre 6

La température a décidé de se déchaîner. Des orages violents déferlent sur tout le Québec. Les passants téméraires qui s'aventurent sur la rue tiennent leur parapluie à deux mains. Mais pour rien au monde, Lucille n'aurait annulé son rendez-vous avec le Lionceau. Prévoyant des ralentissements, elle roule déjà vers le stationnement une bonne vingtaine de minutes avant le rendez-vous. Ainsi verra-t-elle l'arrivée de son correspondant avec, en plus, une information sur la voiture qu'il possède. « On dit qu'on reconnaît un homme à la marque de voiture qu'il conduit. »

Mais il la déjoue, sans doute par un drôle de hasard. Elle le reconnaît soudain, ce Gabriel Lacombe, en pleine course contre les éléments déchaînés. Il se débat, vent de face, en essayant d'avancer sous une pluie battante, protégé du mieux qu'il peut par son exemplaire mouillé du journal La Presse. La scène est tragi-comique. Lucille le trouve bien combatif. Elle sort donc de son véhicule en déployant son grand parapluie.

— Quel temps de chien! J'ai craint que tu abandonnes la partie. Vous êtes le Lionceau n'est-ce pas? dit-elle en cherchant son regard.

Il oublie la pluie. Leurs yeux se croisent. Avec un naturel désarmant, il se penche pour entrer sous son parapluie, heureusement assez grand pour deux, et il dépose deux baisers sur chacune de ses joues.

– J'ose espérer que tu es Lucille? ajoute-t-il en repliant son journal. Tu es plus belle que sur la photo. Tu parais toute jeune!

– Je dois avoir l'air d'un épouvantail à moineaux, avec cette pluie! dit-elle par coquetterie. Merci pour le compliment!

– Ce resto est très sympathique. Quelle table veux-tu choisir? questionne-t-il en lui ouvrant la porte, lui laissant le temps de refermer son parapluie.

« Bon point pour lui, quel galant homme! » se dit-elle en observant les lieux.

– Nous avons l'embarras du choix. J'aime bien la table près de la verrière, de ce côté.

Lucille se sent comme en présence d'un ami, d'un collègue. Une fois installée, elle observe Gabriel avec un demi-sourire énigmatique. Il est grand, mince et il dégage une certaine assurance. Ses cheveux en bataille lui donnent un air plus juvénile. Fait surprenant, il commande une simple tisane à la camomille. « Il prend soin de sa santé? Est-il à la diète? » se demande-t-elle en versant un gobelet de lait dans son café.

– Ma santé est une priorité! ajoute-t-il en devinant presque ses pensées. J'aimerais un jour être végétarien. Et toi, dois-tu surveiller ton poids?

– Pas au point de me priver. Je n'ai pas de mérite, je mange ce qui me plaît, et avec l'exercice, j'arrive à garder un poids idéal.

La glace était cassée. Pendant plus d'une heure, ils ont jasé des bienfaits d'une saine alimentation, des personnes aux prises avec des cancers ou des maladies coronariennes, de la mise en forme et du genre d'activités qu'ils pratiquent. Ensuite, la discussion a changé du tout au tout. Gabriel désire savoir si elle croit en Dieu ou en un Être suprême. Cette question la déconcerte. « Fait-il partie d'une secte? »

— C'est une question délicate. Je ne tiens pas à parler de mes croyances pour le moment.

— J'envisage de me rendre en Inde pour étudier la religion bouddhiste. Je crois à la réincarnation et je veux approfondir le sujet. J'ai lu beaucoup d'ouvrages et cela me fascine. Je médite tous les jours. C'est un mode de vie dont je ne pourrais plus me passer. Tu dois te dire que je suis un drôle de moineau, ajoute-t-il en voulant rendre le sujet moins grave.

— Au contraire, tu me sembles être un homme fascinant. Je pourrais apprendre beaucoup de choses. Tu piques ma curiosité.

— Crois-tu que nous deux ça peut aller plus loin? dit-il avec une pointe d'inquiétude dans la voix. Mon côté spirituel en a fait fuir plus d'une... mais j'aime vivre avec mes convictions, sans les imposer aux autres, évidemment.

— Je ne sais pas. Depuis quelques années, je sens un vide en moi. Peut-être que j'ai besoin de me raccrocher à quelque chose moi aussi. Pour le moment, la religion catholique ne me convient plus vraiment. Je l'ai délaissée.

— Nous avons été tellement embrigadés durant notre jeunesse. J'ai trouvé une autre forme de spiritualité, plus personnelle : la méditation. Demain soir, si tu es libre, je pourrais te faire connaître le lieu où je médite. Ça me fait tellement de bien. Après, je me sens toujours rempli d'énergie.

– Je ne suis pas certaine que ce soit ma place. Je n'ai aucune expérience, avoue Lucille en toute transparence.

Tel un professeur, Gabriel la rassure, lui explique « l'ABC » de la méditation et l'informe des pouvoirs curatifs de cette pratique. Sa voix est empreinte de douceur.

Lucille observe autant qu'elle écoute cet homme comme on découvre une œuvre d'art. Il émane de lui un magnétisme qui la fascine. « Qu'est-ce que j'ai à perdre? Il semble vraiment ouvert à m'initier à la méditation... »

– À t'écouter en parler avec tant de passion, je crois avoir passer à côté de quelque chose d'important, ajoute-t-elle pour marquer sa réflexion.

– Si tout le monde s'y mettait, il y aurait peut-être moins de violence sur terre! Tu sais, je ne suis pas un fanatique qui essaie d'embrigader les gens. Si je t'en ai parlé ouvertement, c'est que je voulais m'assurer que nous avions les mêmes valeurs. Je n'aime pas les gens superficiels, incapables de s'intérioriser. Ce serait une perte de temps.

– Tu as dû faire fuir plusieurs femmes? C'est un peu flyé, un homme qui médite!

– Quelques-unes s'en moquent, d'autres détestent ça. Un ami m'a convaincu que je pourrais trouver quelqu'un sur le site qui me conviendrait, qui aurait les mêmes champs d'intérêt. Je suis content de t'avoir rencontrée. Tu es une femme ouverte sur les vraies affaires! Les nouvelles tendances!

– Quand prendras-tu ta retraite? demande Lucille en cherchant à orienter la conversation sur un autre aspect.

– Précisément? Dans trois mois, cinq jours, huit heures. Je compte les minutes. J'ai fait mon temps du mieux possible, mais je veux passer à autre chose. J'ai deux petits-enfants que j'aimerais avoir le temps de gâter.

– Moi j'ai deux filles et deux petits-fils.

– Pour moi, la famille c'est important. Mon ex-conjointe est aussi présente dans ma vie. Nous sommes restés de bons amis. J'espère que cela ne t'ennuie pas si j'en parle à l'occasion.

– Au contraire. C'est une preuve de stabilité, de maturité aussi.

– On se revoit demain, ma chère Lucille? propose-t-il pour voir si elle accepte son invitation à aller méditer.

– Pourquoi pas! Donne-moi les coordonnées du centre de méditation. Je m'y rendrai à l'heure qui te convient. La méditation se fait en groupe?

– Oui, mais je ne veux pas que tu te sentes obligée de m'accompagner.

– Je vais y réfléchir. On dit que la nuit porte conseil. Mais je crois que cette expérience me fera du bien. Je confirmerai par téléphone, si cela te convient.

Cette fois-ci, avant de le quitter, c'est Lucille qui s'est approchée pour lui faire la bise. D'un geste paternel, il lui caresse la joue. À ce contact, elle sourit et le laisse s'éloigner tandis qu'elle se rend à la salle de bain.

À la sortie du restaurant, Lucille est étonnée d'avoir tout oublié des conditions extérieures. Un magnifique soleil inonde le ciel. Les nuages ont été vite transportés par le vent et un dégagement rapide fait soupirer tout le monde. Il n'est plus là. Elle regagne son auto, se demandant par quel moyen de locomotion il est reparti. Lucille se sent calme et confiante. Est-ce un effet de la rencontre sympathique qu'elle vient de vivre? Elle aime la nature et l'été s'annonce particulièrement agréable. Pour une des rares fois dans sa vie, elle prend le temps de regarder la beauté des choses au lieu d'essayer de scruter les gens à la loupe. Est-elle déjà sans le savoir sur la voie de la sagesse intérieure?

* * *

Au lieu de rentrer chez elle directement, voulant raconter sa nouvelle rencontre pour le moins surprenante, Lucille décide de rendre visite à Denise. Elle veut partager son enthousiasme avec quelqu'un qui peut la comprendre. Et Denise est la plus zen du trio. Son amie vient lui ouvrir, vêtue d'une vieille jaquette, le visage sans maquillage et les cheveux en bataille.

—    Pourquoi ne pas m'avoir appelée? Tu as vu mon allure. J'ai honte de moi. Mais entre! fait Denise avec un malaise non dissimulé.

—    Excuse-moi. Je sais que tu n'aimes pas qu'on arrive à l'improviste. Si tu es si embarrassée, je reviendrai une autre fois.

—    La mine déconfite de son amie la trouble : « Qu'est-ce qu'il lui prend, nous sommes amies depuis quarante ans? Elle n'a pas l'air dans son assiette. » pense Lucille.

—    Veux-tu un café? demande Denise pour se montrer hospitalière. Maintenant que tu as vu de quoi j'ai l'air, aussi bien me dire pourquoi tu es venue? Tu devais avoir quelque chose d'important à me dire, non?

— J'ai bu un café et trois tasses de tisane; ma vessie n'en peut plus.

— Depuis quand bois-tu de la tisane?

— Parce que je sors de ma rencontre avec le Lionceau, Gabriel Lacombe, qui est un adepte de vie saine et de croissance personnelle. La tisane s'imposait. C'est la raison de ma visite d'ailleurs. Je voulais te parler de lui.

— Tu n'as pas l'habitude de me consulter en premier. Tu vas généralement voir Madeleine. Remarque que je respecte cette facilité de communiquer que vous avez, elle et toi.

— Quelle mouche te pique? Tu sais parfaitement que j'ai confiance en ton jugement, rétorque Lucille, sur les dents.

Reprenant son sourire, Denise se laisse emporter par la curiosité et laisse tomber les conventions.

— Je t'écoute la p'tite, confie-toi à ta deuxième meilleure amie.

— Gabriel et moi avons bavardé pendant plus de deux heures. C'est un bel homme. Il s'exprime bien, mais ce qui me chicote, c'est qu'il médite tous les jours. Il aimerait que je l'accompagne demain pour une méditation dirigée. Qu'est-ce que tu en penses?

— Il n'y a rien d'anormal à ce qu'un homme prenne le temps de se ressourcer.

– Il voulait que je lui parle de mes croyances religieuses. Je lui ai dit que c'était personnel. Mais il a insisté, car selon lui, nos valeurs doivent être semblables.

– Là, c'est plus compliqué. Fait-il partie d'une secte?

– C'est la question que je me suis posée. Il désire aller en Inde étudier le bouddhisme. Mais j'avoue qu'à son contact, je me suis sentie apaisée, plus calme.

– À part la religion, de quoi avez-vous parlé? Est-il équilibré?

– Oui, il semble très stable et il discute de façon posée. Nous avons parlé d'alimentation, des habitudes de vie et de nos enfants. Il m'a aussi avoué qu'il était encore en contact avec son ex-conjointe. Il a été d'une grande franchise. Avec lui, je suis convaincue que j'aurai l'heure juste.

– Mais cette façon de vivre est très différente. Te sens-tu attirée par ce genre de vie?

– Je ne sais plus quoi penser. J'ai peur de passer à côté de quelque chose d'important si je me ferme. Depuis ma retraite, je me cherche un peu. Tu me connais assez pour savoir que je ne suis pas très centrée sur l'intérieur. Je ne passe pas mes journées à me poser mille et une questions. C'est peut-être à cause de la solitude que je vis, mais j'ai l'impression de changer. J'ai le temps de penser, de faire un petit bilan : j'ai l'impression qu'il y a un vide dans ma vie, avoue Lucille. La rencontre avec un homme suffira-t-elle à combler mes attentes ou est-ce une illusion?

– Tu n'as rien à perdre à essayer la méditation et l'homme qui te la propose. Si cela ne te convient pas, tu le remercieras poliment. J'ai ici quelques livres qui pourraient t'aider, propose Denise.

– Tu lis ce genre de bouquins toi? Tu m'étonnes une fois de plus!

– Madeleine et toi avez peut-être pensé que j'étais futile. Tu serais surprise de voir tous les ouvrages que je possède sur la psychologie, les différentes religions, la croissance personnelle. Tout cela me passionne. Je cherche des réponses à mes questions, n'est-ce pas normal?

– Bien sûr! Mais pourquoi n'avoir jamais abordé le sujet avec nous? Ça nous aurait été utile, parfois, à nous aussi.

– Parce que je ne voulais pas faire rire de moi. Puis, ces questions sont très personnelles. Ce que je lis me ressemble, correspond à mes attentes du moment. Jette un coup d'œil sur la table, tu pourras regarder ce que je lis présentement. Pendant ce temps-là, je vais faire un brin de toilette. Tu n'es pas pressée n'est-ce pas? lance Denise en se dirigeant vers l'escalier. Fais comme chez toi!

Le premier bouquin s'intitule : « La vie après la mort [1]», le deuxième : « Donner un sens à sa vie [2]».

Lucille regarde l'endos avec attention : « Bizarre la vie! Il a fallu que je rencontre Gabriel pour me rendre compte que je ne connaissais pas cet aspect de la culture de Denise. Elle en a fait du chemin, la belle! »

---

1  La vie après la mort : Gauthier, France
2  Donner un sens à sa vie : Laugier, Marie-Hélène

En parcourant le deuxième volume, une phrase attire son attention :

*« On cherche souvent le bonheur là où il n'est pas. Il faut parfois des années, pour savoir qu'il est en nous ».*

Lucille la répète à haute voix. En relisant ces lignes, les larmes lui montent aux yeux. Pour la première fois, elle prend conscience qu'elle s'est trop souvent étourdie en pratiquant plusieurs activités. Incapable de rester en place plus d'une heure, elle meuble sa vie pour ne pas se retrouver seule avec elle-même. « Pourquoi ai-je si peur de m'intérioriser? Je suis fière de ce que j'ai accompli. J'ai toujours eu envie de bouger, de relever des défis. Je voulais épater la galerie? Était-ce une sorte de fuite? » Lucille s'installe sur un fauteuil et parcourt quelques pages. Elle comprend mieux son attitude d'évitement.

Sans bruit, Denise est redescendue, mais voyant son amie si concentrée, elle l'observe. A-t-elle eu une bonne intuition en lui proposant ces livres? En observant Lucille, elle se félicite d'avoir touché une corde sensible. « Pour que le message passe, il faut que le lecteur soit réceptif : cet instant, je l'attendais depuis longtemps. » se dit-elle en feignant de tousser.

— Apporte-le, je te le prête. J'ai souligné quelques phrases qui me touchent, mais cela ne me dérange pas que tu les découvres comme moi. Mes livres me parlent, ils répondent à mes questionnements.

— J'aime mieux l'acheter. Je pourrai l'annoter, moi aussi. Chose certaine, je n'ai pas perdu ma journée. Demain, j'irai méditer en compagnie de Gabriel. Qui sait? J'ai peut-être rencontré l'homme dont j'avais besoin en ce moment!

— Il se peut qu'il soit un peu trop fanatique. Il y a des drôles de zouaves dans ces groupes-là. Ne te laisse pas embrigader dans une quelconque religion qui te ferait plus de mal que de bien. Tu connais la valeur de la liberté de penser.

— Merci pour tout. La prochaine fois, je te promets de t'avertir à l'avance.

Lucille s'était dirigée vers la librairie de son quartier. Elle avait été surprise de voir autant d'ouvrages concernant la méditation. Après avoir feuilleté plusieurs titres, elle avait acheté « La méditation pour les nuls[3] ». L'édition n'était pas récente, mais semblait répondre à ses interrogations.

De retour à la maison, elle n'avait pas pris la peine de regarder sur son afficheur s'il y avait des messages. Elle voulait commencer son apprentissage dans le but de montrer à Gabriel qu'elle s'était documentée. Le reste attendrait. Sur la première page, elle lut:

*« La méditation est un entraînement pour l'esprit, au même titre qu'un entraînement sportif. »*

---

3     Méditation pour les nuls : Bodian, Stephan

Il y a ensuite des définitions puis, ce qui l'intéresse en priorité, c'est une sorte de mode d'emploi. Lucille s'y plie : « aller fermer les fenêtres pour qu'aucun bruit ne vienne déranger votre état de conscience, s'installer dans une salle calme, s'asseoir par terre, les jambes repliées en tailleur. » Elle décide de fixer un objet, comme le recommande le manuel.

« *Ne vous arrêtez pas aux pensées qui surgissent,*
*laissez-les passer, revenez vers le moment présent.* »

Elle regarde intensément le petit éléphant blanc, cadeau de sa fille Cassandre lors d'un de ses voyages à Cuba. Chaque muscle de son corps la fait souffrir à cause des tensions que la nouvelle posture entraîne. Ses pensées vagabondent en tout sens. Son cerveau bouillonne : Cassandre et Catherine, la découverte de Denise, sa rencontre avec Gabriel, Annie et ses préjugés concernant sa sœur, Madeleine et sa déception. Au bout de quelques minutes, l'éléphant prend des proportions gigantesques. C'est lui qui la fixe maintenant. Elle ferme les yeux quelques minutes. La sueur perle sur son front.

Découragée, éreintée, Lucille choisit de revenir à sa lecture.

« *Pour une première fois, allez-y doucement. Cinq minutes*
*suffiront. Vous pourrez augmenter au fur et à mesure que*
*vous vous sentirez à l'aise avec cet exercice* ».

Elle mesure mieux maintenant le degré de difficulté..Il ne s'agit pas seulement de se libérer de toute pensée, mais il faut que le corps aussi se taise. C'est une discipline très exigeante : « Ce sera très difficile de pratiquer durant toute une heure. Je suis encore beaucoup trop stressée. »

Mais la petite voix intérieure de Lucille lui dit de ne pas baisser les bras : « Depuis quand abandonnes-tu quelque chose? »

Sa décision est prise. Pas question de fuir. Si ce n'est pas Gabriel qui marque des points, l'expérience pourra néanmoins lui révéler quelque chose de nouveau à propos d'elle-même. Le jeu en vaut la chandelle!

# Chapitre 7

Les heures avaient coulé si vite que la nuit était tombée quand elle dépose son bouquin. Lucille prend un moment pour vérifier si elle a reçu de nouveaux messages téléphoniques. Il y en a trois. « M'man, rappelle-moi, c'est urgent », dit la voix nerveuse d'Annie.

Le cœur de Lucille s'arrête de battre pendant quelques secondes. Ce genre d'appel l'inquiète toujours. « Est-il arrivé quelque chose à Charles-Antoine ou à Mathis? »

Elle appuie sur la deuxième touche : « M'man, j'espère que tu n'as pas rencontré le Lionceau, téléphone-moi à ce sujet, c'est important. »

Moins troublée, maintenant qu'elle sait que le message ne concerne pas ses petits-enfants, elle écoute le troisième message : « M'man, je t'en conjure, donne-moi un coup de fil, je suis inquiète de toi... »

Lucille hausse les épaules. « Qu'est-ce qui lui prend? Je ne lui ai jamais dit que je rencontrais Gabriel. De quoi s'inquiète-t-elle donc? Qu'il ait la rage? C'est le monde à l'envers. Ce sont les enfants qui jouent aux parents. »

Lucille prend le temps de sortir du frigo une salade et se verse un verre d'eau. « Est-ce assez santé? se dit-elle en souriant. » Dans un état de calme inhabituel, après avoir pris trois grandes respirations pour s'intérioriser, comme le livre le proposait, elle compose le numéro de téléphone d'Annie.

– Enfin, c'est toi. Où étais-tu? crie-t-elle à sa mère, sous le coup d'une anxiété sans retenue.

– J'avais quelques courses à faire. Ensuite, je suis allée chez Denise. Et j'ai lu un peu. Rien d'inhabituel, comme tu vois.

– Tu ne sais pas la meilleure. Je parlais avec mon amie Julie. Tout comme toi, sa mère essaie de rencontrer un homme sur Internet. As-tu déjà lu le profil du Lionceau, questionne-t-elle?

Lucille se retient de commenter : « Je vais la laisser parler. Je déciderai après si je lui dis toute la vérité. »

– Vaguement, pourquoi?

– Madame Bertrand lui avait donné rendez-vous la semaine dernière. Imagine-toi qu'il voulait la convertir au bouddhisme. Julie a réussi à raisonner sa mère. Elle disait qu'il l'avait envoûtée. Te rends-tu compte? Il y a des gens qui se servent de ce genre de site pour recruter des membres pour leur secte.

– Je ne pense pas que le bouddhisme soit une secte. C'est une forme de croyance comme une autre. Justement, Denise a commencé à s'intéresser à la philosophie des bouddhistes. Peut-être que ce mode de vie me conviendrait.

– Moi, j'ai pris mes distances face à la religion. En tant que tel, le bouddhisme ou autre chose, c'est une croyance qu'on adopte. Mais le hic, c'est que des gens en entraînent d'autres sans leur approbation. Cet homme est dangereux. Il recrute!

Lucille comprend l'intention de sa fille : « Je fais mieux de me taire si je veux éviter d'être privée de dessert ou de sortie parce que j'ai désobéi. »

Pour faire diversion, Lucille demande des nouvelles de ses petits-fils. Lorsqu'Annie parle d'eux, elle devient intarissable. Femme au foyer par choix, elle scrute à la loupe les faits et gestes, progrès et délits mineurs de ses bambins. Elle vit sa maternité avec une telle soif de bien faire que sa mère s'en étonne encore : une multitude de livres concernant la psychologie des enfants lui font essayer une chose et son contraire, sans qu'elle baisse les bras.

— Où en es-tu avec tes fameux rendez-vous, questionne-t-elle. Je sais que ce n'est pas mes affaires, mais...

— Pour le moment, rien d'intéressant. Par contre, je reçois beaucoup de courriels. Je t'ai raconté de ce qui est arrivé à Madeleine?

Après lui avoir relaté cette mésaventure, Annie se culpabilise:

— Je n'aurais jamais dû t'encourager à t'embarquer dans cette galère. M'man j'me sens responsable. À ton âge, on ne sait jamais ce qui peut t'arriver, avoue-t-elle inquiète.

— Arrête de t'en faire pour moi. Je suis assez grande pour prendre les bonnes décisions. Je n'aime pas être traitée en irresponsable, tu le sais.

Lucille sait bien que sa fille ne lui veut que du bien. « Mais ma vie m'appartient et ce n'est pas nouveau que je me défende moi-même ! »

Toute jeune enfant, elle avait dû obéir à ses frères puis elle avait trouvé des façons de s'affirmer. Après son mariage, à cause des désordres émotionnels d'Yves, elle avait vite repris son *self-control*, en respectant son tempérament. Malgré sa conversation avec Annie, elle maintient son intention d'explorer le cas de Gabriel. Mais une femme avertie allait, cette fois, croiser sa route. Ça, il ne s'y attendait sans doute pas encore.

Consciente qu'elle s'apprête peut-être à faire une folie, vers 19 h, choisissant des vêtements amples et confortables, Lucille part pour cette méditation en compagnie de son nouvel ami. L'adresse est celle d'une ancienne école, ce qui la laisse perplexe. Gabriel l'attend près de la porte d'entrée. Il a les cheveux gommés, porte un pantalon de toile beige avec une chemise d'un blanc douteux. Il a l'air moins soigné que la veille. Il ne lui fait pas la bise, cette fois. « Est-ce parce que d'autres personnes nous observent? » se demande-t-elle.

— Je suis content que tu sois venue. C'est un pas dans la bonne direction!

— J'ai réfléchi après notre échange. Je suis allée m'acheter un livre sur la méditation. Hier, j'ai essayé de suivre les directives, mais j'avoue que je n'arrivais pas à me concentrer. Je pensais à tout et à rien, sans avouer tout l'inconfort physique. C'est un apprentissage que j'ignorais. À la télé, cela à l'air si facile, tellement pacifique!

— C'est tout à fait normal. Ça demande beaucoup de pratique. J'ai choisi cet endroit pour que tu comprennes le vrai sens de ce genre de vie. Le changement de valeurs n'est pas en surface seulement, mais en profondeur.

– J'aime autant t'avertir tout de suite. Si cela ne me convient pas, il se peut que je sorte avant la fin, glisse-t-elle en scrutant sa réaction.

– Ça me va. Tu es libre d'aimer ou pas. À toi de voir! ajoute-t-il en lui désignant la porte ouverte. Il est l'heure d'entrer. Nous avons besoin d'un peu de calme avant que la méditation commence.

La salle de bonne dimension, aux lumières tamisées, est remplie d'hommes et de femmes de tous âges. Les participants se tiennent assis, les yeux baissés. Une odeur d'encens flotte dans l'air. L'orateur, vêtu d'une tunique blanche, arrive peu de temps après que le nouveau couple se soit trouvé deux sièges libres, à quelques rangées du podium.

Lucille s'attend à ce qu'il adopte la position du lotus, comme elle l'avait vu dans son livre, mais il s'est simplement assis sur une chaise en bois très ancienne, si l'on se fie à ces sculptures bancales. Le maître a une voix chaude et grave, ce qui apaise Lucille. Gabriel l'encourage aussi d'un geste d'effleurement, qui se transforme en une série de petites tapes, sur sa main. En tant qu'ancienne institutrice, elle aurait aimé prendre des notes, poser des questions. Pour trouver un sens à tous ces termes, ces gestes, ces techniques qu'elle ne connaît pas, les écrire aurait été un apprentissage.

Il parle de l'art et de l'union, des pensées semences et des mantras, de l'importance et la manière d'élever sa conscience, de découvrir ses zones de concentration, de la beauté parfaite des méditations sonores, de la découverte de la paix intérieure par les sons. Enfin, la néophyte arrête de tout emmagasiner, car elle risque de manquer l'essentiel du moment.

Lucille se laisse gagner par la voix mélodieuse du conférencier. Personne ne bouge. La cinquantaine de personnes semble pendue à ses lèvres. Après trente minutes, il demande à l'assistance leur collaboration, car il va commencer une méditation dirigée.

Spontanément, Lucille a répondu par un oui très énergique, qui provoque un écho sans fin, puisque les autres sont demeurés silencieux. Mal à l'aise, personne n'a ri, mais elle aurait voulu effacer ce mauvais pas. Très gentiment, Gabriel lui a simplement chuchoté à l'oreille qu'il fallait garder le silence. Elle rougit comme une élève prise en faute. Heureusement, il fixe l'orateur et ne mesure pas l'étendue des dégâts que cette bévue laisse chez sa voisine.

Puis le grand dérangement est lancé. Tous se lèvent pour empiler leur chaise le long du mur. Un à un, les participants étalent un tapis ou une couverture de fortune. Gabriel lui a apporté une catalogne, très colorée. Majoritairement, les gens s'assoient en tailleur et attendent que le maître commence. Une musique instrumentale, venue de nulle part, emplit progressivement la pièce. Lucille se laisse aller à la détente, par quelques respirations profondes, afin de se placer en harmonie avec toutes les personnes autour d'elle. Après chaque phrase de l'animateur, elle veut se concentrer pour mettre en pratique les directives données. À sa grande surprise, elle n'a aucune difficulté à centraliser ses pensées. Le calme des lieux la porte. Elle en oublie le temps qui passe. Un vide bienfaisant l'envahit.

Comme sur un radeau, elle se laisse dériver sans combattre les éléments : plus de peur ni de hâte, les choses sont ce qu'elles sont, dans l'instant présent. Elle vit et respire. À un certain moment, son corps lui montre des signes de fatigue, mais pour rien au monde, elle ne veut quitter sa place. Elle remue légèrement. La nouvelle

Lucille va-t-elle apprécier ce premier voyage intérieur? La détente est telle que, lorsqu'elle ouvre les yeux, les gens marchent autour d'elle. L'exercice s'était terminé sans qu'elle s'en aperçoive. Elle reprend contact avec la réalité, gênée de son excès de zèle. « Ma foi, je me suis endormie? De quoi vais-je avoir l'air? Gabriel va me trouver complètement nulle! »

— C'est le temps de partir, lui dit son compagnon, je dois aller rencontrer un vieil ami dehors.

— Je peux rester encore quelques minutes? Je voudrais prendre le temps de réfléchir à ce que je viens de vivre, dit-elle en se demandant si ses jambes accepteront de la porter après cette longue séance immobile.

— Prends le temps qu'il te faut. Je reste sur le parvis, ajoute-t-il en se penchant un peu pour toucher son épaule.

Elle n'a qu'une idée : s'étendre sur la couverture et dormir. Mais la salle se vide et bientôt, on va sans doute fermer les portes à clé.

Avant de se lever, elle s'étire un peu afin de chasser les fourmis qui se sont emparées de ses jambes. Elle consulte sa montre : plus d'une heure s'est écoulée depuis l'installation sur le sol. « Vraiment, il y a de quoi être étonné. Je ne croyais jamais y arriver aussi facilement! » se félicite-t-elle en enroulant la couverture pour la remettre convenablement à Gabriel.

Près de la porte, elle remarque un panier d'osier où plusieurs billets de banque ont été laissés par les participants. Gabriel la rejoint.

— Quel montant dois-je mettre? Est-ce une obligation?

— Non, tu donnes ce que tu veux. Cet argent sert à payer les coûts pour la location de la salle.

Lucille y dépose un billet de vingt dollars, surveillant la réaction de Gabriel qui ne tarde pas.

– Tu es très généreuse.

– Ça valait amplement ce prix-là. Je me sens si bien; on dirait que je flotte sur un nuage comme si j'avais pris une bouteille de calmants.

– Que dirais-tu d'une bonne tisane? Pour te ramener sur terre, propose Gabriel.

– Avec plaisir. Y a-t-il un petit café dans les alentours? essayant de se familiariser avec le quartier.

Même si l'été commence, la soirée est fraîche. Un vent frisquet balaie les détritus qui longent le trottoir. Les deux nouveaux amis se donnent la main pour traverser la rue. L'énergie que dégage Gabriel est palpable. Lucille se sent en confiance et elle trouve cet instant plus agréable qu'elle ne l'aurait imaginé.

– C'est moi qui te guide, à présent. Suis-moi. Mon appartement est à deux rues d'ici. Nous pourrons vérifier si l'expérience t'a plu. Car il me semble que tu n'es plus la même. Je sens la détente et l'harmonie qui émanent de toi. Tu es radieuse!

Évidemment, Gabriel estime que le changement de Lucille va continuer à agir, mais son sixième sens la ramène soudain à la réalité. « Comment ça, chez lui? » se dit-elle en s'immobilisant.

– Pas question d'aller chez toi! Je voulais simplement te partager mes impressions, mais dans un endroit public, ajoute-telle avec détermination.

–  Ne sois pas ridicule! On sera plus tranquilles pour jaser. Nous pouvons même nous y rendre à pied.

–  J'insiste. Je ne veux pas aller dans ton appartement. C'est à prendre ou à laisser! dit-elle en faisant demi-tour.

–  Je te fais peur? C'est ça?

–  On se connaît à peine. Je ne suis pas méfiante de nature, mais ma fille m'a mise en garde. Elle m'a répété textuellement : « Maman, ne va pas chez quelqu'un que tu ne connais pas, c'est dangereux. Attends de mieux le connaître. C'est une question de respect et les hommes « bien » accepteront cela. S'il insiste, c'est qu'il y a anguille sous roche. »

–  Elle doit t'aimer beaucoup pour te protéger de la sorte. Tu ne décides jamais rien par toi-même? fait-il sur un ton plus incisif.

–  Elle est un peu surprotectrice, mais je tiens à certaines valeurs. Quelqu'un doit mériter ta confiance avant que tu ne la lui donnes. Il ne faut pas brûler d'étapes.

Cet argument dit d'une voix mesurée, appuyé d'un regard insistant, a fait baisser les bras de cet homme trop empressé. Attablés dans un resto fort bruyant, il leur est impossible par la suite de partager les bienfaits de la méditation. La tisane consommée sans grandes émotions, Gabriel propose une nouvelle rencontre dans quelques jours.

–  Ne va pas croire que je n'ai pas aimé ma soirée, mais je dois réfléchir à tout ça, tente de conclure Lucille sans se laisser influencer par le regard insistant de son nouvel ami.

–  Ma petite voix intérieure me dit que tu es la femme que j'attendais, ajoute-t-il avec une vibration dans la voix.

– Tu vas un peu trop vite à mon goût. Que dirais-tu si on se parlait au téléphone? De cette façon, on pourrait apprendre à mieux se connaître, propose Lucille.

– C'est trop impersonnel. Après ce qu'on vient de partager… Je préfère voir les gens face à face. Le langage du corps en dit beaucoup sur le caractère des personnes.

– J'avoue que tu es quelqu'un de spécial. Des hommes comme toi, il ne doit pas y en avoir à la douzaine. Tu cherches une femme qui va adopter tes valeurs, n'est-ce pas?

– C'est un défaut? Je trouve cela normal d'être sur la même longueur d'onde.

– C'est un compliment! Sincèrement, je ne saurais dire pourquoi, mais je me sens bien en ta compagnie.

– Même chose pour moi. Je m'absenterai pendant deux jours, ma chère amie. Je t'appellerai à mon retour.

– Je veux être franche avec toi, Gabriel. Il se peut que je rencontre d'autres candidats. Mon choix n'est pas fait. Ta personnalité m'a touchée, mais pour le reste, il faut apprendre à se connaître.

En entendant ces mots, le visage de Gabriel change d'expression. Ses traits se durcissent et son regard devient plus noir. « Oups! Ça sent la jalousie, cette attitude » pense Lucille qui en a vu d'autres. Elle décide d'aborder la question la première.

– Combien de femmes as-tu rencontrées avant moi?

– Quelques-unes. C'est la première fois que je sens une telle attirance. Lucille, je te trouve unique. J'aime ce que tu projettes.

Lorsque nous serons synchronisée, sur nos habitudes alimentaires et nos croyances, je me sentirai le plus heureux des hommes. J'aimerais que tu cesses tes recherches. Il y a des hommes dangereux sur ce site.

La dernière phrase a l'effet d'une douche froide dans l'oreille de Lucille. « Annie avait raison. Je dois me méfier. N'attends pas d'être prisonnière de sa sympathie, dis-lui la vérité. »

—   Je suis désolée, mais je n'aime pas les hommes possessifs. Je ne pense pas que nous soyons compatibles. De plus, je déteste être endoctrinée, car après avoir pris mes distances avec la religion catholique, j'ai choisi la voie de la liberté. Et je veux faire mes choix par moi-même et non pour plaire à un homme. Tu comprends?

Le visage de Gabriel tourne au violet. Brutalement, il lui lance à la figure :

—   Vous êtes toutes pareilles. Au lieu de vouloir vous élever, vous décidez de vous enfoncer dans vos vieilles habitudes. Tu parles de liberté? Va te faire voir.

Il quitte le restaurant en coup de vent, lui laissant l'addition. Lucille se sent observée, mais elle se rend bien compte que personne ici ne la connaît. Alors, pourquoi s'en faire? La fin lui donne raison, sans l'ombre d'un doute. Lorsque la serveuse s'approche pour le paiement, elle lui dit :

—   C'est mieux comme ça. Vous n'avez rien perdu. Vous n'êtes pas la première à tomber dans le piège.

– Je vous remercie pour votre franchise. Grâce à vous, je sais à quoi m'en tenir, avoue Lucille en déposant un généreux pourboire sur la table.

Étrangement, elle ne se sent pas trop déçue de la tournure des événements.

Le candidat avait bien tenté de la manipuler habilement et elle avait vu clair dans son jeu. Au volant de sa voiture, Lucille fait la part des choses. Sans Gabriel, n'aurait-elle jamais fait l'expérience de la méditation? Sans les conseils d'Annie, aurait-elle agi avec plus de naïveté? À défaut de savoir précisément ce qu'elle veut, la recherche en cours lui apprend à rejeter ce qui ne lui convient pas. Les deux expériences négatives qu'elle vient de vivre ont du bon : il lui faut un candidat de qualité, équilibré, respectueux, sinon, ce serait un poison dans sa vie.

« Et j'en dois une à Denise aussi. Elle a une belle longueur d'avance sur moi, en matière de psychologie. En attendant de trouver un compagnon masculin digne de moi, la compagnie de certains livres me ferait peut-être le plus grand bien. N'est-ce pas Socrate qui a dit : connais-toi toi-même! »

# Chapitre 8

Il est 21 h 30 lorsque Lucille est de retour chez elle. Se sentant un peu redevable devant sa fille, malgré l'heure tardive, elle décide de lui raconter la vérité.

— Je m'excuse de t'appeler si tard, mais je voulais te remercier Annie.

— Mais de quoi? fait la jeune femme étonnée.

— De m'avoir mise en garde contre les hommes qui peuvent abuser de notre confiance.

— Tu as rencontré le Lionceau? Et alors...

— Oui, le fameux Lionceau. Je n'ai pas voulu t'en parler, car il fallait que je fasse mes propres expériences. Or, tu as bien fait de me mettre en garde. Lui et ses valeurs, c'était un peu tordu!

Après avoir entendu la mésaventure de sa mère avec Gabriel, Annie adopte un ton de reproche :

— J'espère que tu as eu ta leçon. À l'avenir, tu devras faire plus attention et m'écouter. Même si je suis ta fille, j'ai une certaine expérience de la vie.

— Holà! À mon âge, je n'ai pas de leçon à recevoir de toi. Ton avis est pertinent, mais c'est moi qui mène ma barque. Le hasard a voulu que cette rencontre me permette d'en apprendre un peu plus sur moi. Il y a eu du bon dans cette malheureuse expérience. Je ne savais pas que la méditation me permettrait de lâcher prise, de vivre le moment présent. Je ne souhaite qu'une chose : avoir la détermination de continuer à méditer tous les jours. Il n'est pas question d'arrêter mes recherches. Je souhaite rencontrer d'autres hommes, c'est certain, jusqu'à ce que je trouve le bon.

— Avertis-moi à l'avance pour que je sache où tu es et avec qui. Je te téléphonerai sur ton portable, au besoin. Cela donnera un signal au gars; il verra que tu n'es pas seule. Changement de sujet : as-tu parlé avec Cassandre aujourd'hui?

— Non, pourquoi? demande Lucille, soudainement inquiète. Que se passe-t-il? Elle est malade?

— Elle m'a dit qu'elle voulait consulter un thérapeute. Elle m'a demandé si je pouvais lui avancer de l'argent.

— Pourquoi n'est-elle pas venue me voir? D'habitude quand elle a besoin de quelque chose, elle se montre le bout du nez.

— Elle a peur de ton jugement.

— Depuis quand?

— Je ne veux pas te faire de peine, mais tu as oublié beaucoup de choses. Tu as élevé Cassandre un peu comme tu dirigeais tes élèves. Papa a toujours été plus *cool* que toi, plus compréhensif.

Chaque fois qu'Annie parle de son père, Lucille sent son estomac se nouer. Les vieilles blessures reviennent la hanter. Elle a pardonné à son mari de l'avoir quittée, mais elle trouve profondément

92

injuste que ses deux filles idolâtrent leur paternel. « Ne sont-elles pas encore conscientes de sa véritable nature? »

— Mon point de vue, tu le connais! Les enfants ont la mémoire courte parfois...

— M'man, je suis fatiguée. Je dors debout. Tiens-moi au courant pour tes autres rencontres, ajoute Annie pour mettre fin à une conversation qui rallumait leurs divergences.

Lucille reste figée, le téléphone à la main, sans pouvoir donner son point de vue. Le doute l'envahit, bien malgré elle. « Ai-je manqué à ce point à mon devoir de mère? J'ai donné à mes deux filles tout ce que je pouvais. Il fallait que je gagne ma vie. Pourquoi Annie n'est-elle pas en mesure de me comprendre? Elle est une mère, elle aussi. L'ingratitude des enfants, c'est comme une lame qui blesse. Malgré des années de travail pour se guérir des souffrances passées, il suffit d'un mot pour les rouvrir. »

À quoi bon se battre contre des moulins à vent? L'expérience ne s'achète pas. Ses filles n'agissent pas par méchanceté, mais par manque de maturité, alors elle ouvre son ordinateur. Huit courriels l'attendent. Incapable de résister à la tentation de les lire, elle prend un café et des biscottes et se lance dans l'examen de ces nouvelles propositions. Deux d'entre elles retiennent son attention. « C'est une vraie drogue, ce site de rencontres. Me voilà accro à l'ordi, comme les jeunes. »

* * *

Ce n'est pas dans les habitudes de Lucille de se lever aussi tard. Sa routine du matin est d'aller marcher d'un pas rapide pendant 45 minutes, de prendre une douche d'eau froide pour activer la circulation et de déguster son petit déjeuner en lisant son journal.

Mais aujourd'hui, un sentiment de culpabilité vient miner ses bonnes résolutions. « Annie a-t-elle raison? Peut-être que j'ai été injuste envers Cassandre. Voudra-t-elle que je l'aide financièrement? Comment l'aborder? »

Prenant son courage à deux mains, elle la rejoint et lui laisse un message dans sa boîte vocale.

*« Cassou, j'aimerais qu'on se rencontre. Rappelle-moi quand tu pourras.»*

Comme elle vient à peine de raccrocher, la sonnerie du téléphone la fait sursauter.

   – T'es pas facile à rejoindre. J'te pensais morte, lance Madeleine en riant.

   – Je sais. Je passe presque tout mon temps à me chercher un homme. C'est une vraie folie!

   – Et... t'as trouvé la perle rare?

   – Pas encore. Et toi, comment vas-tu? As-tu consulté ton médecin?

   – J'ai suivi ton conseil. Il m'a prescrit des pilules. J'me suis acheté un appareil pour prendre ma pression. Quand j'enroule le gros bracelet autour de mon bras, je panique. J'ai peur d'avoir une mauvaise surprise. Je prends trois bonnes respirations, pis je me calme. Tout est sous contrôle maintenant.

Malgré les nouvelles encourageantes, Lucille sent un petit quelque chose dans la voix de Madeleine qui alerte Lucille.

– Je te sens contrariée, qu'est-ce qui se passe?

– Tu veux savoir la vérité : j't'envie. Ma vie à côté de la tienne est plate, ennuyante. Quand t'as parlé de ta solitude l'autre soir, j'avais l'impression que tu parlais de moi. À part ma journée de bénévolat, j'fais juste regarder la télé. Il y a rien de bon en été. Moi aussi, j'aimerais ça avoir quelqu'un dans ma vie. J'ai même pas d'ordinateur pour faire des recherches.

– Là, tu me surprends. J'étais certaine que tu abandonnerais. Ce n'est pas si facile que ça de vivre seule. Je ne sais pas si tu es comme moi, mais dormir auprès d'un homme me ferait le plus grand bien. J'ai l'impression de m'assécher de l'intérieur, dit Lucille avec sa spontanéité habituelle.

Madeleine ne peut résister : elle rit avec cœur.

– J'ai entendu dire à la télé que si on est inactive sexuellement, notre vagin se referme.

– Voyons ! Il ne se referme pas, il s'atrophie, précise Lucille avec une intonation amusante dans la voix.

– Ça me gêne trop de parler de sexe, changeons de sujet. Denise m'a conseillé d'entrer dans une ligue de quilles. Elle m'a dit que j'pourrais peut-être trouver quelqu'un qui aime les mêmes activités que moi.

– Excellente idée! Il faut se créer un réseau social. Le sport est une bonne façon pour faire des rencontres. Viens à la maison, on pourra éplucher les candidats intéressants. De plus, j'aurais besoin d'un conseil. Je ne sais plus comment agir avec Cassandre.

– Qu'est-ce qu'elle a Cassou? Tu sais, je suis toujours sa deuxième mère.

– J'aime mieux t'en parler en personne. Là, je dois me doucher et rattraper mon horaire. J'ai fait la grasse matinée, imagine-toi. Viens passer l'après-midi. On aura le temps de faire le tour du sujet.

Madeleine aime partager les préoccupations de sa meilleure amie. La conversation s'anime dès qu'elle a pris place sur le patio, une limonade à la main. Elle n'est pas surprise d'entendre ce qu'Annie reproche à sa mère.

– J'ai fait de mon mieux avec elle. C'est vrai que je n'ai pas été une mère toujours présente, mais je pense lui avoir donné des moments de qualité.

– T'as fait c'que t'as pu. Ça sert à rien de t'culpabiliser. À quoi bon revenir sur le passé. Qu'est-ce que tu peux faire? Rien!

– Je veux qu'elle me dise ce qu'elle a sur le cœur. Je ne suis pas un monstre. Si Cassandre est vraiment lesbienne, je l'accepterai. Elle a grandi avec Catherine. Elles sont comme deux sœurs. C'est normal qu'elles soient attachées, mais amoureuses? Parfois, les sentiments sont trompeurs, ajoute Lucille en cherchant à nuancer les choses.

– Tu m'as dit qu'elle consulte? Si ça peut l'aider, c'est tant mieux. Si tu la confrontes, elle va se r'fermer. Attends qu'elle te téléphone. Tu verras bien. Écoute-la tout simplement.

– Toi et ton gros bon sens. Tu ne t'énerves jamais pour rien. Moi, je voudrais que tout s'arrange d'un coup de baguette magique. Tu ne fais jamais de colère, tu ne juges pas les gens. J'aimerais être aussi sage que toi. Assez de lamentations pour aujourd'hui. Il fait beau. Si on allait à la pêche!

– De quoi parles-tu? Tu sais bien que j'aime pas le poisson? réagit Madeleine en s'emportant.

Dans un éclat de rire. Lucille poursuit :

– Je t'ai bien eue. Je pensais aux hommes sur Internet. Les beaux petits poissons dans l'aquarium.

Durant une partie de l'après-midi, les deux amies examinent, commentent, classent tous les profils des internautes d'un certain âge. Madeleine ne trouve rien à sa mesure, tandis que Lucille retient trois autres candidats potentiels.

– Ils veulent tous des femmes minces, sportives, qui aiment les restos, le théâtre, le cinéma. Si au moins j'avais les moyens de faire tout ça. Bon, j'me plains encore. Tu vois, j'suis loin d'être parfaite.

– Tu as quelques défauts, c'est rassurant pour moi. Je te promets de regarder tous les jours si je peux trouver un homme qui te convient. Les nouveaux sont parfois les plus intéressants.

– T'es ben fine.

Lucille passe son bras autour des épaules de son amie.

– Tu m'inspires! Je ne connais personne de plus authentique que toi... Et ce n'est pas de la flatterie.

Lucille repense à la vie de Madeleine et elle peut énumérer toutes les raisons pour lesquelles elle a conservé son amitié à cette femme déterminée, malgré leur différence de culture. Bien sûr, son langage laisse quelquefois à désirer, elle ne sait pas toujours bien comment choisir ses vêtements, mais elle a toujours été là pour elle et aussi pour ses filles. Une amitié comme celle-là, qui dure depuis tellement d'années est si rare. « Jamais je ne la laisserais tomber. »

\* \* \*

Après avoir soupé rapidement, Lucille revient à son écran, relire la description d'un correspondant qui a particulièrement attiré son attention.

*Je suis un homme pas compliqué. On dit de moi que je suis quelqu'un de très positif. J'ai banni de ma vie les si, ou les je dois. Je vis le moment présent.*

*Je recherche une femme sportive, qui aime la nature, qui sait apprécier les belles choses, et qui peut facilement dialoguer. La beauté intérieure est aussi importante que la beauté physique. Si elle sait jouer au golf, ce serait un atout. Si tu es intéressée, je pourrai t'envoyer une photo.*

*Ulysse*

La réaction instantanée de Lucille s'impose : « Pas question de le rencontrer si je n'ai pas vu sa physionomie. » En deux clics de souris, elle demande une photo. Quelques minutes plus tard, elle reçoit un message de monsieur Ulysse. « Il n'a pas perdu de temps. Il a une bouille sympathique. Je n'ai rien à perdre. Ça ne m'engage à rien de lui envoyer mon numéro de téléphone. » Et un nouveau clic met en marche le processus d'une troisième rencontre.

Même si la soirée est douce, Lucille n'ose pas sortir de peur de manquer l'appel d'Ulysse. Elle s'interroge. Y a-t-il un endroit où elle pourrait prendre des leçons de golf, si la chose est pertinente? Non loin de chez elle, elle trouve trois endroits qui donnent des cours. Les prix conviennent à son budget, sauf qu'elle ne possède pas d'équipement. Puis, vers 20 h 30, elle s'offre une petite marche au parc. Seule et sans autre attente que de passer un bon moment, elle savoure cette détente. À son retour, elle a deux appels sur sa boite vocale. Cassandre qui veut la rencontrer le lendemain et Ulysse, le nouveau prétendant, qui lui a laissé un bref message. Comme il lui dit qu'il est un couche-tard, elle s'empresse de lui retourner son appel

— Bonsoir Ulysse, je suis Muse, Lucille pour les intimes.

— Content d'entendre ta voix. J'ai regardé plus attentivement ton profil. Tu as un beau pseudonyme. Muse te va bien. Je voudrais en savoir un peu plus sur toi. Tu écris que tu es retraitée. Parle-moi de tes passe-temps, demande-t-il d'une voix calme.

Sans chaleur, presque d'une voix monocorde, elle décrit de quelle façon elle meuble sa vie.

— Tu n'as pas l'air enthousiaste. As-tu eu une journée difficile? Tu sembles fatiguée.

— Tu as raison, excuse-moi. Je suis tout à l'envers. J'ai rendez-vous avec ma fille demain et ça m'inquiète. D'après ce qu'on dit, notre rôle de mère ne s'arrête jamais.

Lucille est surprise par ses propres paroles : « Qu'est-ce qui me prend de lui raconter ça? Je ne le connais même pas. »

–   On a tous nos petites difficultés familiales. Je me dis qu'à chaque problème, il y a toujours une solution, et toi, as-tu des enfants?

–   Oui madame, j'ai..., plutôt j'avais quatre filles.

–   Je ne comprends pas.

–   Après mon divorce, elles se sont rangées du côté de leur mère. Petit à petit, elles reviennent tranquillement vers moi. J'ai patienté. Je n'ai rien brusqué. Je laisse la porte ouverte. Je cherche à me rapprocher sans leur en vouloir.

Il lui raconte en quelques mots de quelle façon il a vécu son divorce, la réaction de ses filles, la médiation qui avait mal tourné, l'agressivité de son ex-femme.

Lucille prend le pouls de cet homme blessé. La conversation téléphonique se prolonge.

–   C'est la première fois que je parle de mes filles à une personne que je ne connais pas.

Lucille apprécie son franc-parler. « C'est une qualité rare chez un homme ». Une heure trente plus tard, ils décident de se donner rendez-vous pour faire connaissance. Le surlendemain semble leur convenir. Au moment de raccrocher, Ulysse livre sa pensée.

–   J'ai l'impression de parler avec une amie. Tu es certaine qu'on ne se connaît pas?

–   Quel est ton prénom?

–   Michel. J'ai vraiment hâte de te rencontrer Lucille.

Une idée dérange un peu sa concentration : « Je lui dis tout de suite que je ne joue pas au golf, où j'attends? »

Je préfère t'avertir tout de suite. Si je t'ennuie avec le golf, dis-le-moi. Quand j'en parle, je ne sais pas quand m'arrêter. Tu aimes jouer? ajoute-t-il comme s'il avait lu dans sa pensée.

— Je suis sportive, mais sur un terrain de golf, je n'ose pas imaginer ce que je pourrais faire. J'aime bien regarder jouer Tiger Woods, mais je n'ai jamais essayé de jouer au golf, avoue-t-elle en trahissant son manque de connaissance.

— Tu es franche, j'aime ça. On est faits pour s'entendre.

Malgré ses emportements occasionnels, Lucille se sent sûre d'elle, de son jugement, de sa maturité. Elle se sait capable de retomber les deux pieds sur terre. « Cette fois, je parie que je le décoderai assez rapidement, le beau Ulysse. Comment savoir si cet homme me convient ou non? Depuis sa rencontre avec le Lionceau, elle s'est promis d'ouvrir ses antennes et de tenir davantage compte de ses émotions. »

Alors qu'elle jette au panier les fiches de ses deux premiers candidats, avant d'aller au lit, elle se met à sourire. « Oui, cette fois, je vais mettre en place ma stratégie. Une femme avertie comme moi ne se laissera quand même pas mener en bateau trois fois. Michel ne me fera pas le coup du lapin, pas avec mes nouvelles expériences! »

# Chapitre 9

Une odeur de pudding chômeur parfume la maison. Même s'il est encore tôt, le repas est prêt à servir. Lucille tourne autour des comptoirs de cuisine à la recherche du petit quelque chose de plus à ajouter. Elle n'arrive pas à dissiper cette pointe d'appréhension qui la dérange. Elle regarde l'heure. Cassandre sera là dans une heure.  « Je lui ai fait son dessert préféré et nous allons enfin pouvoir parler à cœur ouvert », se dit la mère angoissée. Certaine de lui faire plaisir, Lucille lui a concocté un repas sur mesure. « Cette fois, je veux être à la hauteur et l'écouter d'abord comme une mère qui ne juge pas. Moins je parlerai et mieux ce sera.  Si elle savait combien je veux son bonheur! » Lucille sort et amorce sa marche quotidienne d'un pas décidé. À son retour, Cassandre l'attend sur le pas de la porte.

   –    Ça sent tellement bon. T'as fait mon dessert préféré? C'est gentil, je l'apprécie, fait-elle en l'embrassant sur les deux joues.

   –    Il a fallu que je regarde ma recette. Ça fait des années que je ne l'avais pas fait. Tu as changé ta coiffure? observe Lucille.

   –    C'est une idée de Catherine. T'aimes ça?

   –    J'aime bien, tes yeux ressortent encore plus. En vieillissant, tu ressembles de plus en plus à ton père.

– Je le trouve tellement beau. Tu l'as vu avec ses cheveux blancs? ajoute-t-elle sans penser que la remarque n'est pas tellement subtile pour des ex-conjoints.

– Les hommes vieillissent mieux que les femmes, c'est bien connu. C'est même frustrant.

La mère s'efforce de cacher son irritation. Elle sait qu'en lui parlant de son père, Cassandre s'adoucira.

– On parle avant, on mange après? demande Lucille.

– Comme tu veux. Je ne sais pas par où commencer, j'avoue, dit Cassandre d'une voix triste.

– Annie m'a dit que tu allais en thérapie?

– Oui, j'ai eu ma première consultation hier. Justement, ma psy m'a suggéré de venir te voir, ajoute-t-elle en soutenant son regard.

– Tu sais que tu peux compter sur moi pour t'aider, dans la limite de mes moyens.

– C'était plus facile de quêter ma sœur. Mais j'ai besoin de toi autrement. En fait, dans ma démarche, j'ai trois questions importantes à te poser. Tes réponses vont m'aider à clarifier certaines choses qui m'embêtent encore.

Lucille sent soudainement une vague de chaleur l'envahir. Va-t-elle être forcée d'admettre ses torts en reniant les raisons de ses choix passés?

– Est-ce que tu m'as voulue? Est-ce que j'étais une enfant désirée? demande Cassandre avec la voix chevrotante.

—   Certainement. J'ai même entraîné ton père à te conce-
voir, sans qu'il le sache. Je voulais cette maternité. J'étais certaine qu'il allait lui aussi saisir l'occasion pour se reconnaître comme
un père. Je voulais une famille!

Mal à l'aise, Lucille évite le regard de sa fille, car elle craint de
fondre en larmes sous le poids des émotions que cette question
soulève. « Pourquoi lui faire de la peine? À quoi bon lui révéler l'incapacité de son père de prendre ses responsabilités. »

Elle lui explique le subterfuge qu'elle avait utilisé pour avoir un
autre bébé. Son désir intense d'être mère une deuxième fois,
c'était un appel au rapprochement de son conjoint.

—   Papa devait être furieux. Je comprends mieux ses motifs
de t'en vouloir, encore aujourd'hui d'ailleurs. Or, les événements
n'ont pas bien tourné. Pour la famille, c'était raté!

—   Disons qu'il n'était pas le plus heureux des hommes. Ni
avant, ni après. Le problème était ailleurs, je l'ai compris plus tard.
Mais toi, tu étais ma raison de vivre; ne va jamais penser le contraire, ajoute Lucille en lui prenant la main.

—   Alors, pourquoi as-tu toujours préféré Annie? lance-t-elle
sur le ton de l'injustice.

Ces mots sont blessants et Lucille se sent prise au piège. Comment
expliquer le lien des affinités spontanées qui s'est tissé avec
Annie? Par contre, le tempérament de Cassandre s'est dévelop-
pé comme si elle était le miroir de cet homme blessé et incapable
d'assumer ses responsabilités. Cassandre a souvent rejeté l'amour
de sa mère en la culpabilisant pour le divorce et les relations mè-
re-fille ont été moins nourries de complicité. Mais il n'y a pas dans
cette relation moins d'amour, bien au contraire; Lucille a aimé

doublement sa deuxième fille, pour compenser sans doute les effets indirects de la séparation. Elle doit trouver les mots justes pour ne pas blesser cette enfant, fragilisée à son tour par une remise en question d'une grande importance.

– Où vas-tu chercher ça? Je vous aime toutes les deux. Autant l'une que l'autre. Mais maintenant que vous êtes adultes, je me rends compte de vos différences de caractère. Vous avez chacune vos forces et si je semble m'intéresser moins à toi, c'est que je respecte ton besoin d'indépendance. Il y a aussi le fait qu'Annie a des enfants maintenant. Être grand-mère m'a permis de me rapprocher d'elle. Mathis et Charles-Antoine sont tellement attachants; eux aussi ont besoin d'amour.

– J'avoue qu'ils sont très mignons. Moi aussi, je les adore. Mon filleul est le plus dégourdi des deux, ajoute-t-elle en se laissant prendre au jeu d'une admiration inconditionnelle.

– Regarde, tu les vois différemment. Tu les aimes tous les deux, mais tu as ton préféré. C'est un peu normal de s'attacher à ceux qui nous ressemblent le plus. Nous avons toi et moi plusieurs points en commun, dit-elle avec soulagement, croyant avoir trouvé les mots qu'il fallait.

– Ouais! C'est peut-être juste une perception. Tu connais maintenant mon autre secret, celui de mon orientation sexuelle. Dis-moi sincèrement si ça va changer quelque chose entre nous.

– Pas le moins du monde. Quand je dirigeais mon école, il y avait deux professeures qui vivaient en couple. Elles étaient les plus gentilles du groupe. Évidemment, elles ne s'affichaient pas sur la place publique, à cause des jeunes. À l'époque, c'était encore tabou les couples du même sexe. Mais aujourd'hui, c'est différent. Elles étaient lesbiennes et heureuses, tout simplement.

— Homosexuelle, maman.

— Excuse-moi.

— J'aime Catherine de la même façon que si c'était un homme. Je pense toujours à elle. C'est la femme de ma vie. Je la vois dans ma soupe. Au lit, c'est aussi une expérience de complémentarité, d'intimité, d'amour vrai.

— J'ai beau être de mon temps, mais pas besoin d'entrer dans les détails.

— Durant mon adolescence, pourquoi avoir été aussi sévère avec moi? reprend Cassandre avec amertume.

— Je ne crois pas t'avoir élevée différemment d'Annie : mêmes valeurs et même discipline. C'est vrai que je travaillais beaucoup, je m'absentais plus souvent. Mais, je savais par contre que ta sœur veillait sur toi. Je crois avoir été juste.

— Pourquoi as-tu refusé que je choisisse moi-même mon école privée? dit-elle en montant le ton.

Lucille ne s'attendait pas à ce genre d'attaque, compte tenu des années qui se sont passées depuis ce choix. Elle commence à se sentir épuisée par toutes ces questions. Mais ses bonnes résolutions lui reviennent à l'esprit. Avant de répondre, elle prend une grande respiration.

— Je te l'ai dit cent fois... Parce que ça facilitait le voyagement, que c'était moins dispendieux aussi! Tu sais que c'est ton grand-père qui a payé les frais de scolarité d'Annie. Moi, je n'aurais pas eu assez d'argent pour lui payer ce genre d'établissement. Après notre divorce, ton père ne me donnait pas une grosse pension, car il travaillait peu ou pas. Je voulais vous élever en banlieue, mais je devais faire face à d'autres inconvénients. Cela s'appelle des compromis, mais je t'assure que tu as eu autant sinon plus de possibilités que te ne le croies.

La réponse vient calmer les demandes de Cassandre. Sa voix se radoucit.

— Si je viens ici avec Catherine, comment vas-tu l'accueillir?

— Tu sais combien j'aime cette fille : c'est ta meilleure amie depuis si longtemps. Que vous couchiez dans le même lit n'y change rien.

— Je n'en reviens pas! Annie m'a dit que tu ne le prendrais pas. Je suis étonnée que tu sois aussi réceptive.

— Tu connais ta sœur. Elle anticipe souvent le pire. C'est une façon de vouloir nous materner.

Cassandre se lève et va humer l'odeur des casseroles. Lucille l'observe en se questionnant sur la suite. « Je parie qu'elle va me demander de l'argent, ma très prévisible Cassandre. »

— Si j'ai besoin d'argent, je peux donc venir te voir?

— Oui, mais tu sais que je ne roule pas sur l'or. Tu travailles toujours les fins de semaine?

— Non, j'ai laissé le restaurant. Catherine trouvait qu'on ne passait pas assez de temps ensemble. De plus, quand je suis à l'appart, j'ai toujours le nez dans mes livres.

— Il te reste juste un an. Après, tu deviendras optométriste. Tu auras une belle carrière.

— Justement, j'ai envie de changer de faculté. C'est une grosse décision.

— Pourquoi? Tu as tout pour réussir, non?

— Catherine pense que je pourrais aller en médecine. Ça me tenterait d'essayer.

Lucille n'a pas prévu une telle remise en question. Elle s'efforce de garder son calme, mais n'approuve pas cette réorientation.

— Cassou, tu as vingt-cinq ans. Vas-tu étudier encore pendant un autre cinq ans?

— J'ai toute la vie devant moi. Si j'y allais, pourrais-tu me payer l'université?

« Là, elle va trop loin! » Lucille se montre patiente et ouverte, mais sa fille dépasse les bornes.

— Même si je trouve ton projet intéressant, il est temps que je prenne soin de moi, que je profite un peu de ma vie. Moi aussi j'en ai une. J'ai mes propres priorités!

— C'est donc vrai que tu veux vivre en couple? Prends donc un homme riche et beau, dit-elle en badinant.

— Petite comique! Ça ne se trouve pas dans une boîte de céréales et il n'est pas question que je dépende d'un homme. Je tiens à mon autonomie. Ce que j'ai est à moi. J'en suis fière. Pour le moment, c'est ma ligne de conduite, ajoute Lucille en prenant son ton autoritaire d'ancienne directrice.

– C'est bizarre. Quand je parle d'argent avec toi, on se dispute toujours. Tu deviens impatiente, tu ramènes tout à toi. T'étais pas comme ça avant?

– Mais toi, tu n'as jamais pensé demander de l'aide à ton père? Tu ne crois pas que moi, j'ai déjà assez donné, de mon côté.

Cassandre ravale la proposition et ses joues deviennent de plus en plus rouges. La colère de sa fille, comme un ouragan, se gonfle entre deux phrases.

– Tu sais fort bien que papa est malade. Et il n'a rien à lui. D'ailleurs, tu ne l'as jamais compris. Tu l'as toujours traité en « looser ».

– Si tu veux qu'on mange ce bon repas dans l'harmonie, il vaudrait mieux changer de sujet. Il y a beaucoup de choses que tu ignores. Ton père ne fait pas pitié. Pas du tout!

– Bon… la pitié maintenant. J'ai plus faim, réplique Cassandre, implacable. Je m'en vais.

– Fais à ta guise. Je t'aime de tout mon cœur, mais je n'achèterai pas ton amour. Le chantage émotif ne mène nulle part.

Cassandre part en claquant la porte. Lucille est trop anéantie par le flot d'émotions qui monte en elle pour la rappeler. Lorsqu'elle entend l'auto s'éloigner, la mère éclate en sanglots. Peu à peu, sa peine fait place à la colère. « Pourquoi avoir enfanté une fille aussi ingrate? Tous les sacrifices que j'ai faits pour lui rendre la vie facile n'ont rien donné. En plus, je n'ai jamais dénigré son père. J'ai voulu taire ses problèmes mentaux, pour le protéger et éviter de fausser ses relations avec ses filles. Aux yeux de Cassou, j'ai toujours été la méchante, celle qui refusait les sorties, qui ne donnait pas assez d'argent de poche. » Rageusement, elle se lève, agrippe le dessert encore tiède et d'un geste de déception totale, jette le pudding chômeur à la poubelle.

« À quoi bon en faire trop? Voilà ce que ça donne. »

* * *

Quelques heures de réflexion suffisent pour laisser retomber la poussière. « Je lui ai dit que je l'aime, que je l'ai aimée et que je vais continuer de l'aimer, peu importe ses choix de vie ou de carrière. « Que puis-je faire de plus? » se dit Lucille en rangeant les dernières assiettes dans l'armoire. « Il n'est pas question de mariner toute la journée dans la rancœur et le ressentiment. » Un retour à l'ordinateur la ramène à sa propre histoire. De plus, la recherche d'un compagnon pour Madeleine comporte un degré de difficultés qui la stimule. À nouveau, elle prend le temps de lire ce que les hommes recherchent afin de trouver celui qui peut convenir à cette maman ourse en mal d'amour.

« Madeleine a raison. Ils veulent tous des femmes minces, jeunes et en santé. Si je changeais de site de rencontres, on ne sait jamais. »

Après quelques recherches, Lucille trouve le lien Rencontres pour retraités. « Tiens! J'ai peut-être trouvé un site plus adapté à ses attentes. » Après avoir fait un survol des candidats potentiels pour Madeleine, elle décide de l'inscrire à son insu sous le pseudonyme de Manouche 07. « Ce nom d'emprunt est beaucoup plus romantique que l'autre. »

Trois hommes correspondent assez bien aux critères de son amie; fière de son initiative, elle décide de leur écrire et, elle songe à mettre Denise dans le coup pour l'aider à trouver le meilleur candidat. La complicité entre les deux amies se tisse autour du bonheur de Madeleine.

— Tu penses qu'elle acceptera de rencontrer un inconnu? lui demande Denise interloquée.

— Elle m'a dit qu'elle s'ennuyait, que j'étais chanceuse d'avoir un ordinateur pour faire mes recherches. Sa solitude ne va pas disparaître par miracle.

— Je vois que tu as de bonnes intentions, mais ne t'avise jamais de me faire le même coup.

.— Je te connais assez pour savoir que tu n'apprécierais pas. De toute façon, tu es capable de trouver des remèdes à tes problèmes. Je ne me vois pas oser une telle initiative pour toi.

— Cette fois-ci, je veux faire confiance au destin. J'y ai pensé deux fois plutôt qu'une et j'accepte maintenant l'idée que la compagnie d'un homme apporte une dynamique très intéressante dans la vie, mais pas n'importe quel homme et pas à n'importe quel prix!

— Wow! Tu m'épates. C'est exactement ce que je pense aussi. J'aimerais te faire un aveu. Depuis quelque temps, je ne te reconnais plus. Je te sens beaucoup plus sage. J'aime beaucoup ta maturité. Tu m'inspires.

— N'en mets pas trop! Je tente de m'améliorer. J'ai toujours été une dépendante affective. J'essaie de me guérir. Je commence à apprivoiser ma solitude. Certains jours, c'est plus difficile. Dans ces moments-là, je me force à sortir. Je vais voir un film, je vais au théâtre. La seule chose que je ne parviens pas à faire seule, c'est d'aller manger au resto.

— C'est quand même bizarre la vie! Avant, tu ne pouvais pas vivre sans homme, et tu apprends à devenir plus autonome alors que moi, j'ai passé ma vie à tout gérer seule et voilà que je réalise que j'ai besoin d'un compagnon.

— J'ai lu quelque part que nous évoluons par cycles de vie. Après la cinquantaine, on se remet en question, on s'aperçoit que l'on a moins de temps devant soi. As-tu déjà réfléchi à cette question : dans vingt ans, à quoi je ressemblerai? De quoi aurai-je l'air? On ne pourra pas arrêter l'usure du temps!

— Non, et j'aime autant ne pas y penser. Ma rencontre avec mon espèce de gourou m'a au moins appris qu'on découvre chaque jour quelque chose de neuf. Rien n'arrive pour rien. Ce n'est pas mon genre de rester sur le banc à regarder passer les trains. Alors, un coup de pouce à Madeleine ne peut que nous en apprendre plus sur elle et sur les hommes. Qu'en penses-tu? Tu m'aides?

— Tu as sans doute raison. On ne sait pas ce que la vie nous réserve, dit Denise sur un ton mélancolique.

— Assez de philosophie pour aujourd'hui. Je vais m'entraîner. Il faut que je sois en forme pour mon prochain rendez-vous galant.

— Tu me tiens au courant de tout n'est-ce pas? J'ai hâte de voir si la belle Madeleine va trouver chaussure à son pied.

— Promis.

\* \* \*

113

La veille de leur premier rendez-vous, Lucille reçoit un appel de Michel, alias Ulysse. Il semble enthousiaste de la rencontrer.

– Que dirais-tu si demain, on allait dans les Laurentides? Il fait un temps superbe. Comme nous habitons tous les deux Laval, je pourrais aller te chercher, propose-t-il en se croisant les doigts pour qu'elle accepte.

– Pour un premier contact, j'aime autant m'y rendre par mes propres moyens, fait-elle en espérant qu'il va comprendre que sa prudence est fondée. Ne brûlons pas les étapes.

– Madame est prudente! C'est bien.

– On ne sait jamais ce qui peut arriver. J'aime bien que l'on s'apprivoise petit à petit.

Devant son acceptation aimable, les voilà à planifier les agendas. « Bravo! C'est un pas dans la bonne direction », se dit Lucille en prenant des notes.

– Restaurant Le Traiteur, Saint-Sauveur, vers seize heures.

– Je voudrais savoir si tu vas porter une couleur de vêtement en particulier, ou quelque chose de distinctif, pour notre premier tête-à-tête, demande-t-il.

– Aucune idée! Un foulard rouge peut-être, mais je pourrais changer d'idée. Ma photo te suffira sans doute. Moi, je me fie à la tienne, simplement. À demain Ulysse.

Après cette demande un peu spéciale, Lucille se précipite dans sa chambre pour faire l'inventaire de sa garde-robe. Tous ses vêtements, des tenues d'allure sportive en grande partie, ne l'avantagent pas vraiment. « Je ne veux pas avoir l'air d'une vieille directrice d'école ni d'une femme fatale. Pourquoi ne pas mettre ma féminité en valeur? Je ne suis pas si mal, après tout » pense-t-elle en se regardant dans la glace. Mais le hic! Magasiner est la pire des corvées! Essayer de trouver des aubaines au début de juillet lui semble un vrai casse-tête. Elle ose quand même se rendre au centre commercial. Les vitrines sont colorées, mais les modèles proposés sont vraiment pour des jeunes femmes.Une petite boutique attire pourtant son attention. La vendeuse l'accueille avec le sourire.

— Vous cherchez quelque chose en particulier?

— J'ai rendez-vous avec un homme que je ne connais pas et je voudrais être à mon meilleur. Que me conseillez-vous? demande Lucille qui espère un conseil avisé.

— Avec votre taille, vous avez l'embarras du choix, répond cette dernière en voyant les proportions de la cliente. Tous les modèles ou presque vous iront. Avez-vous une teinte préférée?

— Pas vraiment. Je veux quelque chose de féminin et de classique, dit-elle en passant en revue les modèles placés sur des cintres.

Après avoir essayé trois ensembles pantalons, Lucille commence à s'impatienter. Ou c'est la couleur qui ne lui convient pas, ou c'est trop grand, ou trop habillé pour une fin de journée dans les Laurentides.

— Au risque de paraître indiscrète, dit la vendeuse, est-ce que la personne que vous allez rencontrer participe à un site de rencontres?

— Oui, mais pourquoi cette question?

– Parce que moi aussi, je suis à la recherche de la perle rare. Tout comme vous, je ne sais jamais comment m'habiller pour la première rencontre, ajoute-t-elle en rougissant. Pourtant, ce n'est pas le choix qui manque ici : les rayons sont garnis de nouveautés. Mais je suis timide face à un inconnu. Il va me juger d'abord sur ce que je vais porter.

Un courant de sympathie s'installe entre les deux femmes. Lucille prend une pause d'essayage et lui fait le récit de ses deux premières rencontres. La vendeuse s'inquiète du côté éphémère de ces rencontres.

– Ce n'est pas facile de trouver le bon gars, surtout à un certain âge. Plusieurs hommes ne veulent que des « fuck friends ». Moi, ça ne m'intéresse pas.

– Des quoi? s'étonne Lucille.

– Vous ne connaissez pas l'expression? Et en baissant la voix, elle murmure : des jeux sexuels, des rencontres pour baiser seulement.

Elles discutent des avantages et désavantages de faire l'amour avec un homme que l'on connaît à peine. Le sans-gêne de certaines femmes face à la sexualité les étonne. Même si un homme le leur proposait, il semble bien que les deux femmes refuseraient. Une question de valeurs. Finalement, Lucille revient à ses achats et déniche une jupe passe-partout et un chandail qui avantage sa petite poitrine. Léger, classique, avec une encolure arrondie qui dévoile le cou et enveloppe les épaules. Le vert émeraude accentue d'ailleurs la lumière de son visage.

– Je vous souhaite bonne chance. Si vous avez du succès, venez me rassurer, car pour ma part, je n'y crois plus vraiment.

« Elle semble désabusée. J'espère que l'amour est encore possible. Mais combien de temps faut-il le chercher? Ça, aucun manuel de séduction ne le précise » se dit Lucille en la remerciant de son aide.

La soirée se partage entre la télé et Internet. Sans nouvelles de Cassandre, elle tente d'oublier cette nouvelle fausse crise pour rester fidèle à ses propres valeurs. « Inutile de ramper à ses pieds. Elle reviendra bien vers moi lorsque ses doutes se seront apaisés. » Avec une heure de méditation avant d'aller dormir, Lucille se sent mieux alignée : la vie est faite de ce que nous voulons en faire. « Je dois me faire confiance. »

La journée commence sous un soleil radieux. Après l'exercice habituel, la douche et le déjeuner-dîner, Lucille passe en revue les nouveaux inscrits sur le site puis revient à sa préoccupation du jour. Habillée de neuf, maquillée légèrement, elle se regarde dans tous les miroirs qu'elle croise. Elle se dit tout haut : « Pas si mal pour une femme de mon âge. J'espère que je vais lui plaire, même si je ne porte rien de rouge. »

Lorsqu'elle arrive sur place, elle aperçoit un homme seul qui attend sur la terrasse. Michel a belle allure dans son bermuda beige et sa chemise rayée assortie. Classique, estival et sportif! De taille moyenne, affichant un sourire franc qui découvre des dents très blanches, il dégage une sorte de bonhomie, une attitude de confiance en lui.

— Madame Muse, tu es très jolie. J'espère ne pas me tromper. Lucille?

Elle lui tend la main et ajoute d'un ton badin :

— Si je répondais non, serais-tu embêté?

– Je m'excuserais. J'aurais du mal à faire semblant de ne plus vous voir, mais je chercherais quand même celle avec qui j'ai rendez-vous.

Sans préambule, il lui raconte qu'une telle erreur sur la personne lui est déjà arrivée.

– Trois rendez-vous dans la même journée, ce n'était pas l'idée du siècle. J'ai eu ma leçon, conclut-il en observant Lucille qui l'écoutait avec étonnement.

– J'aime la façon dont tu t'exprimes.

Il se contente de sourire pendant que la serveuse s'approche pour prendre la commande.

– Deux factures, s'il vous plaît, spécifie Lucille.

– Tu es la première qui refuse que je prenne l'addition.

Lucille note cette remarque et se détend un peu « Tiens! La glace est cassée. Un autre bon point pour moi. »

– Je tiens à mon indépendance, c'est un trait de mon caractère, je pense.

À la seconde coupe de vin, Lucille se permet de lui poser quelques questions indiscrètes.

– Combien de dames as-tu rencontrées avant moi?

– Je pourrais te mentir, mais avec toi, je veux être franc. Sept personnes.

– Et aucune ne te plaisait? Tu es très sélectif.

—  Il y en a deux que j'ai fréquenté quelque temps, mais ça n'a pas fonctionné.  Je suis peut-être trop difficile. Je préfère être seul que de vivre avec la mauvaise personne, pour les mauvaises raisons.

—  Pourquoi m'avoir choisie? Qu'est-ce qui t'a attiré dans ma description? demande-t-elle en espérant mieux connaître ses attentes.

—  La vérité? C'est le hasard. La fiche ne dit pas tout. Lorsque je t'ai parlé au téléphone, j'ai aimé ton ouverture.  Tu as été franche en me disant que tu avais des difficultés avec ta fille, que tu filais un mauvais coton. Habituellement, les femmes ne discutent de leurs problèmes qu'après la deuxième ou troisième rencontre. Pour moi aussi, la famille c'est important.

La confiance spontanée de Lucille plaît à Michel qui, de son côté, ne lui cache rien de son passé. Il ose même aborder des passages difficiles sans avoir peur d'être jugé par elle. Après son divorce, il a fait une dépression. Le rejet de ses filles était, en grande partie, la cause. Ancien pompier à la retraite depuis une dizaine d'années, il s'occupe à faire des petites rénovations chez des particuliers. Les sous additionnels lui permettent de se payer du bon temps. Il est devenu membre d'un club de golf de la Rive-Nord. Mordu de ce sport, il a soudainement des étincelles dans les yeux en lui racontant ses prouesses. Lucille ne comprend pas grand-chose à son jargon. Pour elle, « driver, eagle, birdie, par » sont des mots dépourvus de sens, car elle est non initiée. « Je vais avoir l'air de quoi, moi, sur un terrain de golf? » songe-t-elle en l'écoutant distraitement.

Sans vouloir être impoli, s'apercevant qu'elle regarde ailleurs, il s'arrête.

–    J'ai l'air de t'ennuyer. Excuse-moi.

–    Tu parles du golf comme si c'était un exploit olympique. Ça ne doit pas être sorcier de frapper avec cette petite balle. Il y a tellement d'adeptes.

–    Tant qu'on n'a pas essayé, tout paraît simple. La concentration est tellement importante. Tu ne peux imaginer la difficulté seulement qu'en regardant quelqu'un d'autre le faire.

–    Honnêtement, je n'ai jamais touché à un bâton de golf de ma vie. À quelques reprises, j'ai regardé des tournois à la télé. Ne te moque pas de moi, mais... il faut dire que les paysages sont magnifiques, sans parler des grands joueurs qui sont si beaux!

–    Lorsque l'on est sur un terrain de golf, on oublie tout, ajoute-t-il en souriant à cette dernière remarque. On ne pense qu'à frapper la balle, quel bâton utiliser pour franchir la distance estimée pour arriver dans la coupe. C'est un plaisir de regarder la nature, d'écouter les petits oiseaux chanter. C'est aussi un sport très frustrant. Quelquefois, je me fâche, mais ça ne dure jamais longtemps. Serais-tu intéressée à apprendre? Je ne suis pas un pro, mais je me défends assez bien. Je pourrais te donner des leçons de base. Tu verras bien si tu aimes ça ou non.

–    Essayer me plairait, mais je n'ai pas d'équipement. Je suis une néophyte dans ce domaine, si tu vois ce que je veux dire.

–    Mon ex m'a laissé son sac de golf. Es-tu droitière?

Michel, fort loquace, lui raconte quelques-uns de ses nombreux voyages faits avec des chums de gars pour essayer les plus beaux terrains des États-Unis. Lucille boit ses paroles tout en glissant une question ou une anecdote personnelle. Son enthousiasme lui semble communicatif. Ne voulant rien brusquer, mine de rien, elle fait signe à la serveuse de leur apporter un menu.

Michel s'arrête un moment de parler en réalisant qu'il perd facilement la notion du temps. « J'aime sa personnalité. Elle sait écouter tout autant qu'exprimer ses valeurs. Je parle, je parle. Trop vouloir en dire à la première rencontre, cela peut être assommant! Que va-t-elle penser? Que je veux lui en mettre plein la vue. Je dois faire amende honorable. »

— Je te l'avais bien dit! Je suis incorrigible quand je parle du golf. J'aurais dû me taire. Pardonne-moi, ajoute-t-il en lui touchant la main.

— C'est la première fois que je fais la connaissance de quelqu'un d'aussi passionné. Il se peut qu'à ton contact, j'arrive à aimer ce sport : ton enthousiasme est peut-être contagieux! ajoute-t-elle, lui reprenant sa main, avec un large sourire.

Michel se sent soulagé et il est heureux de son initiative. Les passants déambulent entre les commerces, tous à une distance de marche les uns des autres, comme dans un village d'autrefois. Lucille, fascinée par son interlocuteur, ne voit plus le temps passer « Qu'est-ce qui m'arrive? Cet homme-là possède un magnétisme qui me chavire. Prends garde! » se dit-elle en voulant freiner son élan de sympathie. Instinctivement, elle se recule sur sa chaise.

Mais le beau Michel sans le savoir fait vibrer plusieurs cordes sensibles chez Lucille. Ils prolongent d'un commun accord la conversation jusqu'à la fermeture du restaurant. Ils ne veulent pas se quitter pour autant.

« Je pourrais l'inviter chez moi, mais je préfère suivre les conseils d'Annie » se dit-elle en tentant de se rassurer.

Alors qu'ils marchent à la belle étoile, entourant les épaules de Lucille de son bras, Michel ose une proposition.

—   Tant pis si je gaffe, mais j'aimerais t'inviter à prendre un dernier verre chez moi.

—   J'apprécie ta demande. Si je comprends bien, ma compagnie te plaît?   Mais je dois refuser. Si on se revoyait plutôt demain.

Un peu déçu, Michel accepte de bonne grâce.

—   Si tu crois que nous sommes faits pour nous entendre, téléphone-moi.

Un geste spontané de rapprochement se produit. Michel pose ses lèvres sur celles de Lucille. Ce contact à la fois doux et amoureux ravive les sens de cette femme privée de tendresse masculine. Son cœur se remet à battre, lui semble-t-il, au moment de se dire bonne nuit. Pour se rendre à sa voiture, elle ne marche pas, elle vole plutôt, emportée par cet espoir de redécouvrir l'amour.

« Le beau Michel me fait de l'effet. On dirait que j'ai retrouvé mes vingt ans. Est-ce encore possible à mon âge? »

# Chapitre 10

Impossible pour Lucille de fermer l'œil. Elle repense à la soirée passée avec Michel. Tout dans cet homme lui plaît : son physique, son attachement pour ses filles, ses blessures du passé cicatrisées et même son engouement pour le golf. En un mot, c'est l'homme idéal.

« Je ne peux tout de même pas réveiller Madeleine pour lui annoncer la bonne nouvelle, il n'est que sept heures. » Convaincue d'avoir enfin trouvé la personne avec laquelle elle voudrait vieillir, sans hésitation, elle se désabonne du site S.O.S. Rencontre. Deux heures plus tard, n'en pouvant plus, elle décroche le téléphone.

– T'es ben excitée à matin. As-tu trouvé l'oiseau rare?

Lucille lui raconte sa soirée à Saint-Sauveur, sans oublier, évidemment, le premier baiser.

– T'es pas un peu vite en affaire? réagit Madeleine avec un petit pincement de jalousie au cœur.

– Je n'ai jamais cru au coup de foudre. Faut croire que ça existe. J'ai déjà hâte de te le présenter.

– Vas-tu apprendre à jouer au golf?

— Pourquoi pas? Michel pourrait être un excellent professeur.

— Et si t'aimes pas ça? lui dit Madeleine en jouant les pessimistes.

— Il m'en a parlé avec tellement d'enthousiasme, que je suis certaine d'adorer ce sport. Si je ne l'essaie pas, je ne saurai jamais, si c'est agréable ou non.

Lucille sent dans la voix de son amie une sorte de réticence. « Elle devrait se réjouir de mon bonheur. Ma foi! Est-ce qu'elle m'envie? »

— À t'entendre, on dirait que je viens de t'annoncer une catastrophe, de poursuivre Lucille.

— Je connais ton caractère. La p'tite vite se met souvent les pieds dans les plats.

— Tu verras bien que, cette fois, le temps me donnera raison.

— C'est tant mieux si tu penses avoir déniché le gros lot. J'suis heureuse pour toi. Garde quand même les pieds sur terre. Les hommes trop parfaits y sont parfois décevants.

Rien ne pouvait amoindrir le nouveau bonheur de cette quinquagénaire en quête d'amour. À l'heure du lunch, Lucille ne peut plus se retenir : elle appelle Michel en espérant l'inviter pour le souper.

— J'espérais ton appel, ma Muse. À cause de toi, j'ai fait de l'insomnie, confie Michel.

–   Je n'ai pas beaucoup dormi moi non plus. Je pensais à toi. Je n'ai rien au programme ce soir. Pourquoi ne pas venir souper à la maison? Mais je t'avertis : je ne suis pas un cordon-bleu.

–   Je me fous de la nourriture. L'important, c'est toi. J'apporterai du vin, dit-il avec un petit frémissement dans la voix.

Il n'en fallait pas plus pour que tous les doutes que son amie Madeleine avait semés dans sa tête disparaissent. Et le menu du souper est rapidement choisi, mais que se passera-t-il après le dessert et le digestif? « Je devrais aller m'acheter des sous-vêtements féminins. S'il fallait que... »

Lucille se prépare à sortir lorsque la sonnerie du téléphone se fait entendre. Malgré la tentation de ne pas répondre : « si c'était Michel », elle regarde l'afficheur et décroche.

–   Salut m'man. Tu as fait un beau gâchis, lance Annie sur un ton de reproche.

–   De quoi parles-tu?

–   Cassandre est venue me voir.  Une vraie furie. Elle m'a dit que tu avais été odieuse avec elle.

Lucille commence à s'impatienter devant cette situation récurrente.

–   Encore du chantage émotif. Tu connais ta sœur. Elle a la manie d'exagérer. Elle est furieuse parce que je ne veux pas lui donner l'argent pour qu'elle change de formation. Annie, je suis pressée, j'ai des courses à faire. On reparlera de tout ça plus tard.

–   Tu reçois tes amies?

Après quelques secondes d'hésitation, Lucille choisit de ne pas dévoiler la vérité.

— Denise vient souper.

— Depuis quand invites-tu la belle Denise? Tu n'arrêtes pas de dire qu'elle a trop de classe pour toi, que tu cuisines mal, que ses vins préférés coûtent cher.

— Je me sens seule, tu sais. Sa compagnie me fait du bien.

— M'man, dis-moi la vérité. Tu ne sais pas mentir.

« Pourquoi ne pas être franche. Après tout, j'ai droit à ma vie » se dit-elle pour s'encourager.

— J'ai invité un ami à souper. Nous nous sommes rencontrés hier. Il m'a beaucoup plu. Alors, au lieu d'aller chez lui, j'ai pensé l'inviter.

Estomaquée par l'attitude de sa mère, Annie hausse le ton.

— Tu l'as rencontré une fois seulement et tu le reçois chez toi. Tu es inconsciente. Quel âge as-tu?

Lucille fulmine. « Pour qui se prend-elle? Je suis sa mère après tout. »

— Je mène ma vie comme je l'entends. Tu n'as pas de conseils à me donner. Il est charmant et je n'ai aucune crainte.

— Je t'appellerai dans la soirée au cas où, propose Annie, trop protectrice.

— Quand vas-tu arrêter de me couver comme une vieille mère poule? Je ne suis plus une enfant.

–    J'essaie de t'éviter de faire une bêtise, tu ne vois plus clair, lui lance Annie.

–    Je t'avertis, si tu téléphones, je ne répondrai pas. Tu en fais trop. J'aurais dû te cacher la vérité, pour avoir la paix!

Lucille referme brusquement le téléphone. « J'aurais dû me douter qu'elle réagirait de cette façon. La franchise ne paie pas toujours. »

Suivant son intention de ne pas être prise au dépourvu, si des rapprochements devaient survenir entre le dessert et le digestif, elle se rend dans une boutique de lingerie fine. Depuis quand n'a-t-elle pas regardé ces fantaisies coquines? Une éternité! Lucille se rend compte que chaque item intéressant ne correspond pas vraiment à ses moyens financiers. Après quelques hésitations, elle tombe sur un ensemble de dentelle de soie rose qui avantage sa petite poitrine. « Je fais peut-être une folie, mais aujourd'hui, j'ai envie de me gâter. »

* * *

En attendant l'arrivée de Michel, à la fois excitée et fébrile, elle déplace des petits bibelots pour les remettre, quelques minutes plus tard, au même endroit. Lorsqu'il sonne à la porte, elle sursaute tellement elle est nerveuse. Pourtant, la première rencontre avait été parfaite.

–    Bonjour belle dame. Vous êtes ravissante!

–    Après lui avoir offert une gerbe de fleurs et une bouteille de vin, il dépose un petit baiser sur ses lèvres.

–    J'en ai rêvé toute la nuit. Tu m'en veux? lui demande Michel avec un air bon enfant.

–   Oui, non. C'est la surprise! Tu me fais perdre la tête, avoue-t-elle un peu décontenancée. Il y a tellement longtemps que je n'ai pas ressenti ça.

–   J'ai tendance à aller trop vite. Que veux-tu, je suis un passionné.

Cherchant à dissiper son malaise, elle lui offre à boire puis ils s'installent dans la cour arrière où la verdure, le chant des oiseaux et la quiétude les attendent.

–   Je t'envie, tu es bien installée. Moi, je vis en condo. Quand j'ai quitté ma femme, je lui ai laissé la maison. J'ai dû faire le deuil de mes filles d'abord, puis de mon jardin, de mes plates-bandes. Je me suis senti bien seul.

Pour éviter d'entrer dans le mélodrame, Lucille fait dévier la conversation sur le choix de garder ou non sa maison alors que la mode des condos semble faite sur mesure pour les personnes seules. La sonnerie du téléphone se fait entendre et Lucille fait celle qui n'entend rien. « J'espère qu'il ne va pas penser que je suis sourde, pas question de répondre à Annie en ce moment. »

–   Tu ne réponds pas? s'étonne Michel.

–   Pas la peine. C'est sûrement ma fille qui veut savoir si tout va bien.

Sans détour, elle lui raconte les recommandations de son aînée.

–   Au moins, tu as quelqu'un qui s'inquiète pour toi. Mes filles sont trop occupées pour rendre visite à leur père. J'ai deux petits-fils. Je ne les vois qu'à leur anniversaire.  En plus, je dois subir la présence de mon ex-femme. Lorsqu'un homme quitte sa femme, c'est lui le coupable. Les gens s'imaginent que celui qui part est le seul responsable des conséquences. La vie de couple, pourtant, se construit et se détruit à deux. J'en ai fait l'expérience.

À tour de rôle, comme de vieilles connaissances, ils parlent de leur passé respectif. Au grand étonnement de Lucille, Michel se livre sans pudeur. Quelquefois, ses yeux se remplissent de larmes, mais il reprend le contrôle de ses émotions. Lucille ne veut pas rompre le fil de la conversation, mais son estomac commence à crier famine.

–    Donne-moi quelques minutes, je vais préparer le souper.

–    Laisse-moi t'aider. Je suis un bon assistant-chef.

–    J'ai l'habitude de ne pas faire travailler mes invités.

–    Alors, ne me considère pas comme un invité, mais comme un ami, dit-il en se frottant les mains de plaisir.

En bavardant, Michel a dressé la table, coupé les légumes. « Cet homme est une vraie perle », pense Lucille. À quelques reprises, il s'approche d'elle pour passer une main dans son cou. Telle une chatte en manque de tendresse, elle ronronne de plaisir. Elle ressent une attirance, une envie même de se retrouver entre ses mains si douces et de se laisser aimer par cet homme. Elle ferme les yeux, souhaitant qu'il la prenne là, sur-le-champ. Il l'entoure de ses bras. Ressent-il la même sensation de désir qui vient la troubler?

Elle devrait résister, se calmer, mais une partie d'elle souhaite ce moment depuis tellement longtemps. Elle perd la notion du temps. Dans cette douce sensation d'intimité, il n'y a que le présent qui compte. Chaque seconde est un délice, une découverte. Ses sens qui se réveillent d'un trop long sommeil lui dictent les gestes.

Elle se retourne vers lui, le regarde. Il peut y lire un message de consentement et, sans retenue, elle lui offre ses lèvres pulpeuses.

– Tu es certaine, lui chuchote Michel à l'oreille entre deux baisers passionnés.

Pour seule réponse, elle prend sa main et l'entraîne vers sa chambre.

– Donne-moi quelques minutes, je reviens. Choisis donc une musique d'ambiance, ce que tu aimes, en attendant.

Lucille se dirige vers la salle de bain et enfile son ensemble de soie rose.

– Tu es magnifique, lui dit Michel en lui tendant les bras. J'ai tellement envie de toi...

Pour la deuxième fois dans sa vie, Lucille goûte à l'extase de deux corps qui s'unissent avec passion. Jamais le Boléro de Ravel ne lui avait semblé aussi parfait pour accompagner un crescendo amoureux. Lorsque les dernières notes retombent, Lucille et Michel se blottissent l'un contre l'autre pour savourer cet instant magique.

Revenant doucement à la réalité, un doute s'installe en elle : « Que va-t-il penser de moi? » Voulant expliquer ce geste impulsif, appuyée contre son épaule, Lucille dévoile son petit secret.

– J'espère que tu as eu le temps de voir ma nouvelle lingerie? Parce que je l'ai choisie juste pour toi... Pour la première fois de ma vie, j'ai osé faire les premiers pas, moi d'habitude si puritaine.

– D'abord, je dois dire que tu as beaucoup de goût, car tu es magnifique, avec cette lingerie, ou sans! D'ailleurs, si tu veux la remettre, je pourrai l'admirer une seconde fois avec plaisir, explique Michel en lui caressant doucement le dos.

Rassurée par la complicité qui s'installe entre eux, elle sourit, transformée par cette expérience qui dépasse ses fantasmes les plus fous. « Je l'ai fait! Comme c'est bon de redevenir une femme! »

– Tu dois bien avoir un petit creux, lui demande-t-elle en le chatouillant. Si on allait manger quelque chose, cher assistant-chef. Cette entrée très spéciale n'était que le prélude. La soirée est encore si jeune!

Pendant le repas, les confidences se mêlent aux souvenirs, parfois émouvants ou amusants, selon les propos. En apportant le dessert, Lucille se hasarde à lui demander s'il accepterait de lui donner des leçons de golf.

– Rien ne me ferait plus plaisir! Cependant, pour les trois prochains jours, c'est impossible. Mes parties de golf avec mes chums sont sacrées.

Elle se sent déçue. Mais comprend-il sa déception? Qu'elle veut brûler les étapes, supplanter ses amis, chambarder ses horaires? Elle encaisse le coup en cachant son désappointement.

– On ne change pas ses habitudes du jour au lendemain parce qu'une femme entre soudainement dans sa vie, lui dit-elle gentiment.

Michel lui explique l'importance de ses amitiés masculines. Lucille peut le comprendre mieux que quiconque puisqu'elle ferait la même chose, avec ses propres amies, si des événements sembla-bles se produisaient.

— Nous sommes un groupe de gars, trois célibataires et un seul qui est marié. Nous jouons au golf quatre fois par semaine. Après la ronde, on va prendre une bière et on arrête manger quelque part. Généralement, on fait ensemble un voyage de golf à l'automne et un autre pour saluer l'arrivée du printemps.

— Est-ce que j'aurai quand même une place dans tes temps libres? questionne Lucille.

— Fais-moi confiance, on se verra souvent. Très souvent même, au point où tu prieras pour avoir un *break*, ajoute-t-il en riant.

Soulagée par ce commentaire, Lucille se prend à espérer qu'un jour, leur amour sera si fort, que ses amis passeraient en deuxième. Avant de partir, Michel embrasse Lucille avec passion et chaleur. « Comme la vie est bonne pour moi en ce moment » se dit-elle en se pinçant afin de s'assurer qu'elle est bien réveillée.

Elle reprend son souffle après cette soirée romantique à souhait. Sur son répondeur, il y a un appel d'Annie! D'un haussement d'épaules, elle l'efface, sans l'écouter.

* * *

Le sommeil réparateur lui a fait grand bien et Lucille entreprend sa journée le cœur en fête. Vers le milieu de la matinée, elle ouvre son ordinateur pour regarder si Madeleine alias Manouche 07 a reçu des courriels. À son grand étonnement, deux messieurs ont répondu.

*Chère Manouche,*

*Vous correspondez à ce que j'attends d'une femme. J'aimerais vous rencontrer. Donnez-moi votre numéro.*

*Cactus*

Elle examine son profil et, voyant sa photo, elle tranche, certaine que cet homme ne correspondrait pas au goût de son amie. Lucille passe au suivant.

*Manouche,*

*J'suis un gars pas compliqué. J'fais les mêmes activités que toi. J'aime aider les gens. J'aimerais entendre ta voix. Voici mon numéro. Si le cœur t'en dit, appelle.*

*Ti-Loup*

« Mon petit doigt me dit que celui-là pourrait lui plaire. Je ne peux tout de même pas lui parler à la place de Madeleine. Qu'est-ce que je fais? »

En lisant le troisième courriel, Lucille reste éberluée, ne comprenant pas qu'un homme de 41 ans soit attiré par une femme plus âgée. « J'imagine qu'il en faut pour tous les goûts. » se dit-elle avec étonnement.

Incertaine de sa démarche, le lendemain, Lucille se décide d'appeler Ti-Loup pour lui expliquer la situation. Bien que le langage de ce monsieur la laisse perplexe, dans sa simplicité un peu rustre, elle sympathise avec lui. Il comprend bien pourquoi elle fait office d'intermédiaire.

— Vous pensez qu'elle va vouloir me rencontrer, demande-t-il?

— Vous pouvez me faire confiance. Je la connais bien. Je vous tiens au courant.

Lucille savait pertinemment que la partie n'était pas gagnée. « J'espère qu'elle va comprendre que je l'ai fait par amitié. »

Sans penser plus longuement aux conséquences de son initiative, elle téléphone à Madeleine. Le cœur battant, Lucille attend la réaction imprévisible de Madeleine.

— Dis quelque chose, implore Lucille, devant le silence insoutenable qui alourdit la conversation.

— Si t'étais devant moi, t'aurais ma façon de penser. J'en reviens pas. T'as utilisé mon nom.

— Ton pseudonyme seulement. Je ne connais même pas le prénom du monsieur.

— Pis, tu voudrais que j'lui parle.

Se voulant plus convaincante, Lucille tente d'atténuer ses peurs.

— Ça ne t'engage à rien.

— Moi, j'suis pas aussi vite que toi. J'ai l'habitude de réfléchir avant d'agir. J'verrai. Donne-moi son numéro.

Les pulsations cardiaques de Lucille commencent à ralentir. Elle se sent coupable.

– Tu m'en veux?

– Ben non! J'sais ben que t'as fait ça pour ben faire. Dis-moi donc comment il se décrit. T'as piqué ma curiosité.

Lucille lui fait le résumé du profil de Ti-Loup et lui donne ses coordonnées.

– Maintenant, c'est à toi de jouer, dit Lucille d'une voix enjouée.

– Ça prenait juste toi pour faire des affaires de même, mais je te pardonne. Je vais réfléchir à tout ça.

Fière de son coup, Lucille entreprend de laver les vitres de la maison malgré la chaleur accablante. Michel occupe toutes ses pensées. « Être en amour, ça vous remonte le moral. Si je m'écoutais, je lui laisserais un message sur son répondeur. Je sais que je dois être patiente, mais on ne change pas du jour au lendemain. Est-ce qu'un jour je serai aussi sage que Denise? Je pense que ce ne sera pas pour demain. »

\* \* \*

Après mûre réflexion et beaucoup de questionnements, vers la fin de l'après-midi, Madeleine prend le téléphone et compose le numéro d'un certain Ti-Loup. Une voix de stentor lui répond. Voulant faire bonne impression, Madeleine s'était pratiquée au préalable à répéter sa première phrase.

– Bonjour monsieur. Je suis Manouche 07. C'est mon amie qui vous a écrit.

– T'es chanceuse d'avoir une amie comme ça, dit-il sur un ton sympathique.

—   Ça, tu peux l'dire. Excusez-moi, j'voulais pas vous tutoyer.

—   Il y a pas de mal. J'aime mieux qu'on s'tutoie.

Malgré sa gêne, Madeleine jase pendant une bonne heure avec cet inconnu. Paul est à la retraite. Toute sa vie, il a mené de front deux entreprises : une quincaillerie de quartier qui l'a fait vivre jusqu'au jour où les grandes surfaces l'ont littéralement jeté à la rue. Ensuite, il a décidé de se lancer dans l'immobilier. Ses affaires ont prospéré, et maintenant il est à l'abri du besoin.

—   Moi, quand j'ai fermé ma garderie, il ne me restait plus grand-chose, en économie j'veux dire. C'est pas très payant, ce domaine-là. Par contre, j'suis fière de dire que j'me débrouille assez bien. J'ai mon char, j'suis indépendante.

—   T'as su que j'suis pas un p'tit homme. J'pèse 255 livres. J'aime manger, pis j'me prive pas. La vie est trop courte.

—   T'as ben raison. C'est pareil pour moi. J'ai essayé des régimes, mais j'ai aucune volonté.

Paul souhaite la convaincre d'accepter une invitation, pour qu'ils puissent se rencontrer le lendemain.

—   J'sais pas trop, j'suis gênée.

—   Ça t'engage à rien.

—   OK! Où est-ce qu'on peut s'voir?

Madeleine ne se reconnaît plus. Elle est partagée entre deux sentiments si nouveaux : l'excitation et l'incrédulité. Qu'un homme puisse s'intéresser à elle, elle n'en revient tout simplement pas. Elle ne peut garder ce dilemme pour elle. « Denise! Elle est la seule qui peut m'aider à y voir clair. » Après lui avoir raconté les manigances de Lucille, malgré qu'elle soit au courant, Denise essaie de savoir ce que Madeleine a ressenti.

– Et tu n'es même pas fâchée?

– Au début, oui. Mais j'vois bien qu'elle veut que j'sois heureuse à mon tour. Sais-tu la meilleure? Lucille a couché avec un homme qu'elle a rencontré?

Denise écoute sans intervenir. À l'inverse de Madeleine, elle comprend que Lucille se soit jetée dans les bras d'un homme attirant et disponible pour essayer d'y trouver du réconfort, pour se sentir encore jeune et belle, pour se faire complimenter, etc. Au fond, elle l'envie et l'admire à la fois.

– Madeleine, ne la juge pas trop sévèrement. Certaines femmes ont besoin de se prouver qu'elles peuvent encore vibrer, aimer, je veux dire! Tu ne sais pas ce que l'amour peut faire. Si ça t'arrive, tu vas voir comme ça fait du bien. Les vieux principes ne guérissent pas le mal d'aimer et la solitude.

Après avoir terminé sa conversation téléphonique, Denise constate que ses deux amies vivent des moments palpitants : « En quelques semaines, la décision de se trouver un compagnon de vie a provoqué plusieurs remises en question. Lucille est toujours prête à aider les autres. Elle ne peut pas vivre repliée sur elle-même. Elle a tellement de belles qualités à partager. Madeleine aussi mérite d'être heureuse. Je la devine plus audacieuse qu'elle ne le laisse paraître. La vie est tellement imprévisible », pense Denise en ouvrant son ordinateur. Elle va dans « mes favoris » et clique sur l'onglet S.O.S. Rencontre, juste pour y jeter un coup d'œil.

# Chapitre 11

Quatre longues journées se passent sans que Michel ne lui donne signe de vie. Comme une collégienne, Lucille attend un appel de son amoureux. « Laisse agir le temps. On ne se repent jamais d'attendre. L'impatience est souvent une porte par laquelle entrent nos peurs » s'est-elle répétée cent fois. N'y tenant plus, elle se confie à Denise et son amie essaie tant bien que mal de la rassurer. Or Lucille a le cœur en lambeaux. Elle veut taire cette intuition néfaste qui s'est insinuée en elle.

— Ne va pas me dire qu'un homme accepterait de faire l'amour avec une femme sans avoir aucun sentiment pour elle, lance Lucille, à bout d'arguments. Ce serait une sorte de profiteur.

— Je ne veux pas être trop brutale, mais il faut admettre que de nos jours, on consomme le sexe sans être en amour, de souligner Denise.

— Mais Michel semblait sincère. Nous avons passé une soirée vraiment parfaite, se désole Lucille.

— Qu'est-ce qui t'arrive? Je ne reconnais plus la femme d'action qui prend toujours les devants. Va donc aux nouvelles, questionne-le. Tu n'as pas l'habitude de rester dans l'incertitude.

– Facile à dire. Si je l'ai déçu, comment savoir? Toi, ma grande sage, que ferais-tu?

– J'essaierais de tourner la page. Regarde le côté positif : tu as passé un bon moment avec lui et cela t'a fait du bien. La suite n'est pas encore connue, alors ne décide pas avant de savoir ce qui se passe de son côté.

– Ce que tu ne sais pas, c'est moi qui ai fait les premiers pas. J'avais envie de lui et je me suis laissée aller jusqu'au lit. J'ai l'air de quoi maintenant?

– Encore cette vieille mentalité. Parce que nous sommes des femmes, on devrait attendre que l'homme fasse notre conquête. Tu as bien fait, si tu veux mon avis, avoue Denise.

– Ça me fait mal au cœur qu'il ait pu dire oui seulement pour profiter de moi, sans autres sentiments.

– Je te comprends! Ton orgueil en prend un coup. Shakespeare disait : « Les orgueilleux ne laissent pas de gloire derrière eux. »

– Shakespeare a peut-être raison, mais pour le moment, je suis trop en colère. Je vais suivre ton conseil et prendre le taureau par les cornes. Je vais lui poser la question qui tue, en riant. On ne sait jamais.

– Là, je te reconnais. J'ai toujours admiré chez toi la femme déterminée. Fais ton enquête avant de tirer tes conclusions.

– On dirait que c'était trop beau pour être vrai. Si je veux atteindre le bonheur, il faudrait que j'apprenne aussi à ne pas le repousser. En tout cas, je veux te remercier de m'avoir écoutée.

Les heures passent. Lucille tente de joindre Michel sur son cellulaire à plusieurs reprises. Toujours sans retour d'appel, après deux autres jours interminables, elle lui écrit un courriel qui en dit long sur son état d'esprit.

*Michel,*

*Comme beaucoup d'hommes, après avoir eu ton petit moment de plaisir, tu es reparti sans regarder derrière toi. Je me suis fait avoir comme la dernière des dernières. Je te croyais sincère. Je me suis sans doute trompée à ton sujet. Si j'avais su que tu ne voulais qu'une relation d'un soir, jamais je n'aurais tenté de te séduire. Un homme mature ne joue pas avec les sentiments d'une femme. Le jour où tu comprendras qu'une relation homme femme est faite d'honnêteté et d'harmonie entre deux personnes, ce jour-là, tu auras fait un grand pas. Seuls les hommes vrais cultivent ce genre de respect. Moi, je croyais que tu avais des valeurs, tu m'as trop déçue. Je décroche!*

*Lucille*

*PS. N'essaie plus de me contacter.*

Elle relit la missive deux fois avant de la transmettre. « Je ne vais pas me ronger les sangs pendant des jours. Je tourne la page. Je ne suis pas du genre à mariner après une déception! » Une longue marche, le chapitre Michel est clos. Le meilleur moyen pour Lucille de reprendre le fil de sa propre vie, c'est d'aller se ressourcer auprès de ses petits-enfants.

En arrivant chez Annie, elle a la surprise d'arriver nez à nez avec Cassandre. Lorsqu'elle veut l'embrasser, sa fille se détourne. Peinée par son comportement, Lucille tente de comprendre l'animosité de sa cadette.

— Cassou, tu vas me bouder encore longtemps? demande-t-elle en regardant sa fille dans les yeux.

— Je déteste quand tu emploies ce ton mielleux.

— Si on essayait de faire la paix. Dans ma jeunesse, j'agissais comme toi. Au lieu de trouver un point d'entente, je fuyais. Tu es ma fille et je souhaite ton bonheur.

Pendant quelques secondes, elle observe Cassandre pensive : « Nous sommes tellement semblables par moments, elle et moi. »

— Je ne veux pas parler de nos problèmes devant Annie, ajoute Cassandre en parlant plus bas.

— Je ne comprends plus. Il me semble que tu n'avais pas de secrets pour elle.

— C'est ce qu'elle te dit. Ma sœur est une vraie mère supérieure. Ma relation avec Catherine la dérange beaucoup plus qu'elle ne le laisse paraître. Elle essaie de me convaincre que je suis hétéro. C'est du déni! Au moins, toi tu ne m'as pas jugée.

— Elle n'est pas si haïssable que ça, ta mère, dit Lucille avec un clin d'œil complice.

Cassandre sourit à son tour. « Je crois que je viens de désamorcer la bombe. Mon cœur de mère se sent déjà mieux. »

— Entrons, Annie va penser que l'on complote dans son dos.

En cachant certains détails trop personnels, pour faire diversion dans les relations tendues, Lucille raconte à ses filles sa mésaventure avec le beau Michel. Annie s'empresse de sermonner sa mère au lieu de simplement accueillir ses confidences.

— Je te l'avais bien dit. Un beau jour, tu vas rencontrer un homme violent, qui te battra et peut-être te tuera. On te retrouvera une semaine plus tard baignant dans ton sang, dramatise-t-elle.

— Tu exagères. À son âge, maman sait comment agir, opine Cassandre.

— Je veux seulement la protéger contre elle-même.

— Ce que j'aimerais savoir, c'est si tu as l'intention de mettre une croix sur d'autres rencontres? poursuit la cadette, plus posée que sa sœur.

— Tu me connais Cassou, je n'ai pas dit mon dernier mot. Un jour, je vais rencontrer la bonne personne. J'ai été stupide de croire que cet individu était amoureux de moi. Un de perdu, dix de retrouvés, comme dit le dicton.

— Tu aurais dû refuser de coucher avec lui, insiste Annie.

— Vous savez les filles, même à mon âge, on a encore envie de sexualité. Il me plaisait vraiment. Je n'ai pas résisté à la tentation!

— M'man, garde-toi une petite gêne, lance Annie, faussement pudique.

– Voyons! Maman est encore jeune. Ce que tu peux être puritaine! Ton Simon doit trouver le temps long, si je me fie aux apparences. Ta vie de couple doit être assez plate merci!

Pour éviter que le désaccord grandisse entre ses deux filles, Lucille change brusquement de sujet.

– Où sont mes deux amours? Tu les as cachés?

– Ils sont au parc avec Simon. Ne t'en fais pas, tu pourras leur lire une histoire avant de les border pour la nuit, la rassure Annie.

Devant la complicité qui s'est visiblement installée entre sa mère et Cassandre, Annie se referme comme huître. À son tour de bouder. « Encore une autre crise à dénouer, se dit Lucille. Il me semble que ma vie n'est qu'une succession de relations difficiles. »

\* \* \*

À l'insu de Lucille, Madeleine a accepté de rencontrer le fameux Ti-Loup. Elle oublie pour une fois sa timidité et ses appréhensions et tente la grande aventure. Pour leur première rencontre, Madeleine suggère un endroit neutre : le parc Lafontaine. Ce lieu lui rappelle tellement de souvenirs. « Je me vois encore, assise près du bassin d'eau, à regarder les canards qui se chamaillaient pour quelques croûtes de pain. P'pa m'y amenait une fois par mois. Il voulait que j'oublie le décès de maman », se dit-elle en attendant l'arrivée de l'heureux élu.

Apercevant ce colosse aux yeux rieurs qui s'avance dans l'allée centrale, avec des mains aussi grandes qu'une crêpe, instantanément, Madeleine tombe sous le charme. Malgré le temps un peu frisquet pour le début du mois d'août, la sueur perle à son front.

144

Après avoir échangé une franche poignée de main, la gêne fait place à une confiance que Madeleine traduit ainsi : « ça l'air d'un sacré bon gars! » Pendant un moment, ils marchent côte à côte, en silence. « Faudrait bien trouver un sujet, faut qu'on s'parle si on veut se connaître. » Alors, elle laisse parler son cœur.

—   Pour être grand, t'es grand! Tu m'fais penser au géant Beaupré que j'ai vu sur des photos, lance-t-elle pour casser la glace.

—   T'es pas la première qui m'dit ça, dit-il en riant. J'y peux rien, j'sus fait comme ça!

—   Tu tiens ça de tes parents? ajoute - t- elle en espérant qu'il lui parle de sa famille.

—   Du côté de ma mère, c'est certain. T'aurais dû la voir : toute une pièce de femme.  Quand mes deux frères pis moi on s'chicanait, elle sortait sa baguette de bois. Une vraie sainte d'avoir enduré l'père. Un soulon de la pire espèce.

—   T'es chanceux d'avoir des frères. Moi, j'suis fille unique, adoptée en plus. J'ai perdu ma mère à quatre ans.

—   Ça pas dû être facile, ajoute-t-il en la prenant par le bras.

Pendant plus de deux heures, ils se parlent comme de vieux amis. Madeleine ne lui cache rien de son passé, osant même lui avouer la raison pour laquelle son premier mari l'a abandonnée. Puis elle raconte les circonstances du décès de son deuxième mari. En fin d'après-midi, le temps leur a semblé trop court, mais ils doivent se quitter.  Madeleine lui fait face avec une intention claire. « J'vas prendre mon temps. »

– J'veux te revoir. T'es mon genre de femme. Si ça t'intéresse, j'vais attendre ton téléphone, lance Paul, les yeux remplis
d'espoir.

– J'vas y penser, mais pour commencer, j'souhaite devenir
ton amie, après on verra bien.

– C'est comme tu veux, dit-il sans insister. J'te trouve à mon
goût : j'aime ta franchise. C'est ça que je veux, une femme pas
compliquée, sincère pis aimable comme toute.

Madeleine a le cœur qui palpite. Elle veut crier son bonheur
pendant qu'il s'éloigne… Mais elle reste assise sur le banc un bon
quart d'heure avant que ses jambes acceptent de la supporter, tellement l'émotion est forte. « J'devrais appeler Lucille. Non,
Denise d'abord. Mais tout à coup que j'me fais des accroires. J'vas
attendre qu'on se voie une autre fois, pour être sûre. Lucille m'a
prévenue : il faut éviter de s'emballer trop vite parce qu'après, on
est trop déçue. J'veux prendre le temps pour penser à tout ça »,
se dit-elle en rentrant à la maison. À la radio, on joue, « Fais-moi
la tendresse » de Ginette Reno. La voix de Madeleine reprend le
refrain en se disant qu'elle n'a pas à renoncer au bonheur. Tout le
monde a le droit d'être heureux!

\* \* \*

Lucille ressent le vide de la solitude depuis quelques jours. « Cette
maison est bien trop grande pour une femme seule », se dit-elle.
Après avoir médité pendant 45 minutes, car elle maintient cette
habitude prise depuis sa rencontre avec Gabriel, un mot s'infiltre
de plus en plus dans son esprit : le rejet. Elle prend conscience
de tous les rejets vécus au cours de son existence : l'abandon de
son mari, la rupture brutale avec son amant de passage qui avait

su lui donner tout le renforcement dont elle avait eu besoin pour se sentir femme, la non-reconnaissance de ses filles, et Michel envolé on ne sait où. « Qu'est-ce que j'ai fait au Bon Dieu pour mériter tout ça? » Elle a le cœur gros de tous ces chagrins qui l'ont blessée, qui ont laissé en elle des cicatrices qu'elle a refusé de soigner, s'étourdissant dans le travail. « Pourtant, j'aime les gens, je donne tout ce que je peux aux autres et malgré tout, ils s'éloignent. C'est injuste! »

La sonnerie du téléphone la fait sursauter. En regardant sur l'afficheur, elle ne reconnaît ni le nom, ni le numéro de téléphone. « Si c'est Michel qui veut s'amender, qu'il aille au diable. » Mais dès que le répondeur affiche son petit clignotant rouge, elle se précipite pour écouter le message. Elle est d'abord surprise d'entendre cette voix de stentor dans sa boîte vocale.

« *Bonjour Lucille, c'est Paul, j'aimerais te parler, mon numéro est...* »

Il n'en fallait pas plus pour lui faire oublier sa tristesse. Elle réécoute le message, note le numéro et lance l'appel.

— Je suis Lucille. Est-ce que je vous connais?

— T'as la mémoire courte. C'est grâce à toi si j'ai rencontré Madeleine.

— Attendez, je ne comprends plus rien. Ti-Loup?

— Oui, c'est moi; mon nom c'est Paul.

147

– Vous avez rencontré Madeleine? Je n'en crois pas mes oreilles, s'exclame Lucille.

– Oui madame, pis j'sus ben content. J'voulais te remercier.

– La belle cachottière. Elle n'a sans doute pas eu le temps de me donner des nouvelles.

– C'était juste hier. Tu sais, elle est mon type de femmes. J'la sens méfiante. Peux-tu faire quelque chose?

– Je veux bien aller aux nouvelles, mais Madeleine n'est pas comme moi. Elle aime bien prendre son temps avant de faire ses choix. Je vois que vous tenez à elle..., c'est un bon point.

– Fais c'que tu peux. J'te remercie d'avance.

Sitôt raccroché, elle compose le numéro de Madeleine. « Je vais essayer de lui tirer les vers du nez », se dit-elle ressentant un petit pincement de trahison devant le mutisme de son amie.

– Hier, j'ai essayé de te joindre. Où étais-tu?

Mal à l'aise devant la question de son amie, Madeleine essaie de trouver une réponse crédible.

– Au magasin, avec Martin... non, bafouille-t-elle.

– Madeleine, tu es incapable de mentir. Je viens de recevoir l'appel d'un certain Paul. Il voulait me remercier. Tu lui as fait une bonne impression. Mais il ne faudrait pas trop me mentir sinon, il faudra que tu ailles te confesser, la grande.

– Quoi? Paul t'a téléphoné? dit-elle en trahissant son émotion.

– Tu as bien compris. Il veut que je plaide sa cause. Alors, qu'as-tu à me dire mon enfant?

Avec des éclats de rire dans la voix, Madeleine lui raconte en détail sa rencontre avec Paul. Elle rit et pleure à la fois en relatant les émotions que cet homme réveille en elle.

– La façon dont tu me le décris, il aurait dû prendre le pseudonyme d'Hercule. As-tu l'intention de le revoir? questionne Lucille. Sinon, il ne faudrait pas le faire languir.

– J'veux le faire patienter une couple de jours. J'veux voir s'il est sérieux. « J'ferai pas comme toi », pense-t-elle en se remémorant le caractère trop spontané de son amie.

– Tu fais bien. Moi, j'aurais dû me montrer plus indépendante.

– Tu veux pas dire que? À ton tour de passer aux aveux!

Les révélations de Lucille confirment sa promptitude à tomber dans les bras d'un homme. Sagement, Madeleine l'écoute, mais sans jeter de l'huile sur le feu.

– Si t'as réussi à me trouver quelqu'un, j'suis certaine que tu dénicheras le bon gars. J'pourrais te prêter Paul pour quelques jours. Y'a pas de danger que tu fasses l'amour avec lui. Il t'écraserait comme une galette, lance-t-elle en badinant.

– Tu penses déjà au sexe? s'exclame Lucille. T'es aussi pire que moi?

– Pantoute. J'y ai dit qu'on serait des amis pour commencer.

– Et tu penses qu'il t'a crue?

– Si c'est ça que j'veux, il va attendre. Un point c'est tout!

– J'espère que tu vas me tenir au courant pour la suite, insiste Lucille. Les amies, ça sert aussi à ça. »

– La conversation se termine par des mots d'encouragement. Lucille espère sincèrement que Paul ne déçoive pas celle qui, depuis trop longtemps, subit la solitude malgré son besoin d'aimer et d'être aimée. « Chère Madeleine, elle m'étonnera toujours. Dans sa jeunesse, elle se confiait rarement. Denise et moi étions convaincues qu'elle était puritaine, mais lorsqu'elle nous a annoncé ses fiançailles et sa première grossesse, nous étions éberluées par son audace. Mais elle en a versé des larmes, par la suite... »

* * *

Quelques jours plus tard, Lucille était sans nouvelle de Denise. « Quand je n'ai pas de nouvelles, je me sens en manque. Sa sagesse et ses bons mots me permettent de voir la vie différemment ». Elle se prépare un café et s'installe avec son sans fil dans le vivoir.

– J'espère que tu n'es pas fâchée contre moi, dit-elle en voulant prévenir les reproches. J'aurais dû t'appeler depuis plusieurs jours, mais j'étais trop occupée.

– Je ne suis pas fâchée, mais tu viens de te trahir. Pourquoi te sens-tu toujours coupable de quelque chose?

– Excuse-moi. Je file un mauvais coton depuis quelques jours. Je deviens parano...

—   Tiens! Je vais te changer les idées. J'ai fait une belle rencontre dans un endroit pour le moins inusité, annonce Denise d'une voix intrigante.

—   Tu veux en parler, ou tu le gardes pour toi, ton mystère?

—   Il y a trois jours, j'ai décidé d'aller marcher au cimetière de la Côte-des-Neiges. J'y vais quelques fois par année, c'est tellement beau.

—   Tu ne risques pas de te faire déranger, ajoute Lucille pour la taquiner.

—   Au contraire, c'est le lieu idéal pour se ressourcer. Je marchais entre les pierres tombales et je lisais les inscriptions. Je m'attardais aux dates récentes, surtout celles des enfants. Tout à coup, j'ai entendu une voix d'homme qui parlait tout seul. J'ai essayé de m'approcher sans faire bruit.

—   Tu espionnais quelqu'un?

—   Je ne voulais pas être indiscrète, mais tu aurais dû entendre la douceur de sa voix. Il se confiait à sa conjointe, plutôt à sa pierre tombale. Ses paroles me touchaient. J'en avais les larmes aux yeux. Il lui parlait de sa solitude, combien elle lui manquait. Lorsqu'il lui a raconté les meilleurs moments de leur dernier voyage, j'ai fondu en larmes. Malheureusement ou heureusement, j'ai toussé et je me suis fait surprendre, soupire Denise.

—   Tu as dû te sentir mal. Te voir six pieds sous terre!

—   Il s'est approché tout doucement. J'avais tellement honté, je n'osais même pas lever la tête.

—   Puis?

– Nos regards se sont croisés. C'est un très bel homme. Il a les cheveux blancs, mi-longs, attachés à l'arrière. Tu aurais dû voir ses yeux, deux billes bleu ciel.

– Vous êtes-vous parlé?

– Évidemment, je me suis excusée. Très simplement, il m'a raconté que sa femme était décédée depuis deux ans, et que les 14 du mois, il vient s'entretenir avec elle. Sais-tu ce qui m'a le plus étonnée?

– Non, mais je sens que tu vas tout me dire.

– Il m'a avoué qu'il m'avait croisée à quelques reprises. Il habite le même immeuble que le mien, au 9e étage. C'est un ancien professeur d'université et il vient de prendre sa retraite.

– Est-ce qu'il t'a dit ce qu'il enseignait? Cela m'intéresse.

– La littérature. Il m'a invitée à prendre un café. Nous avons bavardé pendant trois heures, pour finalement aller souper ensemble.

Malgré toute la bonne volonté du monde, Lucille écoute le récit de Denise avec un brin de jalousie.

– À part son physique, comment le trouves-tu?

– C'est un homme charmant et très cultivé. Il a l'allure un peu bohême, mais j'aime bien. Ça me change de mes autres relations. Il a fait plusieurs voyages avec sa femme. J'aurais souhaité qu'un de mes ex m'aime autant qu'il a aimé sa belle Hélène.

– Il t'a fait une autre invitation alors?

– Oui et non. Il souhaite me revoir, mais il n'est pas prêt à entrer dans une nouvelle relation amoureuse, explique-t-elle un peu déçue.

– J'imagine qu'il est aussi à l'aise financièrement que toi?

La question surprend Denise. « C'est quoi cette manie de vouloir connaître le portefeuille des gens? » se demande-t-elle.

– Il m'a fait visiter son appartement. J'étais estomaquée de voir autant de livres dans ce petit quatre pièces et demie.

– Bon! J'avoue. Je suis jalouse. Je me cherche un homme et ce sont mes deux meilleures amies qui dénichent la perle rare, tandis que moi, je perds mon temps, se plaint Lucille.

– Ne va pas trop vite. Je ne suis pas encore en amour. J'espère qu'il y aura une suite, mais avant, je dois continuer à soigner ma dépendance affective. J'apprends à doser mes attentes.

– J'admire ta détermination. Est-ce que je peux en parler à Madeleine?

– Attends un peu. Je ne veux rien précipiter, mais je lui ai parlé de vous deux. Il m'envie d'avoir des amies sur qui je peux compter. Lui est plus seul. Mais peut-être pour pas longtemps...

– Tu ne m'as pas dit son nom.

– François Charpentier, et il a soixante-deux ans.

– Je suis hyper-contente pour toi. J'espère que ça va évoluer pour le mieux.

– Et toi de ton côté, tu as fait de nouvelles rencontres? s'informe Denise.

– J'essaie de me convaincre que je peux encore rencontrer quelqu'un d'intéressant. Je me suis réinscrite sur S.O.S. Rencontre. J'ai au moins une vingtaine de courriels que je n'ai pas ouverts. Ça peut attendre. Je ne suis pas encore guérie de ma blessure de qui tu sais.

– Récemment, j'ai lu quelque part que : « Connaître les autres, c'est sagesse. Se connaître soi-même, c'est sagesse supérieure ». C'est bien, non?

– J'avoue que depuis que je médite, je vois plus clair en moi. Je ne sais pas si c'est encore possible d'atteindre la sagesse dont tu parles. J'y travaille en tout cas.

– Sois bonne envers toi. Il paraît qu'on vient au monde pour apprendre des leçons et que dans une prochaine vie, on devrait être meilleur, dit Denise d'une voix zen.

– Je fais mieux de commencer dès aujourd'hui. Sinon, j'aurai de l'ouvrage à faire, s'il y a vraiment une vie après celle-là. Je passe à l'action dès demain. Je n'ai pas encore renoncé à me trouver un homme ayant un bon karma!

# Chapitre 12

Lucille ne se formalise pas outre mesure des courants chauds et froids qui secouent ses relations avec ses filles. Depuis toujours, elle accueille les humeurs, les tensions et les rapprochements avec une certaine souplesse. Elle devine que les conflits d'adolescentes s'achèvent sur un sentiment plus important, dont elle n'a pas encore pris conscience. En effet, il arrive quelquefois que les enfants se sentent coupables de s'être comportés de façon maladroite et qu'ils veuillent réparer les dégâts causés par un manque de tact. N'est-ce pas un signe évident de maturité? Une semaine après avoir vu sa mère, Annie a changé d'attitude : elle doit se faire pardonner. Sans s'annoncer, elle arrive chez elle, accompagnée de ses deux fistons. Mathis porte à bout de bras un immense bouquet de fleurs.

— Maman nous a dit que t'avais de la peine, c'est pour ça qu'on est venu, dit le bambin avec un petit air coquin.

— Mathis, c'était un secret entre nous, lui dit sa mère.

— Ça me fait plaisir de vous voir. Quelles belles fleurs!

— Je voudrais que tu me pardonnes. J'ai tellement de regrets... Je n'aurais jamais dû te suggérer de t'inscrire sur un site de rencontres.

— J'apprécie toujours les fleurs et moi, je suis heureuse que tu m'aies suggéré de poser ce geste. Il faut seulement me laisser faire, maintenant. Tu n'es pas responsable de la suite, ajoute Lucille en allant à la cuisine chercher un vase.

— Comment te sens-tu? ose questionner Annie en s'installant au comptoir.

— Ces derniers jours, je n'en menais pas large, mais depuis que j'ai parlé à mes amies, ça m'a remonté le moral.

— J'imagine que Madeleine est de bon conseil. Et Denise aussi.

— Denise me fait voir la vie différemment et Madeleine m'écoute sans me donner de conseils. Mes deux amies sont des philosophes qui s'ignorent.

— As-tu arrêté tes recherches pour te dénicher un homme? questionne Annie en allant droit au but.

— J'ai ralenti, pour un temps. J'ai reçu plusieurs courriels que je n'ai pas ouverts. Je réfléchis à mes véritables attentes, en fait.

— C'est de ma faute, ce qui t'arrive. Tu es harcelée maintenant. Je peux jeter un coup d'œil et éliminer ceux qui ne te conviennent pas?

Les enfants tournent autour de leur mamie et réclament un peu de son attention. Elle veut profiter au mieux de leur présence bienfaisante.

— Si ça peut te faire plaisir, j'irai au parc avec les petits pendant ce temps-là. Mais je t'avertis, tu n'envoies rien en mon nom. Je répondrai moi-même à mes correspondants. Compris?

–   Même s'il y en a un qui pourrait devenir ton prince charmant?

–   Tu peux imprimer les profils de ceux qui te semblent intéressants. Je verrai plus tard si ça vaut la peine de leur répondre.

Annie prend son rôle très au sérieux. Elle ouvre les courriels un à un. Estomaquée par la description de certains candidats, leur façon d'écrire, elle décide d'imprimer deux fiches tout en se demandant si son appréciation répondra aux goûts de sa mère. « Avec m'man, je ne sais jamais à quoi m'attendre. Depuis sa retraite, je la sens instable, comme si son humeur faisait des montagnes russes. Quand j'essaie de l'aider, elle me rabroue. Chose certaine : je ne l'abandonnerai jamais. »

*Bonjour Muse*

*Vous correspondez à ce que j'attends d'une femme. Tout comme vous, je ne reste pas en place plus de dix minutes. La vie est trop courte, il faut en profiter. Veuf depuis un an, je recherche une femme qui comblera positivement ma solitude, qui me respectera dans mes choix de vie, qui acceptera de faire des voyages autour du monde pour découvrir la beauté des choses. Si vous êtes partante, faite-moi signe.*

*Le chat botté*

Annie relit deux fois et revient à la photo. « Pourquoi s'affubler d'un tel pseudonyme? Il s'est bien décrit, mais il manque de profondeur. Il a une belle gueule. S'il veut faire le tour du monde, il

157

doit avoir du fric. M'man pourrait en profiter aussi et nous gâter. »
Mais cette réflexion est largement prématurée.

Annie retient le second message parce que le pseudonyme l'a
accrochée.

*Chère Muse*

*Quel homme ne désirerait pas avoir une muse dans sa vie.
Votre description est à l'image de votre beau visage. Vos
yeux pétillent de malice.  Vous vous dites active, je ferais
tout pour m'ajuster à votre rythme de vie. La passion, je
n'y crois plus beaucoup. Par contre, une saine complicité
entre deux êtres est garante d'une réussite dans un couple.
Saurons-nous accorder nos violons? Mon petit doigt me dit
que c'est possible. Voici mon numéro de téléphone.*

*Mozart*

Annie penche nettement pour ce candidat. « M'man serait folle
de ne pas le rencontrer. Il a l'air beaucoup plus jeune que son
âge. Si ça continue, je vais aller voir les candidats dans la jeune
trentaine. Mais comme je connais Simon, s'il s'en aperçoit, il va
être fâché. » La tentation de la jeune femme est vite reléguée
aux oubliettes, car sa vie familiale est rangée et heureuse, pour
le moment. Mais les femmes sont bien curieuses de savoir si elles
plaisent encore. Annie sursaute en entendant le pas de sa mère
et les rires des enfants qui reviennent en réclamant la permission
de rester dehors.

– Tu n'as pas encore fini? demande Lucille.

– Presque. Tu as bien placé le cadenas, s'inquiète la jeune mère en jetant un coup d'œil dans la cour.

« Quand va-t-elle me faire confiance? » se dit Lucille, constatant comment sa fille est devenue une mère-poule.

– Ne t'inquiète pas, ils ne peuvent pas aller dans la rue. Qu'est-ce que tu as trouvé?

– Je m'amuse comme une petite folle. Il y a de beaux spécimens! Il faut absolument que tu en rencontres au moins deux. Écoute ce qu'ils ont écrit.

Après lui avoir lu la description du Chat Botté et de Mozart, ses yeux sont comme d'immenses points d'interrogation.

– Ne t'emballe pas trop vite. Quelquefois, leur conversation n'est pas aussi étoffée. Je vais prendre le temps de bien lire les profils. Tu as des nouvelles de ta sœur?

– Je n'ai pas envie d'en parler. J'essaie de la respecter, mais ce n'est pas facile. Je ne peux m'imaginer qu'elle couche avec une autre femme. M'man! C'est insensé?

– Tu veux dire que parce qu'elle fait l'amour avec une fille, ça te dérange?

– M'man, deux filles ne font pas l'amour. Elles se caressent seulement.

– Se caresser, se donner du plaisir, c'est aussi ça faire l'amour. Tu crois que seule la pénétration est importante?

– Je ne veux pas parler de ces choses-là. Et non…, je ne suis pas puritaine. Ne prononce pas ce mot. Simon n'arrête pas de m'achaler avec ça.

– Il en pense quoi, ton Simon?

– Il réagit en homme. Il a sans doute des fantasmes. Je suis certaine qu'il aimerait les voir en action.

– Habituellement, les hommes ont de la difficulté avec l'homosexualité.

– Apparemment, pas lui. Il a toujours adoré Cassandre. Catherine et lui s'entendent très bien aussi. C'est moi la trouble-fête!

– Fais un effort, ne la juge pas, à quoi bon te mettre ta sœur à dos. Tu es sa deuxième mère, l'as-tu oublié?

– Je suis surprise que tu acceptes si facilement son orientation sexuelle, dit tout bas Annie de peur d'être entendue par Mathis, qui vient d'entrer en coup de vent.

– Je vous respecte dans vos choix de vie. Toi en ce moment, tu me surprotèges et je prends ça pour une marque d'affection. Faut pas tout dramatiser. Lâche prise, un peu!

– C'est parce que je t'aime, fait-elle en passant une main dans son dos.

– Justement, fais la même chose pour ta sœur. Rapproche-toi d'elle : écoute-là simplement.

– Je vais essayer. Alors… côté homme, tu contactes lequel en premier?

– Laisse-moi le temps de me remettre de ma dernière déconfiture. Imagine-toi que j'ai trouvé un homme pour Madeleine sur un autre site de rencontre.

—   Sans lui en parler? s'étouffe presque Annie en prenant une gorgée d'eau.

—   Je sais, j'aurais dû me mêler de mes affaires. Mais, aux dernières nouvelles, elle semble très heureuse de mon initiative.

—   Tiens! Ça me donne une idée. Je devrais devenir « entremetteuse ». Beaucoup de femmes ne possèdent pas d'ordinateur. Je pourrais offrir mes services.

—   Ce n'est pas une mauvaise idée. Tu devrais placer une annonce dans les journaux locaux.

—   Sérieusement, je pourrais essayer, tu crois?

—   Pourquoi pas! En plus, tu es vraiment vite à l'ordinateur, l'encourage Lucille.

—   Si ça fonctionne, ce serait génial. Simon et moi on a envie d'avoir un autre bébé. Je pourrais faire un peu d'argent de poche.

—   Commence par l'annonce, tu verras après.

—   Tu pourrais être ma première cliente.

Lucille fronce un peu les sourcils « Elle pourrait me couver à sa guise et décider pour moi. »

—   Moi, je suis capable de me débrouiller toute seule. Mais il y a plusieurs personnes qui ne maîtrisent pas les ordinateurs, ou qui sont trop gênées.

—   Toi, as-tu relancé certains candidats de la première heure?

—   Non, pourquoi?

– Je te croyais plus entreprenante, plus méthodique. Tu ne vas pas trouver si tu ne fais pas un tri. Le suivi, c'est important!

« Au fond, Denise a peut-être raison. Je ne m'investis pas assez dans la recherche, ou pas vraiment de la bonne manière. Les relations amoureuses, à un âge raisonnable, c'est du sérieux! »

– Je dois être de la vieille école. J'attends qu'on me fasse signe. C'est ridicule!

– Ben non! Tu fais juste le chachacha : un pas en avant, deux pas en arrière, ajoute Annie en se levant pour mimer la danse de l'hésitation de sa mère. Bon! Il faut que je parte. J'ai hâte de parler de tout ça avec Simon.

Malgré ses petits travers, Lucille adore Annie. Elle lui est encore reconnaissante d'avoir veillé sur sa petite sœur lorsqu'Yves les avait abandonnées.

Lucille se sent plus rassurée, après son départ. « Elle va arrêter de me couver si elle s'occupe des esseulées. Denise et Annie n'ont peut-être pas tort. Je suis devenue un peu pantouflarde. Je pourrais me forcer à faire les premiers pas. » Mais, son expérience avec Michel a laissé des traces. « J'ai un peu joué avec le feu en brûlant les étapes. Suis-je prête à me jeter tête baissée dans une autre aventure? S'il y a une prochaine fois, je vais le faire languir, le pauvre homme. Et comment! »

# Chapitre 13

Tout au long de sa vie, Madeleine avait mené sa barque comme un vaillant capitaine de bateau. Malgré les tempêtes, les ouragans, elle avait réussi à reprendre en main sa destinée, sans l'aide de personne. De nature empathique, elle attirait les confidences tant de ses amies que des parents qui lui confiaient leurs enfants. Tous la surnommaient « Mère Teresa »  tellement elle avait le cœur sur la main.  Mais la vie nous change avec le temps...

L'ambivalence de Madeleine s'installe lentement, à mesure que fond cette confiance en elle qui était stimulée par l'action. Elle hésite à prendre une décision alors qu'il y a quelques années, elle aurait sauté à pieds joints dans le train de l'aventure. Son nouvel ami Paul lui parle d'avenir alors qu'elle en est encore à se demander s'il est possible de refaire sa vie à son âge. Craignant qu'elle n'abandonne la partie, faute d'espoir, ce dernier lui suggère de prendre conseil auprès de sa meilleure amie Lucille, de qui ils sont redevables tous les deux. « Car sans elle, nous ne nous serions jamais rencontrés » dit-il la larme à l'œil.

Paul sent l'urgence de vivre à plein régime. Il aimerait réaliser les mille et un rêves qu'il porte en lui avant qu'il ne soit trop tard. Il lui fait voir la vie comme si demain était sa dernière journée. Lorsqu'il lui propose un voyage en amoureux, elle ne sait plus comment freiner ses élans. « Il a raison. C'est grâce à Lucille si j'ai pu rencontrer un homme agréable, mais j'suis tellement mêlée que j'vois plus les choses comme il faudrait. Un jour j'l'aime et l'autre j'me questionne. J'ai l'air d'un écheveau de laine tout entortillé. Il me semble qu'avant, j'pouvais me débrouiller toute seule. J'dois vieillir. SOS la p'tite! »

—    J'aimerais te rencontrer, c'est possible? lui dit Madeleine d'un ton implorant.

—    Tu m'intrigues. Tu ne veux rien me dire au téléphone?

—    J'aimerais mieux te voir. Ce sera plus facile de t'expliquer où j'en suis.

—    Amène-toi! Si je peux t'aider, ça va me faire plaisir, lui lance Lucille, aussi curieuse qu'inquiète par le ton perturbé de Madeleine.

Une heure plus tard, essoufflée, le teint rougi, légèrement maquillée, Madeleine sonne à la porte de son amie.

—    Quelle allure! Tu as un rendez-vous galant? Une nouvelle rencontre? s'informe Lucille.

—    Oui et non. Tout va dépendre de tes conseils. Aurais-tu quelqu'chose de froid? J'meurs de soif.

—    Ta pression fait encore des siennes? T'es pas malade au moins?

—    Depuis que je prends mes médicaments, c'est réglé. J'ai chaud, c'est toute.

Après lui avoir servi un thé glacé, Lucille s'installe en face d'elle, consciente que le non-verbal de son amie lui permettra de mieux identifier quelques-unes des émotions cachées au fond de son cœur.

    — J'imagine que c'est Ti-Loup qui te met dans cet état, commence Lucille.

    — Ça pas d' bon sens. J'dors presque pus. Sais-tu c'qui m'a demandé? Y veut faire une croisière avec moi. En plus, y paie toutes mes dépenses. J'sais pas quoi faire.

    — C'est un homme généreux. Pourquoi crois-tu qu'il t'offre un tel cadeau?

    — J'pense qu'il m'aime. Il est fin comme une soie. On s'parle tous les jours. Il veut que j'rencontre ses enfants. Mais moi, j'suis pas encore prête. Ça va trop vite à mon goût, fait-elle en montrant son impatience. On dirait qu'y va mourir demain et qu'on a que 24 heures pour tout vivre.

    — Quels sont tes sentiments envers lui? Tu crois l'aimer?

    — Ben oui. J'suis en amour par-dessus la tête. J'ai même commencé un régime pour être plus belle. J'me maquille tous les jours au cas où il arriverait à l'improviste. Pour une fois qu'un homme m'aime, j'voudrais pas l'perdre, tu comprends.

Lucille est consciente que son amie n'a pas toujours été en mesure d'exprimer, comme aujourd'hui, ses émotions. « Elle a toujours été secrète, un peu complexée de se dévoiler, et la voilà plus directe. Elle s'ouvre avec moins de réticence, parce qu'elle aborde une étape importante de sa vie, cette chère Madeleine. »

—  Il est déjà allé chez toi? lui demande Lucille avec une pointe de curiosité.

—  Ça fait deux fois qu'il vient souper. Il mange avec appétit, c'est pas possible. Tout c'que j'fais, y trouve ça bon. Pis il arrête pas d'me faire des compliments.

—  Avez-vous eu des... rapprochements intimes?

—  Ben non, j'ai pas couché avec lui. Il est aussi gêné que moi. On s'est embrassé, c'est tout. Mais après, j'portais plus à terre. Ça a réveillé mes sens. Si j'te dis un secret, tu riras pas d'moi?

Un peu embarrassée, Madeleine détourne la tête. Elle hésite à aborder un sujet qui la met réellement mal à l'aise.

—  Tu me connais assez pour savoir que j'essaie de respecter mes amies. Tu peux parler en toute confiance. Mais je n'insiste pas. À toi de voir!

—  Hier, j'suis allée m'acheter des brassières, pis des petites culottes neuves. Ça m'a coûté cher, mais je m'en fous. Si j'pars avec lui, j'veux être belle. J'vais demander à Denise de venir magasiner avec moi. Il paraît qu'il faut être chic en voyage.

—  Dans le fond, ta décision est prise? Tu aimerais faire ce voyage-là avec lui?

—  J'ai peur de faire une folle de moi. Il m'a dit qu'il prendrait deux lits. Avec nos rondeurs, c'est quasiment impossible de faire l'amour, de dire Madeleine dans un grand éclat de rire. Mais j'pense qu'y aimerait ça. Moi, j'pense que oui!

Lucille imagine ces deux personnes corpulentes se démener pour prendre une position adéquate dans une couchette étroite de bateau. Elle chasse cette image et revient aux inquiétudes de son amie.

– Qu'est-ce qui te retient?

– J'ai honte de mon corps. Mes seins, pis mes fesses tombent.

– Ton Ti-Loup ne doit pas être un Adonis. Il est grand et gros. Lui aussi doit avoir des chairs molles. Mais, je comprends ce que tu peux ressentir. C'est important pour nous les femmes d'offrir à un homme un corps que l'on voudrait désirable, appétissant. C'est notre réalité.

– Un homme, c'est pas pareil. Moi, j'le trouve assez beau. Toi, as-tu été gênée la première fois où t'as refait l'amour? ose-t-elle demander à Lucille. La soirée avec ton amant d'un soir, c'était comment?

– Je n'ai pas eu le temps de me poser la question. J'avais tellement envie de lui, que je l'ai séduit. Tu sais, avec mon ex-mari, ce n'était pas le nirvana. On était jeunes, peu expérimentés. Même s'il étudiait en médecine, côté sexe, ce n'était pas fameux. Toi, comment c'était avec Jacques?

– Il ne brusquait rien. Quand il voulait qu'on change de position, il m'en parlait avant. On n'était pas des « essayeux ». Il était pas très chaud, si tu vois ce que j'veux dire.

– Fais confiance à ton Paul. Il a l'air d'un bon gars. Tu vas voir, quand tu es bien émoustillée, tu oublies tout. L'amour, c'est comme la bicyclette, ça ne se perd pas. Faut juste s'adapter aux guidons et pédaler quand il le faut! dit-elle en éclatant de rire.

– C'est tout un sport, à mon âge, de réapprendre à m'envoyer en l'air! J'pensais ben avoir accroché mes patins pour le reste de ma vie. Mais j'ai l'goût d'être aimée, encore, de vibrer et de me sentir vivante, comme à 20 ans. D'après toi, j'devrais-tu y demander de s'protéger; moi pis les condoms! C'est déjà assez gênant.

– Il faut arrêter d'avoir la pensée magique. On croit qu'à nos âges, il ne peut rien nous arriver, mais on se trompe. Avant de me jeter dans les bras de Michel, j'aurais dû me procurer des condoms, même si cette précaution devrait être la responsabilité des hommes. Si j'avais su que ce serait une histoire d'un soir. J'ai été naïve, ajoute-t-elle en ressentant un serrement à l'estomac qui lui fait comprendre que sa colère la taraude encore.

– C'est embêtant de lui demander ça, lui dit Madeleine, quelque peu gênée.

– Je suis d'accord avec toi. Faut en parler avant parce qu'au moment de se laisser aller, c'est trop bête. On n'ose pas!

– Avant, on y pensait même pas à ces choses-là, ajoute Madeleine en regrettant la naïveté de ses 20 ans.

– Que veux-tu, les temps ont changé. Les femmes d'aujourd'hui savent ce qu'elles veulent. Si elles ont envie de faire l'amour, elles ne mettent pas toute leur vie en jeu. À part ça, les filles n'attendent pas d'être courtisées, elles prennent les devants. Le féminisme aura au moins servi à quelque chose. Autres temps, autres mœurs.

– Qu'est-ce que j' fais, je dis oui pour la croisière?

– Quand partiriez-vous?

— Dans un mois. Ce serait le fun si on y allait à quatre, tu penses pas?

— Pour le moment, je n'ai personne dans ma vie. Annie m'a trouvé deux candidats qui semblent intéressants. Je vais m'y remettre. À ta place, j'accepterais. À deux, vous serez tranquilles et personne ne viendra vous déranger. Il a un peu raison : il faut apprendre à profiter de la vie. On ne sait jamais ce que l'avenir nous réserve.

\* \* \*

Ce n'était pas dans les habitudes de Lucille d'envier qui que ce soit, mais les futurs projets de Madeleine faisaient naître en elle un sentiment de velléité qui la dérangeait. « Ma part du gâteau, je la veux moi aussi. » Rageusement, elle prend les deux fiches qu'Annie a déposées sur son bureau. Après avoir relu la description des deux internautes, elle décide d'envoyer un courriel à Mozart.

*Cher Mozart,*

*Je viens tout juste de revenir de voyage. J'étais donc dans l'incapacité d'ouvrir mes courriels. Si vous êtes encore libre, j'aimerais pouvoir converser avec vous au téléphone. Voici mon numéro :*

*Muse*

*PS. J'ose espérer que votre démarche est sérieuse.*

Sitôt le message parti, elle fixe son écran. « Cette fois-ci, je lâche prise. Il n'est pas question que je m'enferme dans la maison pour attendre une réponse qui ne viendra peut-être même pas. » Pour y voir plus clair, quoi de mieux qu'une marche rapide, conclut-elle.

Tout en s'activant, Lucille prend conscience de la dualité de son tempérament. « Les gens me perçoivent comme une femme forte, une femme qui sait relever les défis. Cette image que je projette, est-elle fausse? Je dis à qui veut l'entendre qu'il faut voir que le bon côté des choses. Je ne suis pas certaine d'y être arrivée moi-même. Au lieu de livrer mes émotions profondes, je les camoufle. Aujourd'hui, me voilà confrontée à la vraie Lucille. Pourquoi ne pas prendre la résolution de dire tout haut ce que je pense tout bas, de montrer qui je suis réellement. »

Malgré ses bonnes résolutions, de retour à la maison, Lucille ne peut s'empêcher de jeter un coup d'œil à son ordinateur. Il y a deux nouveaux courriels, mais rien de Mozart. « Je dois me changer les idées. Depuis quelque temps, j'ai envie d'aller voir le film : « Mange, Prie, Aime ». Pourquoi ne pas demander à Denise de m'accompagner. Je me suis posé beaucoup de questions après avoir lu le livre.

Après l'avoir rejointe sur son cellulaire, cette dernière ne semble pas disponible pour une sortie.

– Je suis désolée. François et moi allons au théâtre. Imagine-toi qu'il m'a parlé de voyage.

– Pas toi aussi! C'est contagieux ma foi! s'étonne Lucille.

– Quoi! Tu as des projets?

Bonne joueuse, elle lui raconte ce que Paul a proposé à Madeleine. Elle évite ainsi de se plaindre de sa propre déception d'être la bonne dernière dans la découverte d'un compagnon.

—   Je suis contente pour Madeleine. Ton tour viendra. Rassure-toi, même si j'ai un homme dans ma vie, tu sais fort bien que je ne t'abandonnerai jamais. Pour moi, l'amitié c'est sacré.

—   Au lieu de vous jalouser, je devrais me réjouir pour vous deux. Vous méritez d'avoir du bonheur.

—   Tu as toujours eu une belle grandeur d'âme. On se reprendra pour le cinéma, c'est promis!

\*   \*   \*

Malgré sa déception, Lucille s'oblige à faire une méditation. Elle met une musique de détente dans son lecteur CD, s'allonge sur le tapis du salon, un coussin sous ses jambes, prend plusieurs respirations profondes. Après quelques minutes, elle sombre dans un profond sommeil.

Elle sursaute en entendant la sonnerie du téléphone. En se précipitant pour répondre, elle se frappe la jambe sur une chaise de bois. Furieuse, elle répond brusquement.

—   Allo! Qui est à l'appareil? répond-elle en grimaçant de douleur.

—   Vous êtes bien Muse? dit une voix masculine un peu hésitante.

—   Oui! Qui êtes-vous? questionne-t-elle en essayant de radoucir son timbre de voix.

—   Mozart. Marc pour les intimes. Je vous dérange?

—   Excusez-moi, je passais la balayeuse. Je suis contente d'entendre votre voix.

– J'aurais pu vous envoyer un courriel d'abord, mais j'avoue que j'aime mieux entendre la voix de la personne à qui je m'adresse.

– C'est la même chose pour moi.

– J'aimerais en savoir un peu plus sur vous. Je ne suis pas friand des rencontres virtuelles, mais il faut ce qu'il faut. Je vais essayer de me présenter dans les règles de l'art.

– Je vous écoute puis je ferai la même chose, dit-elle en s'installant sur son tabouret de cuisine.

– Je m'appelle Marc Léger. Je suis semi-retraité depuis six mois. J'étais… je suis encore ingénieur en électricité. Quelquefois, j'accepte des petits contrats d'expertise. J'ai été marié pendant trente ans. Mon ex et moi n'arrivions plus à gérer nos conflits. Heureusement, la séparation s'est faite dans l'harmonie. Suzanne, mon ex, a réussi à refaire sa vie. Elle semble très heureuse. J'ai deux enfants : une fille et un garçon. Mon aînée est dentiste, mon fils est ingénieur. Les petits-enfants seront pour plus tard. Oh! J'oubliais, j'ai 60 ans. Je pratique le ski de fond l'hiver et la raquette. J'aime me retrouver dans la nature. L'été, je joue au golf, mais je fais surtout de la bicyclette. Voilà, vous savez l'essentiel, dit-il en reprenant son souffle. Êtes-vous toujours à l'écoute? Je ne vous ai pas endormie avec ma cassette!

– Pas du tout. C'est un parcours intéressant. J'imagine que c'est à mon tour de me dévoiler? Je ne sais pas trop par quoi commencer.

– Vous n'y êtes pas obligée. Si ma description ne vous convient pas, on peut en rester là.

– Non, au contraire. J'ai bien aimé la façon de vous décrire en si peu de temps. Vous devez être un homme organisé.

À son tour, Lucille lui raconte son parcours de vie, omettant certains détails. « Cette fois-ci, je dois être sur mes gardes. » Délibérément, elle lui cache la raison de l'abandon de son mari.

– Si je comprends bien, vous avez élevé vos filles toute seule?

– Être une mère monoparentale à cette époque n'était pas une chose courante. Ça n'a pas été facile.

– Vous avez eu du mérite. Vous n'avez jamais été tentée de refaire votre vie?

– J'étais trop occupée. Mes filles et mon travail prenaient tout mon temps. Maintenant, je suis entièrement libre. Même si j'ai beaucoup d'activités et deux grandes amies, je souffre quelquefois de solitude. Je sens le besoin d'avoir un compagnon dans ma vie. Ma fille m'a conseillé de faire des recherches sur Internet.

– Comme vous, c'est aussi à cause de ma fille si je me suis inscrit sur un site de rencontres. Au début, je n'y croyais pas beaucoup.

Marc n'a pas envie de lui parler de ses rencontres infructueuses des deux derniers mois et il enchaîne sur les attentes que Lucille a exprimées. La conversation les amène à se donner des balises plus personnelles.

– Si je comprends bien, vous n'avez pas encore trouvé la perle rare? lance Lucille en badinant.

– Je suis très sélectif. Quand je rencontre une femme, il faut que je sois attiré par sa personnalité. Ce n'est pas encore arrivé. Mais... je ne désespère pas. Accepteriez-vous de me rencontrer, disons, demain?

– Oui, avec plaisir, dit-elle spontanément. Où habitez-vous?

– À Saint-Lambert.

– C'est à l'autre bout du monde. Moi, j'habite Laval.

– Je peux vous rencontrer où vous voudrez. Pour moi, la distance n'a pas d'importance, la rassure-t-il.

– Si on se rencontrait dans un bistrott de la rue Saint-Denis en début d'après-midi. Qu'en dites-vous?

Marc note l'adresse et ils s'échangèrent leur numéro de cellulaire au cas où... Une fois la conversation terminée, Lucille regarde à nouveau la description de Marc. Elle le trouve bien et un sourire se dessine sur son visage. « Qui sait? En théorie, on peut toujours faire une liste des qualités qu'on veut retrouver chez un autre et aussi celle des défauts qu'on ne peut plus supporter, mais la chimie entre deux personnes est une chose intangible. Comme deux aimants : on s'attire ou on se repousse, dépendamment de notre polarité. La bonne volonté n'y est pour rien. C'est une sorte de loterie d'affinités! » se dit-elle intérieurement.

Le lendemain, sans trop de conviction, Lucille se prépare en évitant de s'énerver, juste comme si elle allait rencontrer un ami de longue date. Elle juge qu'un pantalon de denim, assorti d'un chemisier orné de petites rayures bleu pâle, de sandales laissant entrevoir des orteils sans vernis et d'un visage souriant, agrémenté d'un léger maquillage suffiraient pour donner l'image d'une femme dont la principale caractéristique est la simplicité.

Sur la terrasse du bistrott « Chez Claude », deux hommes, aux antipodes du bon goût vestimentaire, sirotent une bière. Lucille ralentit le pas pour examiner l'homme qui sans l'ombre d'un doute est Marc. Comme il regarde dans la direction opposée, Lucille peut l'examiner sans se faire repérer : grandeur moyenne, cheveux grisonnants, léger début de calvitie, le teint hâlé, l'habillement décontracté, il tourne entre ses mains un verre de bière dans le sens des aiguilles d'une montre. Elle remet en place une mèche rebelle avant de lui tendre la main.

— Bonjour Marc. Vous me reconnaissez?

— Ouf! Je suis soulagé. J'ai rencontré quelques femmes dont la photo datait de plusieurs années. Vous n'avez pas triché. J'en suis heureux!

Il se lève pour lui faire la bise.

— Si on se tutoyait, qu'en dites-vous?

— Bonne idée!

— Qu'est-ce que tu aimerais boire?

— Un verre de vin blanc, s'il te plaît, dit-elle en le regardant, hésitant à lui dire d'emblée qu'elle assumera son addition.

Un léger malaise s'installe entre eux. Lorsque Lucille veut entamer la conversation, le serveur se pointe à la table pour prendre la commande. « Pourquoi cette gêne tout à coup, se demande Lucille. Annie me dirait : M'man, sois donc toi-même! »

—   Depuis combien de temps cherches-tu une compagne? demande-t-elle dès que la commande est donnée.

—   Trop longtemps à mon goût. Je m'attendais à ce que ce soit plus facile. Mais, j'ai bien fait de persévérer. Je suis content de te rencontrer aujourd'hui. Tu es très jolie. Pourquoi avoir choisi Muse comme pseudonyme.

—   Mon côté poétique. Je voulais inspirer quelqu'un comme toi! dit-elle avec un brin de coquetterie.

—   Justement, ça m'a charmé. J'y voyais comme une sorte de prémonition. Mozart et Muse, ça va bien ensemble, ajoute-t-il en souriant alors que deux fossettes viennent rajeunir ses traits.

—   D'après ce que j'ai lu, tu aimes les sports, enchaîne Lucille.

—   Avant de prendre ma retraite, le travail m'empêchait de profiter des bienfaits d'un bon exercice physique. En plus, j'épaississais. Depuis deux ans, je fais de la bicyclette tous les jours. J'ai encore quelques kilos en trop, mais j'y veille.

« Bon point! Il prend soin de lui, » pense Lucille. « Il n'a pas tendance à se laisser aller même s'il n'a plus d'horaire de travail. »

Après avoir abondamment parlé de ses deux petits-fils, Lucille écoute Marc lui décrire ses deux enfants. L'étonnement de Lucille est grand lorsqu'il lui avoue l'orientation sexuelle de sa fille Jasmine et lui confie sa difficulté à cautionner sa différence.

—   Pour les mères, c'est plus facile d'accepter ce genre de choses. A-t-elle une petite amie?

—   Oui. Depuis bientôt trois ans. Toutes les deux désirent adopter un enfant, mais elles savent que la route sera longue.

Avoir la joie d'être grand-père, ce n'est pas pour demain. Mon fils, de son côté, ne veut pas se caser avant une dizaine d'années.

À son tour, sans pudeur, Lucille lui avoue que sa fille Cassandre vient de lui annoncer son orientation homosexuelle.

— Tu ne trouves pas que la vie est bizarre? Je n'aurais jamais pensé pouvoir parler aussi librement de Jasmine. Tu crois au destin?

— J'aime surtout penser qu'il n'y a pas de hasard, souligne Lucille.

Ils bavardent du passé, mais surtout parlent de ce qui leur importe réellement au présent. Vers 16 heures Lucille avoue qu'elle a horreur des bouchons de circulation. Elle aimerait rentrer avant l'heure de pointe.

— Tu permets que je te téléphone à nouveau? Tu me plais vraiment, dit-il en la raccompagnant.

— Pourquoi pas! J'ai bien aimé ta compagnie. Tu es sélectif et j'aime bien savoir que tu préfères être seul que de faire un mauvais choix. J'ai la même intention.

Durant le trajet du retour, Lucille se sent détendue malgré la densité de la circulation. Elle fait jouer son CD préféré et sa pensée ne cesse de réévaluer cette première rencontre. Marc est posé, agréable, il a de la classe et sait se comporter en homme mature. Il l'a écoutée avec intérêt. Il lui paraît équilibré et, comme peu d'hommes, il a abordé des points délicats de la vie familiale. C'est un homme de cœur; mais sitôt rentrée, Lucille vérifie son répondeur. Marc lui a laissé un message.

*« Merci pour cette belle rencontre. Tu es une très jolie femme. J'espère qu'il y aura une suite entre nous. À bientôt. »*

Elle fait « *replay* » plusieurs fois. Le timbre de sa voix est chaud et caressant. « Il me plaît beaucoup cet homme, » se dit-elle.

# Chapitre 14

Malgré l'agréable après-midi passé en compagnie de Marc, Lucille ne sent pas ce petit quelque chose qui fait vibrer son cœur. Et pourtant, cet homme a été ouvert d'esprit et très affable. « Qu'est-ce qui m'arrive? Physiquement, il me plaît. Nous pratiquons les mêmes activités. Je reste pourtant un pied sur le frein comme si j'allais faire un faux pas, encore une fois. Mon attitude est celle du doute et de la peur. Pourquoi ne pas laisser le temps faire son œuvre? Si cet homme est pour moi, le destin se chargera d'aligner nos planètes. »

Ce lâcher-prise lui donne le goût de passer à autre chose. La vie continue. Elle regarde les photos de ses filles, qui représentent beaucoup pour Lucille. Elle devrait d'ailleurs se rapprocher de sa cadette. Pour montrer qu'elle accepte bien Catherine, celle qui est passée de meilleure amie de Cassandre à son amie de cœur, Lucille décide de les inviter à souper. Elles acceptent sans se faire prier, ce qui la réjouit. Elle s'active aux fourneaux, mais une pensée la tracasse. « Comment vais-je réagir si elles se bécotent devant moi? C'est facile de faire la leçon aux autres. Est-ce que je serai en mesure de les respecter? »

Rayonnantes, Cassandre et Catherine entrent sans sonner.

– Salut maman. On t'a apporté le vin que tu préfères. Ça sent bon ici!

En se retournant, Lucille essaie de cacher son malaise.

– Merci pour le vin. Ce n'était pas nécessaire, dit-elle en leur faisant une chaleureuse accolade. Tu as changé ta couleur de cheveux!

– Tu aimes ça? lui demande sa fille.

– Le blond te rajeunit. J'aime beaucoup ton *look*, dit Lucille en essayant d'être convaincante. Les mères ont un parti pris. Tu as toujours été si belle!

– Je vous remercie de nous recevoir, glisse Catherine. Vous permettez que j'ouvre le vin?

– Fais comme chez toi. Avant, tu ne te gênais pas. Pourquoi me vouvoies-tu?

– Parce que les choses ont changé... belle-maman! fait-elle avec une mimique espiègle.

– Pour moi, tu resteras toujours la meilleure amie de ma fille. Quand je t'ai connue, tu avais encore la couche aux fesses.

– Maman, n'exagère pas. On s'est connu au secondaire. Catherine et moi, on est curieuses. Parle-nous de tes amours?

– Pour le moment, il n'y a pas grand-chose à dire. Il y a trois jours, j'ai rencontré un homme. La vie est parfois bizarre. Il a lui aussi une fille homosexuelle.

– Tu connais son nom? lui demande Cassandre.

– Seulement son prénom. Si je me souviens bien, elle s'appelle Jasmine.

Les deux amies se regardent d'un air étonné.

– Si c'est la Jasmine qu'on connaît, elle est particulièrement chiante.

– Voyons Cassou, il doit bien exister plusieurs Jasmine homosexuelles.

– Elle fait quoi comme travail?

– Elle est dentiste, je crois.

– Je parie que c'est Jasmine Léger. Pas sérieux! Il fallait que tu tombes sur son père.

– Je ne sais même pas s'il y aura une suite entre nous. La page est encore blanche.

– Tu m'épateras toujours, maman, lance Cassandre sur un ton cassant. Jamais, je n'aurais pensé que tu confierais à un homme que tu connais à peine une information aussi personnelle à notre sujet. Notre homosexualité n'a pas à être dévoilée.

– C'est lui qui m'a parlé de sa fille et de son orientation. Je ne pensais pas qu'un homme pouvait se livrer aussi rapidement. C'est vrai qu'à nos âges, il ne faut pas perdre de temps, se dire les vraies choses. C'était sans penser à mal. Je suis certaine que l'information va rester entre nous, se justifie Lucille.

– Quand le revois-tu?

– Il va me rappeler. J'attends quelques jours pour le faire languir, histoire de ne pas répéter le même scénario que... enfin!

On va se parler, demain je crois, déclare Lucille avec désinvolture.

– Et comment le trouves-tu? demande Cassandre.

– Physiquement, il est très bien. Mais, j'avoue être un peu sur mes gardes. Mes dernières rencontres m'ont appris à prendre mon temps. Mais parlez-moi un peu de vous. Sans être trop indiscrète, je voudrais savoir quand avez-vous su que vous vous aimiez.

– Tout s'est fait naturellement. Moi, j'ai senti que j'avais une attirance pour les filles à l'âge de 13 ans. J'étais trop gênée pour en parler avec ma mère.Quand j'ai rencontré Cassandre, je lui en ai parlé, tout en ne sachant pas qu'elle était comme moi. Au début, on croyait que ce n'était que de l'amitié. On se leurrait.

Tout avait été dit le plus naturellement du monde. Les yeux de Cassandre pétillaient de joie. Elles se regardèrent avec une telle intensité que Lucille pouvait mesurer leur attachement réciproque.

– Cassou, dis-moi, as-tu pris une décision pour tes études?

– Tu avais raison. Je préfère continuer mon cours en optométrie. Je veux commencer à travailler le plus rapidement possible. On n'a plus de temps à perdre si on veut partir dans deux ans.

– Où voulez-vous aller? Avec vos airs de conspiratrices, vous m'inquiétez.

– Catherine et moi, on a envoyé notre C.V. pour aller donner un coup de main dans les pays sous-développés. On regarde du côté de Médecins sans Frontière. Comme infirmière, Catherine pourra assister les médecins et moi je soignerai les yeux des enfants. J'ai même commencé à ramasser des paires de lunettes usagées.

— Quelle bonne idée! Je suis fière de vous. Ça, c'est une bonne façon d'aider l'humanité.

— Il se peut bien, une fois rendues là-bas, qu'on demande à adopter un enfant. Maman, tu serais à nouveau grand-mère.

— Vous autres aussi? C'est dans l'air cette idée, poursuit Lucille.

— Annie veut adopter un bébé?

— Non, pas Annie, mais la fille de Marc, l'homme que je viens de rencontrer. Il m'a dit qu'elle avait une compagne depuis trois ans. Elles veulent fonder une famille.

— Incroyable! Elle a dû changer depuis le temps. C'était plutôt le genre précieuse.

Après un moment d'hésitation, se tournant une mèche de cheveux entre les doigts comme lorsqu'elle voulait se faire pardonner quelque chose étant enfant, Cassandre décide de tout raconter.

— Maman, il faut que tu saches ce qui s'est passé avec Jasmine Léger. Quand je me suis aperçue que j'aimais mieux les filles que les gars, j'ai essayé de flirter avec elle. Elle m'a envoyée voir ailleurs si j'y étais. Je n'étais pas assez bien pour elle. Quelques semaines plus tard, Catherine l'a fréquentée à son tour. Encore là, elle l'a fait marcher quelque temps pour finalement lui dire qu'elle avait trouvé chaussure à son pied. Disons qu'elle n'avait pas une bonne réputation. Elle nous a toutes les deux traitées de haut. C'était blessant.

– De toute façon, rien ne dit que je vais sortir avec lui. Il se peut que le courant ne passe pas entre nous. Le choix ne manque pas sur le réseau. Il va peut-être trouver mieux ailleurs.

La soirée s'était terminée comme autrefois, par une partie de cartes. La complicité entre les deux filles rassurait Lucille. « Pourvu qu'elles soient acceptées partout où elles iront. Les préjugés sont encore si tenaces, même auprès des jeunes adultes. »

* * *

Le lendemain, alors qu'elle fait une méditation, Lucille reçoit un appel téléphonique. « C'est de Marc, lit-elle sur l'afficheur. Il en a mis du temps à faire son choix. » Elle laisse sonner quelques coups avant de décrocher.

– Bonjour Lucille. Tu reconnais ma voix? dit-il d'abord d'une voix incertaine.

– Oui bien sûr Marc. Comment vas-tu? Je croyais que j'avais été éjectée, comme disent les jeunes.

– Je me sens comme un collégien. Depuis trois jours, je signale ton numéro et je referme aussitôt le combiné. Tu es la première femme qui me fait autant d'effet. Dis-moi simplement si tu as envie de me revoir.

– Est-ce que je comprends bien ton message? Tu me demandes de sortir avec toi? ajoute-t-elle sur un ton incrédule.

– Comme disent les jeunes : Genre..., oui. C'est d'ac pour toi?

– J'accepte qu'on se rencontre à nouveau. Avec plaisir même! Mais, je veux mettre cartes sur table. Pas de sexe pour les premières semaines. Je souhaite qu'on fasse connaissance d'abord. C'est d'ac pour toi aussi?

— D'accord, je me soumets. Mais je dois t'avouer que tu me plais beaucoup. C'est difficile pour un homme de ne pas succomber aux charmes d'une femme aussi séduisante, ajoute-t-il avec la voix assurée de celui qui a gagné la partie

— Je suis contente d'entendre ce genre de compliments. C'est réconfortant à mon âge et rare aussi.

Après plusieurs jours de doute et de pensées saboteuses, Lucille a repris aussi son assurance « Ce genre d'aveu me remonte le moral, il ne sait pas à quel point! » se dit-elle.

— Quand je t'ai vue, j'ai été sous le choc, j'ai perdu tous mes moyens. J'avais devant moi une femme déterminée, qui savait ce qu'elle voulait. J'étais convaincu que tu ne voudrais pas aller plus loin.

— Ma réaction a été plus instinctive. J'ai été piégée à quelques reprises. Je ne veux plus me faire rejeter comme une vieille chaussette. Je déteste être « rejet ». C'est ce que j'ai cru pendant ton long silence. Mais je suis contente de ta décision. Alors, as-tu une suggestion pour notre deuxième rencontre?

— J'aimerais t'inviter chez moi. Je me débrouille assez bien en cuisine. Un petit souper pour mieux se connaître, qu'est-ce que tu en penses?

— C'est un peu tôt. De plus, tu demeures trop loin. J'aime bien conduire, mais me taper une heure de trajet pour revenir, surtout si je prends du vin, je me sentirais mal à l'aise.

Lucille est à nouveau sur ses gardes. « Attention à toi, il y a anguille sous roche », pense-t-elle.

– Que proposes-tu alors?

– On pourrait souper dans un restaurant. Savourer un bon repas et causer.

– Bien! Et pourquoi pas demain?

« Qu'est-ce que je fais? Demain ou un autre jour? Je peux aussi passer à côté de quelque chose d'important. »

– D'accord pour demain. Tu connais un bon resto dans le Vieux-Montréal?

– Que dirais-tu du Saint-Gabriel. Je pourrais réserver sur la terrasse. Ils annoncent une belle soirée, côté météo.

– Je te rencontrerai en face du restaurant vers 18 h. Ça te convient?

– Je sens que je vais passer une meilleure nuit. Merci Lucille, tu fais de moi un homme heureux! J'ai une autre chance de te séduire.

Soulagé, Marc se sert une bière et s'assoit sur la terrasse de son condo. « Je suis complètement idiot. J'aurais dû garder pour moi mon trouble. Ça prouve que mon fils a tort. Je ne suis pas si orgueilleux après tout. Du moins pas avec elle. Cette femme m'inspire confiance. Je crois que je n'arriverais pas à lui mentir. »

Cette fois-ci, Lucille freine volontairement son niveau d'attentes. Certes, elle veut bien paraître, mettre sa silhouette en valeur, mais surtout, elle veut prendre le temps de décoder les signaux de séduction de Marc. Elle choisit sa jupe préférée qui amincit sa taille, un chandail de laine légère échancré en V et pour une des rares fois dans sa vie, orne son cou d'un collier de perles d'eau douce, cadeau de ses filles pour sa retraite. Parce qu'elle se sent belle, Lucille dégage une féminité toute nouvelle. « Mais je ne ferai pas les premiers pas, qu'il se le tienne pour dit! »

Marc fait les cent pas devant le resto. Lorsqu'elle s'approche de la terrasse avec un grand sourire qui illumine son visage, il sent son cœur fondre. Il se lève pour lui faire la bise et lui murmure un « Tu es ravissante » à l'oreille.

Avant d'entrer dans le restaurant, car ils sont légèrement en avance, ils se promènent sans même s'effleurer la main. Voulant qu'il n'y ait pas d'ambigüité entre eux, Lucille aborde le sujet du paiement des factures.

— Comme tu voudras, mais je n'ai pas l'habitude de partager les frais, dit Marc.

— Sans vouloir te vexer, je ne veux rien te devoir si nous décidons de ne plus nous revoir. Je tiens à mon indépendance. Ça fait partie de ma personnalité.

— À ce que je vois, je n'ai pas le choix. Je m'incline, sauf pour le vin, propose-t-il en se montrant champion du compromis.

Le repas se déroule comme dans un rêve. Tels de vieux amis, ils parlent d'un sujet puis en abordent un autre à bâtons rompus. Marc lui relate différentes anecdotes qu'il a vécues au cours de sa carrière. Tous les deux rient de bon cœur de leurs petits travers. Au moment de prendre le digestif, fier comme un paon, Marc se lève et pose un genou par terre. Étonnée, Lucille l'observe sans rien dire : « J'espère qu'il ne me demandera pas ma main. »

–   Ma chère dame, j'ai une proposition très honnête à te présenter : que dirais-tu d'un voyage de deux jours en bicyclette? La
piste cyclable à Québec est magnifique.

–   Marc, relève-toi, les autres clients nous regardent!

Il reprend sagement sa place et, pour renforcer sa demande, lui
prend la main.

–   Je peux aussi être sérieux, tu sais.

–   J'ai bien peur que mon vélo ne soit pas en bon état pour
une si longue randonnée.

–   Tu pourrais en louer un sur place. Je connais une auberge
très sympathique. Nous pourrions prendre deux chambres.

–   J'ai toujours aimé Québec. Quand mes filles étaient plus
jeunes, je m'y rendais tous les étés.

–   Alors…

–   J'avoue qu'une petite escapade me ferait le plus grand
bien. Mais, à une condition : tu respectes notre entente.

–   Ai-je le choix? ajoute Marc.

Après le coucher du soleil, la température s'est rafraîchie. Se dirigeant vers la voiture de Lucille, Marc enroule son bras autour de
ses épaules pour éviter qu'elle n'ait froid.

–   Entrons vite à l'intérieur, tu frissonnes. Ce sera plus confortable, dit-il en lui ouvrant la portière.

Est-ce la promiscuité, l'effet du bon vin ou tout simplement l'envie
de se blottir l'un contre l'autre, Marc se rapproche et prend
l'initiative d'embrasser Lucille. Le genre de baiser passionné qui

réveille les autres sens. qui donne envie d'aller plus loin. Malgré sa surprise, elle ne fait rien pour le repousser. Lorsque leurs bouches se séparent, Marc craint un reproche.

— J'en avais aussi envie que toi, avoue-t-elle, mais il faut en rester là.

— Je m'étais pourtant promis de respecter tes désirs, dit-il avec une pointe de regret.

— Si on planifiait notre petit voyage, pour se changer les idées. Qu'en dis-tu? propose-t-il en lui faisant un petit clin d'œil moqueur.

« Prépare-toi à pédaler mon gars, car Lucille n'est pas encore à toi! »

# Chapitre 15

Est-ce une question d'approche? Une sorte de déplacement de ses attentes? En cherchant à ralentir le processus des rapprochements, Lucille s'est aussi libérée de l'obligation de réussir rapidement une histoire d'amour, parfois vouée à demeurer éphémère. La formule des petits pas lui redonne de l'assurance. Sans trop s'en apercevoir, elle reprend confiance en la vie. Marc lui plaît de plus en plus. Ils se parlent tous les jours, à 10 heures précises. Cette nouvelle dynamique convient parfaitement au caractère de l'ancienne institutrice. Pour le moment, elle cache sa nouvelle relation à ses deux amies. « Je ne me reconnais plus. Avant, j'aurais crié sur tous les toits que j'avais peut-être trouvé l'homme de ma vie. Pourquoi ce silence? Est-ce encore possible à mon âge d'atteindre une certaine sagesse, de me discipliner un peu? »

Marc se sent épris de cette femme de caractère. Certes, il aurait aimé avoir des rapprochements intimes, mais par délicatesse, il respecte le désir de Lucille de ne pas brûler les étapes. Une seule petite chose l'agace : son indépendance financière. « J'air l'air de quoi lorsque madame sort sa carte de crédit : d'un homme qui n'a pas de fierté? Si au moins, elle agissait de façon discrète. Je devrais peut-être lui en glisser un mot. »

Après avoir organisé leur petite escapade de deux jours, Marc se rend au domicile de Lucille avec deux bicyclettes fixées à l'arrière de sa camionnette.

— Pourquoi avoir apporté un deuxième vélo? Je voulais m'en louer un sur place, dit Lucille, étonnée qu'il ait pris cette décision sans lui en parler.

— J'ai emprunté celui de ma fille. C'était plus simple.

— Tu lui as dit que c'était pour moi?

— Je n'ai pas l'habitude de faire des cachettes à mes enfants. Ils sont ravis que je parte quelques jours avec toi, même s'ils ne te connaissent pas.

— Je ne sais pas trop quoi dire. Tu remercieras ta fille de ma part. J'espère ne pas l'abîmer.

— Ce vélo ne sert en fait plus à rien. Jasmine préfère le patin à roues alignées maintenant. Elle m'a même dit que tu pouvais le garder.

— Pas question! Si elle veut s'en débarrasser, je l'achèterai.

Devant la réaction de Lucille, Marc est songeur : « Ce ne sera pas facile de lui faire comprendre qu'elle peut accepter ce qu'on lui offre de bon cœur. »

— Tu veux entrer un moments?

— Je devrais répondre comme toi tu le ferais : c'est trop tôt, attendons que les choses évoluent, dit-il avec un brin de taquinerie dans les yeux.

– Touché! Si tu continues à te moquer de moi, tu ne perds rien pour attendre, ajoute-t-elle en riant.

Ils prennent la route, heureux de se retrouver en tête à tête. Le soleil est au rendez-vous et malgré les bouchons de circulation, rien n'altère leur joie de vivre. Marc insère dans le lecteur CD du Aznavour, du Ferland et du Léveillée.

– Comment as-tu fait pour savoir que ce sont mes chanteurs préférés? À ma connaissance, je ne t'ai jamais parlé de mes goûts musicaux.

– Peut-être que je suis devin, lui dit gentiment Marc.

– Est-ce un bon présage? Que peux-tu deviner d'autre?

– À vous de répondre, chère madame. Sans blague, depuis ma jeunesse, j'ai suivi la carrière de ces trois artistes. Je ne suis pas un mélomane, mais j'aime écouter des textes qui veulent dire quelque chose. Dans une ancienne vie, j'étais peut-être un musicien.

– Pour ma part, c'est la musique qui parle à mon âme. J'aurais aimé jouer d'un instrument, mais mes parents s'y opposaient. Ils valorisaient l'activité physique. Ils ont peut-être eu raison puisque j'ai pratiqué plusieurs sports.

À l'heure du lunch, ils s'arrêtent dans une halte routière pour prendre une bouchée. Étonnée de voir Marc sortir de sa valise d'auto une grande couverture et un panier d'osier, elle le réprimande.

– Pourquoi ne pas m'avoir dit qu'on ne mangerait pas au restaurant? J'aurais pu faire ma part.

Il lui met gentiment un doigt sur ses lèvres. Elle accepte la surprise sans arrière-pensées. Marc sort une baguette de pain, quelques viandes froides, du foie gras, des crudités et une bouteille de rosé avec deux verres. « Je n'ai jamais été aussi gâtée de ma vie, pense Lucille ravie par tant de délicatesse. »

– Quel festin! Tu as pensé à tout.

– J'aime faire ce genre de surprise. Bon appétit!

Lucille déguste le tout avec plaisir, mais elle ne peut retenir, à quelques reprises, de manifester son inconfort à être choyée de la sorte.

– À ton tour de respecter qui je suis, dit-il d'un ton taquin.

Arrivés à Québec, ils décident d'aller porter leurs vêtements à l'Auberge avant de découvrir les alentours, question de se dégourdir les jambes.

– Bienvenue à l'auberge au « Nid d'Oiseau ». Je vois que monsieur a réservé deux chambres. J'aurais bien aimé pouvoir vous donner deux chambres contigües, mais c'est une période de l'année très achalandée, dit l'hôtesse.

– Il n'y a pas de problème. Nous sommes deux bons amis, réplique Lucille.

Machinalement, elle lui présente sa carte de crédit. Son geste prend Marc de court. Il la regarde sans rien dire. « C'est ça mon vieux, elle refuse de paraître dépendante. Va-t-elle avoir la souplesse d'apprécier ce que j'aimerais lui offrir? Et si j'insistais? » se dit-il intérieurement?

— Laisse-moi payer la note et on partagera tout à 50 % à notre retour. Ce sera plus simple que de se battre devant chaque addition, argumente-t-il en espérant qu'elle va, devant témoin, abdiquer.

En regardant Marc, Lucille comprend qu'elle ne devait pas insister. Évidemment, le 50-50 est un argument qui lui plaît d'emblée.

— D'accord, mais je veux que tu notes toutes les dépenses, lui dit-elle à voix basse.

Après avoir visité les chambres, Marc insiste pour que Lucille occupe celle dont la vue donne sur le fleuve Saint-Laurent.

— Si tu continues à me gâter, je vais y prendre goût, apprécie Lucille en admirant le décor spectaculaire.

— Je suis de cette race d'homme qui aime partager sans arrière-pensées. Je veux te faire plaisir, tu comprends? dit-il le plus sérieusement du monde.

— Cette fois-ci, j'accepte. Mais n'essaie pas de me piéger.

— J'aime bien lire sur ton visage une sorte de réserve, teintée d'orgueil. Tu as un petit quelque chose qui scintille dans tes yeux. Comme tu vois, je commence à te connaître.

— Tu ne perds rien pour attendre. Je suis une femme avertie, mais pour me faire baisser pavillon, il suffit de trouver la clé. Attends que je te connaisse mieux de mon côté, tu vas voir de quel bois je me chauffe, ajoute-t-elle en souriant.

Il n'en fallait pas plus pour que les nouveaux amis se sentent complices de leurs badineries.

Le changement de tenue leur permet d'amorcer dans l'harmonie leur sortie sportive. Ils se retrouvent dans le stationnement, heureux de cette escapade. Après avoir enfourché son vélo, Lucille tente de mettre du piquant pour leur première promenade.

— Tu me laisses partir avec 60 secondes d'avance, puis tu pars. Celui qui perd la course paie le souper. C'est un pari!

— Tu penses que je vais perdre? Tu n'as rien vu, lui répond Marc une pointe d'orgueil dans la voix.

Lucille est une sportive d'endurance. Elle aime la compétition. Sachant qu'elle doit y aller mollo pour commencer, elle se laisse devancer par Marc qui pousse à fond en risquant l'essoufflement. Cette fois-ci, elle sent que sa stratégie est à point. Elle augmente sa vitesse. Dépassant son compagnon sans trop d'effort, elle arrive fraîche comme une rose devant l'auberge.

— Tu m'as bien eu. Bonne tactique! À ce que je vois, je n'ai pas affaire à une débutante. Je serai bon joueur. Je paierai le souper et aussi le vin.

— Pas question, je veux payer le vin. Ne t'inquiète pas, tu auras l'occasion de sortir tes sous. J'ai vu qu'il y avait sur le menu du foie gras poêlé. C'est mon péché mignon et ce n'est pas donné, dit-elle en frottant son pouce avec son index pour symboliser la dépense exagérée qui s'annonce.

— Je ne savais pas que tu avais des goûts si raffinés. C'est une excellente nouvelle!

— Ne panique pas. D'habitude, je suis plutôt raisonnable. Mais un pari, c'est un pari.

Après avoir rangé leurs vélos, Marc s'approche de Lucille et sur le ton de la confidence lui dit :

– Je sais que c'est prématuré, mais je veux te dire mon « feeling» : je crois avoir rencontré la femme que j'attendais. Tout me plaît chez toi, ou presque!

– Attends un peu. Je ne t'ai pas encore montré mes mauvais côtés.

– J'accepte autant les bons que les mauvais. Mon instinct me trompe rarement. Ton caractère est un signe de force. J'aime ça!

Après avoir pris un bon repas, arrosé d'une bouteille de vin, Lucille sent arriver l'heure d'aller dormir. Comment terminer cette soirée sans créer un froid? Elle lui demande s'il veut l'accompagner jusqu'à sa porte puis, gentiment, elle lui donne un baiser tout léger. Son compagnon sourit et lui souhaite une bonne nuit. Puis il disparaît, sans insister et regagne sa propre chambre.

Seule dans la salle de bain, Lucille se démaquille en réfléchissant. « Me voilà encore prise entre la séduction et l'amour. Ce que je ressens, est-ce vraiment de l'amour, ou une simple attirance physique? Marc sera-t-il comme Michel et les autres : un simple feu de paille. Vais-je encore subir les peines de l'abandon? » Incapable de trouver le sommeil, elle prend une revue et ne s'endort qu'au petit matin.

Dans la chambre de Marc, la solitude est aussi un sujet de réflexion. Après plus d'une heure à tourner en rond, n'ayant pas sommeil, il se dirige vers le petit bar de fortune de l'Auberge. Il se commande un cognac qu'il sirote lentement. « Qu'est-ce qui me prend? Je n'ai pas l'habitude de m'attacher aussi rapidement à une femme. Qu'a-t-elle de plus que les autres? Un physique de minifée dotée d'une forte personnalité. Je ne dois pas la laisser filer, sinon j'aurais l'impression de narguer le destin. La rencontre de Lucille est ce qui pouvait m'arriver de mieux, j'en ai la certitude. »

En la retrouvant, au petit déjeuner, Marc lui avoue que son lit avait été beaucoup trop grand pour s'y retrouver seul. Sans compter sur le plaisir de voir la conversation se prolonger plus tard dans la nuit.

– Oh! Je vois. Monsieur aurait aimé partager sa couche? taquine Lucille, fière de sa répartie.

– L'homme n'est pas fait pour dormir seul.

– Et moi j'aime bien me laisser désirer, réplique-t-elle du tac au tac. Mais pour être franche, j'ai eu du mal à trouver le sommeil après une si agréable soirée.

– Aujourd'hui, je vais donc m'esquinter jusqu'à ce que mon corps soit assez fatigué pour dormir d'épuisement, ça m'évitera d'avoir de mauvaises pensées, comme la nuit dernière.

– Bonne idée, je me sentirai moins coupable comme ça. Dormir fait aussi partie du voyage. Non?

La conversation et l'ambiance favorisent un heureux mariage de sérieux et d'humour. Marc et Lucille se rapprochent dans la confiance et le respect mutuel, ce qui donne à leur relation une base plus solide. Si bien que le temps file trop vite à leur goût. Pendant le voyage de retour, ils projettent d'autres activités. Comblée par ce petit séjour, Lucille doit admettre que le charme de Marc, ses taquineries, ses valeurs humaines, son respect, lui

plaisent énormément. « Est - ce que nos planètes se sont finalement alignées? »

* * *

Croyant le moment venu de dévoiler au grand jour la présence
de Marc dans sa vie, Lucille décide d'inviter Madeleine et Denise
à souper. « J'espère qu'elles me pardonneront mon silence; mes
amies comprendront que, pour une fois, je me suis retenue de
m'emporter, de crier haut et fort que j'ai fait la connaissance
de l'homme de ma vie. «J'ai pris le temps de réfléchir avant de
parler, » Lucille sait qu'elle manque de raffinement en matière de
cuisine, alors, elle suggère un repas communautaire. Chacune
pourra ainsi faire découvrir aux autres une recette originale.

— C'est une excellente idée. J'apporterai les amuse-gueule,
l'entrée et le vin, annonce Denise. Tu devines que je vais passer
chez le traiteur et comme Madeleine fait de succulents gâteaux,
ce serait fou de s'en priver.

Comme d'habitude, Madeleine arrive la première. Un peu timide,
elle est souriante et elle a perdu du poids. Sa métamorphose plaît
à Lucille.

— Tu es resplendissante! Cette couleur de cheveux te rajeunit. Je sens qu'il y a du Paul là-dessous.

Madeleine rougit, n'ayant pas l'habitude des compliments.

— Je l'ai fait pour moi, pis un peu pour lui. J'veux pas qu'il ait
honte de moi. Lui aussi s'est mis au régime. Il m'a dit qu'on pourrait « plusse » profiter de la croisière en étant plus minces. Il paraît
qu'on mange tout l'temps sur un bateau. Trouves-tu que j'ai bien
fait?

– Certainement! Ton Ti-Loup a fait le bon choix, à moins que ce soit l'inverse, dit-elle pour taquiner son amie.

– Lucille, arrête de l'appeler comme ça. Il s'appelle Paul.

– À vos ordres. Dépose ton paquet. Tu as dû encore une fois te démener pour nous concocter un dessert digne d'un chef. Ça sent bon!

– C'est trois fois rien : juste un gâteau reine élizabeth.

Pour Madeleine, cuisiner est un réel plaisir. Avec cette femme généreuse, la plus belle preuve de son affection se manifeste à travers l'écoute et aussi, au moyen de desserts cuisinés avec amour. Lucille apprécie ce trait de personnalité et sait valoriser son amie, par de petites complicités. Lorsque Denise arrive, avec une demi-heure de retard, les deux amies ont déjà terminé leur verre de sangria.

– Excusez-moi les filles. Je respecte la banlieue, mais avec la construction, c'est l'enfer. Je suis partie depuis une heure et demie. J'espère que vous m'avez attendue pour les potins.

– On ne ferait jamais une chose pareille, de dire Lucille. Pour-quoi avoir apporté du champagne? Un vin aurait suffi, non? À moins que tu aies une grosse nouvelle à nous annoncer.

– Primo, j'aime le champagne et secundo, je n'ai rien de plus à célébrer que notre amitié. Tertio : on mérite bien de se gâter!

– Moi, après un verre, j'vais dire des choses cochonnes. Mais, c'est si bon! se confesse Madeleine.

—   Tu commences à te dévergonder, c'était le temps! rigole Denise. Qu'est-ce que tu as fait à tes cheveux? Tu es magnifique!

—   Denise, arrête tes compliments. Ça m'gêne.

Malgré son sens inné de la répartie, Lucille se sent mal à l'aise de parler d'elle-même et encore plus de l'homme qui habite maintenant ses pensées jour et nuit. Mais se taire plus longtemps lui est impossible. Elle ouvre donc la réunion de filles par une grande révélation.

—   Je me jette à l'eau la première, déclare-t-elle en déposant son verre. Vous n'êtes pas sans savoir que j'ai rencontré une autre personne sur S.O.S. Rencontre. Il se nomme Marc. On se connaît depuis presque un mois. C'est un homme charmant, attentif, drôle, qui ne se gêne pas pour me complimenter. Il est aussi compétitif que moi. Lors de notre escapade à Québec... Oups! J'ai sauté des étapes.

—   La p'tite qui nous fait des cachettes maintenant. Denise, elle a perdu confiance en nous. L'amour lui fait perdre la tête!

—   Attends! Tu rencontres un homme, tu vas à Québec avec lui, puis? On veut tout savoir dans les moindres détails, de dire Denise interloquée.

Fière de son effet, Lucille leur raconte de quelle façon Marc s'est fait une place dans son quotidien.

—   Pourquoi ne pas nous en avoir parlé? Qu'est-ce qui t'a retenue? demande Denise.

–   Parce que je n'étais pas certaine de mes sentiments, puis je voulais vous réserver la surprise. Les feux de paille, c'est toujours une déception.

–   Tu veux dire que tu as? ose demander Madeleine.

–   Non, nous n'avons pas encore eu de rapprochements intimes.

Madeleine s'étouffe avec sa gorgée de champagne. Elle tousse et tente de reprendre sa respiration.

–   Veux-tu de l'eau, tu es rouge comme une tomate, observe Lucille.

–   Non, ça va. Tu peux continuer. J'ai hâte de savoir.

–   On se parle tous les jours, toujours à la même heure. C'est un homme organisé. Sur ce plan, on s'entend très bien. Voilà! Vous savez maintenant l'essentiel. À qui le tour? Qui veut me relancer?

Denise se dandine sur le fauteuil. Elle semble troublée.

–   Pourquoi tu ne parles pas? Tu en meurs d'envie. Allez! C'est à ton tour de te confesser, après ce sera au tour de la nouvelle Madeleine.

–   Il n'y a pas grand-chose à dire. Moi, c'est un ami que j'ai trouvé sur ma route. François et moi sommes deux esseulés chroniques. Je vous ai apporté une photo.

En voyant le visage de ce bellâtre, Lucille s'exclame :

–   Il est beau! Il a une allure d'enfer. Tu dois te perdre dans ses beaux grands yeux. Je ne serais jamais capable de résister.

Évidemment, Denise ne pourrait apprécier un homme ordinaire. « Elle a toujours eu des beaux hommes dans sa vie. Elle a l'œil! » pense Madeleine.

– À plusieurs reprises, je n'ai pas été capable de soutenir son regard. J'ai l'impression qu'il lit dans mes pensées. C'est un romantique! Tous les matins, il laisse à ma porte un nouveau poème. J'attends qu'il ait repris l'ascenseur pour aller chercher l'enveloppe. C'est un homme très attentionné. Deux fois par semaine, on va marcher ensemble à la montagne. Il prétend que c'est important de s'oxygéner. On parle de tout et de rien.

– Avez-vous dépassé le stade de l'amitié? Tu sais ce que je veux dire, s'informe Lucille.

– Pas encore. Je ne peux pas vous cacher que j'éprouve des sentiments pour lui. Il doit faire le deuil de son épouse décédée. Notre amitié semble l'aider à tourner la page, pour le moment.

– T'as pas dit que sa femme était morte depuis deux ans? C'est un long deuil, ça! considère Madeleine.

– Oui Madeleine, mais pour lui elle était très importante. Certaines pertes sont plus douloureuse que d'autres.

– Quand Jacques est mort, moi aussi il m'a fallu du temps. C'est ben vrai.

– Il y a autre chose, mais promettez-moi d'en parler à personne, même pas à vos amoureux.

– C'est promis! Depuis le temps, tu devrais savoir que ce n'est pas notre genre de dévoiler nos secrets, précise Lucille.

–   Tu as peut-être raison, mais ce que je vais vous dévoiler est grave, amorce Denise.

–   T'es pas malade au moins? s'inquiète Madeleine.

–   Mais non... Il y a quelques années, François a eu un cancer de la prostate. Tout est sous contrôle maintenant. Il a des examens de contrôle aux six mois.

–   Tant mieux s'il va bien. Il paraît que ce genre de cancer se guérit plus facilement de nos jours, quand il est détecté assez tôt, ajoute Lucille. Entendre le nom de cette maladie, cela lui donne la chair de poule.

–   Oui, mais, il y a un hic, précise Denise après un moment d'hésitation. Il ne peut plus avoir de relations sexuelles.

–   Tu veux dire rien? Il bande pus? s'inquiète Madeleine.

Lucille est surprise que son amie leur dévoile ce genre de problème. « Ce n'est pas dans ses habitudes de nous parler de son intimité. Le problème doit l'affecter ».

–   Lorsque sa femme a eu le cancer, François a fait une croix sur sa sexualité. Depuis son décès, aucune femme n'est entrée dans sa vie. Il craint d'avoir des problèmes érectiles. Voilà pourquoi nous parlons d'amitié.  Vous comprenez!

–   S'est-il renseigné auprès des spécialistes? S'il cherche sur Internet, il va sûrement trouver des réponses à ses interrogations. Il existe un site pour les hommes qui ont le même problème.

–   Je n'ai même pas pensé de lui suggérer. Chère Lucille, tu trouves des solutions à tout. Pour le moment, nous apprenons à nous connaître sur d'autres plans. La sexualité, ce n'est pas si important après tout.

Songeuse, Madeleine se pose un tas de questions : « À nos âges, la sexualité est-elle un problème? C'est vrai que ça fait du bien, pis après! Si François l'aime et que c'est réciproque, ils peuvent s'aimer autrement, peut-être. »

– La question est grave. Tu sembles préoccupée, Madeleine? As-tu une idée là-dessus? lance Lucille en souhaitant avoir son avis.

– J'pensais. Est-ce que ça te manquerait beaucoup de ne pas avoir de relations sexuelles, toi, Denise? Moi, je s'rais très déçue.

– Oui et non. Je crois que sa tendresse me suffirait. Tu sais, j'ai eu beaucoup d'hommes dans ma vie et ils n'étaient pas tous adroits. Est-ce que la pénétration est si importante? François est un homme intelligent, sensible. Je suis certaine qu'il saurait comment m'amener au septième ciel. C'est une progression dans l'intimité. Je ne sais pas si c'est le champagne, mais je suis en train de vous confier des choses très personnelles. À ton tour Madeleine de parler de tes amours.

– Ben pour moi, c'est comme un conte de fées! Dans une semaine, jour pour jour, j'serai partie. Le voyage de ma vie! J'ai hâte en titi. J'vous prie de me croire, Paul est un chaud lapin, conclut-elle en rougissant.

– Quoi! Tu as déjà couché avec lui? s'exclame Lucille.

– J'étais pas pour m'en priver. Mais on fait toujours ça chez lui. Moi, j'ai peur que mes fils arrivent sans avertir.

– Quel genre d'amant est-il? questionne Lucille.

– Ça, c'est trop personnel la p'tite. Par contre, j'ai suivi ton conseil. J'y ai dit de mettre des capotes.

– S'il t'a écoutée, c'est super! lance Denise.

– Paul est pas un homme ordinaire. Y fait tout c'que j'veux. Quand on s'ra dans le bateau, on va laisser faire les condoms.

– Il ne devait pas prendre deux couchettes non? lui demande Lucille sur un ton un peu moqueur.

– Il a pu nous avoir une autre cabine. Il m'a même parlé de mariage.

– Il ne perd pas de temps, s'exclame Denise.

– Il m'a dit que la vie était trop courte. Ce qui m'chicote, c'est qu'il a beaucoup d'argent. Si on s'marie, j'vais avoir la moitié de sa fortune. J'suis pas certaine que ses fils vont aimer ça. J'les comprendrais.

– La devise de François traduit bien cette urgence, précise Denise. « La vie est une eau qui s'enfuit, il faut en profiter, car elle ne passera pas deux fois. » Il sait que la vie peut s'arrêter sans prévenir. Sa femme n'avait que 55 ans lorsqu'elle est décédée.

– Il a raison. Avez-vous pensé les filles à ce qui arriverait si vos nouveaux amoureux tombaient malades? Seriez-vous prêtes à les soigner dans les moments difficiles? demande Lucille. Aujourd'hui, c'est beau, mais que nous réserve demain? Vieillir n'est pas très drôle!

Les trois femmes réfléchissent à cette délicate question. L'ambivalence de Denise se lit sur son visage. Madeleine plie sa serviette de table en petite boule, tandis que Lucille, prise au piège par son propre questionnement, ne sait que répondre. « Dans l'euphorie des nouvelles rencontres, cette question est souvent oubliée », se dit Denise.

— Moi, j'le laisserais pas tomber même si on s'marie pas. Toi Lucille, qu'est-ce que tu f'rais?

— J'y penserais à deux fois. Notre relation ne fait que commencer. Je sais pertinemment que de nos jours, on ne peut plus compter sur nos enfants. Ce n'est plus comme dans le bon vieux temps. Toi Denise?

— Bonne question! François est dans la soixantaine et il a déjà eu un cancer. Il pourrait avoir une récidive, on ne sait jamais. Je dois sérieusement y penser.

Mal à l'aise d'avoir soulevé un sujet aussi délicat et plutôt morose, Lucille essaie de faire diversion.

— Pourquoi ne pas faire un pacte? Si d'ici six mois, nous sommes encore avec les mêmes hommes, on organise un party pour les présentations officielles. On agrandit notre cercle!

— Si ma mémoire est fidèle, nous nous étions entendues pour ne pas mêler notre vie amoureuse et notre amitié, souligne Denise. J'ai peur que l'expérience soit difficile pour eux.

— En tout cas, moi j'veux vous présenter Paul. J'y parle souvent de vous.

— Je peux compter sur ta discrétion? s'inquiète Denise. Tu ne parles pas des problèmes de François.

– T'en fais pas, j'tiens ma langue. J'y ai dit que j'étais chanceuse d'avoir des amies comme vous. Moi, j'suis pas allée à l'école longtemps. Des fois, j'parle mal, pis vous m'avez jamais rejetée. Il trouve que j'suis ben chanceuse.

– Pourquoi te déprécier tout le temps? Nos différences n'ont pas d'importance. Denise, toi tu aurais pu nous snober, mais tu ne l'as jamais fait. Madeleine, tu es tellement généreuse, toujours prête à nous donner un coup de main, à nous écouter nous lamenter. Combien de fois as-tu gardé mes filles? Je n'ai jamais réussi à te payer, lui dit Lucille avec reconnaissance.

– Lucille a raison. Je n'avais pas à vous snober. J'ai de l'argent, mais je n'y suis pour rien. Si mon père et mon mari ne m'avaient pas couchée sur leur testament, je serais dans la misère. Je n'ai jamais travaillé de ma vie. Je me suis laissé entretenir. J'aurais pu faire de longues études, du bénévolat, mais la vie en a décidé autrement. C'était important pour moi d'accompagner mon mari dans ses voyages d'affaires. Il aimait me présenter à ses clients. Avec le recul et mes thérapies, j'aurais pu choisir un rôle plus valorisant. Mais je m'assume, et j'apprécie tellement votre amitié.

– Ça suffit les remises en question. On est comme on est! Je pense que c'était écrit dans le ciel qu'on devait faire route ensemble. Pis c'est pas fini! clame Lucille en riant. Allez les filles, on mange. Moi, je ne suis pas au régime.

– T'es chanceuse en maudit. Mais ça fait rien. Ce soir, j'vais tricher juste un peu. Paul veut pas que je ramène du gâteau. Il m'a dit qu'il s'rait trop tenté. Lui aussi. Il est tellement gourmand! On a ça aussi en commun, avoue Madeleine.

Elles portent un toast à l'amitié. Et les autres nouvelles s'enchaî-
nent pendant que les assiettes circulent rondement.

Les trois femmes se sentent heureuses de vivre ce début d'automne avec une perspective différente. Leur solitude partiellement
comblée par des hommes qui, pour le moment, semblent répondre à leurs attentes leur ouvre un espoir neuf, mais dont elles désirent rester maîtres. La relation entre Marc et Lucille évolue tranquillement, les grands projets de Madeleine la comblent de joie
et Denise a trouvé le compagnon idéal pour l'accompagner soit
au théâtre ou à l'opéra. Au contact de François, elle apprend à
vivre le moment présent, à continuer de se ressourcer.

En quoi leurs trois destinées seront-elles modifiées, lorsque le temps
leur aura permis de faire des choix quant à leur avenir? Elles apprennent que les relations amoureuses se tissent différemment
au seuil de la soixantaine. Leur audacieux geste de se mettre à
la recherche d'un compagnon a, pour le moment, fait pétiller
leurs yeux et rallumé leurs sens. Oui, elles savourent leur vie et
chaque jour a une valeur inestimable. Car qui sait de quoi sera
fait demain?

# Chapitre 16

Au fil des jours, la relation entre Lucille et Marc devient de plus en plus sérieuse. Lucille ne cherche plus à freiner cet élan qui les rapproche sur tous les plans. Elle en oublie parfois ses manies de toujours craindre le pire, car, elle doit l'avouer, le meilleur est à la portée de sa main. Il faut dire qu'ils ont instauré une sorte de rituel qui, tous les deux jours, leur permet de marcher, de jogger ou de nager. La complicité entre eux facilite leur rapport. Les soirées partagées en tête à tête, après une activité enlevante, leur permettent de goûter à une intimité qui les attire de plus en plus.

Un certain soir d'octobre, à la tombée du jour, incapable de retenir leur envie de se donner l'un à l'autre, ils font l'amour pour la première fois. La fusion a lieu dans une petite chambre d'hôtel, avec un décor champêtre, après une journée à vélo dans la belle région de Charlevoix. Marc est fébrile, mais il n'oublie pas, par délicatesse pour sa compagne, de se protéger. Lucille n'a donc pas à jouer celle qui exige encore et toujours quelque chose de plus. Non, elle se laisse emporter simplement par cet élan d'amour qui vient sceller une entente déjà mise à l'épreuve avec succès. Marc se révèle être un amant attentionné, prenant son plaisir dans le plaisir de sa compagne et sachant reconnaître les indices d'un désir croissant. L'expérience fait faire un autre bond à leurs projets communs. « Cette fois, je crois que je peux vraiment compter sur un homme. Marc ne m'a pas déçue une seule fois et Dieu sait si j'ai eu l'occasion de lui mettre des bâtons dans les roues. Jamais il ne s'est emporté. Il partage plusieurs de mes valeurs. Cette fois, je peux quitter les sites de rencontres et me consacrer à ma vie en couple » réfléchit Lucille.

Quelques jours plus tard, ravie du comportement de son nouvel amant, Lucille décide d'aborder le sujet qui la préoccupe : comment vont-ils définir leur avenir? Faire maison à part ou co-habiter? Elle introduit doucement le sujet en espérant qu'il ne soit pas trop prématuré d'en parler.

    — Cela fait beaucoup de déplacements, entre chez toi et ici, demande-t-elle un soir qu'ils se retrouvent chez elle, à prendre le souper.

    — Je suis content que tu en parles la première. Moi, je n'osais pas. J'ai promis de ne pas te brusquer. J'avoue que je suis fatigué de me taper de si longs trajets, d'autant plus qu'il y a de la construction partout. Ce sont de belles heures qu'on pourrait partager. J'adore mon condo, mais je n'y suis pas attaché. De ton côté, tu dois tenir plutôt à ta maison, avec tous les souvenirs qui s'y trouvent.

    — Les souvenirs sont attachés au passé. Mais je veux regarder vers l'avenir. En ce sens, je suis ouverte à en discuter, si tu le veux, évidemment.

    — Certainement. Depuis que je t'ai rencontrée, j'ai le goût de tout partager avec toi, peu importe le lieu, en fait.

    — Mon ex-mari n'a jamais habité ici. Il est entré dans ma maison seulement lors de l'anniversaire de nos filles. C'était important pour elles de nous rencontrer comme une vraie famille. Nos rapports ont été assez orageux, mais maintenant ça peut aller. Je ne suis pas fermée à l'idée de déménager. La maison est devenue trop grande. Comme elle est libre d'hypothèques, je ne la vendrai sûrement pas à perte. À Laval, les maisons se vendent vite et bien surtout depuis l'ouverture du métro.

— Donc nous sommes flexibles tous les deux. Qu'est-ce que tu suggères?

— Acheter un condo ensemble, mais j'ignore où. Tu habites la Rive-Sud et moi, la Rive-Nord. Le centre-ville ne m'enchante pas beaucoup. C'est une grande décision. N'est-ce pas trop tôt?

— Moi, je suis certain de mes sentiments. Toi, te sens-tu prête? Tu as vécu seule pendant très longtemps. Ce serait tout un changement.

— Si on se donnait encore un mois pour y voir plus clair, qu'en penses-tu?

— À une condition : que tu viennes habiter quelques jours chez moi. Je voudrais te présenter quelqu'un de très important, ajoute-t-il sur un ton mystérieux.

— Rencontrer ton fils et ta fille? Réunir la famille déjà? Je ne me sens pas encore prête pour le grand jugement!

— Qui te parle d'eux? Mon ami s'appelle Gaspard. Il est doux, affectueux et presque aussi indépendant que toi.

Lucille ne comprend plus rien. Qui est ce fameux Gaspard? Tout à coup, elle croit deviner. « J'espère que je me trompe, moi qui déteste les chiens », se dit-elle contrariée par cette révélation.

— Depuis quelques années, mon compagnon de solitude est un chat.

—   Ouf! Tu m'as fait peur, dit Lucille soulagée.

—   Pourquoi? Tu es allergique?

—   Non, mais j'ai pensé que tu avais un chien. J'en ai donné un à Annie lorsque son père nous a quittées. Pas moyen de l'éduquer. Il jappait tout le temps, faisait ses besoins partout. Quand je suis allée le reporter dans une animalerie, Annie m'en a voulu pendant un bon deux mois. Je ne serais pas surprise qu'elle m'accuse un jour de l'avoir traumatisée avec ce cadeau.

—   Je vais te faire une confidence. J'ai habité avec une femme pendant quatre mois. Elle m'a quitté précisément à cause de mon chat.

—   Est-il agressif?

—   Non, elle était asthmatique. Cet élément a fait basculer nos chances de tout partager. Pour le moment, je l'avoue, c'est impossible de m'en séparer. Il connaît tous mes secrets. Je vois bien dans tes yeux que tu es étonnée. Même un homme s'attache à ces p'tites bêtes-là.

—   Pourquoi ne pas m'en avoir parlé avant, s'il est si important pour toi.

—   Parce que je tenais à toi. J'étais craintif. J'espère que tu vas l'aimer.

—   Évidemment, j'aime les chats. Mais ta stratégie est révoltante. Tu voulais posséder mon corps avant de m'avouer qu'il y avait quelqu'un d'autre dans ta vie. Tu es un beau salaud, dit-elle en riant.

Elle se rapproche de lui pour le chatouiller. Plus il demande grâce, plus elle insiste. Ce jeu enfantin ravive les désirs de Lucille. « C'est à mon tour de lui faire perdre la tête. » Comme une chatte enjôleuse, elle se glisse sur le corps de Marc en miaulant. Elle lèche tous les recoins sensibles de son amoureux. Béatement, le gros matou se laisse emporter par les sublimes caresses de sa tigresse. Il en redemande, de l'affection et des gros câlins. Les jeux prennent une tournure plus enivrante et se terminent par des ébats sous les couvertures.

Les jours suivants, Lucille est de plus en plus certaine de ses sentiments et de ceux de Marc. « Cette fois-ci, je suis convaincue qu'il ne me laissera pas tomber. Sa franchise à mon endroit me prouve qu'il est de bonne foi. Mais vendre ma maison? J'hésite. Je n'ai pourtant pas l'habitude d'être nostalgique. »

Des souvenirs heureux sont gravés entre ces quatre murs et ils refont surface sans qu'elle puisse les chasser. Lorsqu'elle a décidé d'acheter la maison, Annie avait à peine neuf ans. Elle en avait visité une bonne trentaine avant de faire son choix. Cassandre était bien installée dans le ventre de sa mère et Lucille souhaitait que son bébé ait un nid douillet. Elle ne pouvait pas s'offrir une maison neuve, étant limitée financièrement. Son premier critère: une cour arrière pour que ses enfants puissent s'adonner à leurs jeux, sans danger.

Elle avait choisi une maison située dans un croissant, donc plus sécuritaire. Quelques enfants jouaient dans la rue. Annie ne voyant que des garçons, mais aucune copine pour jouer trouvait une tonne de défauts à sa future maison.

— M'man, c'est bien trop vieux. T'as vu les murs, la couleur, c'est dégoûtant. Il y a des trous partout.

Lucille essayait de la rassurer, de lui expliquer que tout se réparait, mais Annie s'entêtait. Une bonne fée, ou la providence fit son travail. Durant la dernière visite, une petite bonne femme haute comme trois pommes sonna à la porte. Exaspérée, la propriétaire fit des commentaires déplaisants.

— Si c'est encore la petite peste, je vais avertir sa mère. Elle vient m'achaler à longueur de journée. Elle veut absolument m'aider à faire mes boîtes. J'en ai assez!

— Quel âge a-t-elle? demande Lucille.

— Neuf ans. Elle est gentille, mais un peu trop collante la puce.

— Quel hasard! Annie a aussi neuf ans.

Comprenant que la fille de la future propriétaire avait besoin de compagnie, elle laissa entrer Suzie. Après quelques minutes, Annie se dirigeait vers la maison de poupée de sa nouvelle amie. Elle en oublia ses jérémiades.

Deux mois plus tard, la petite famille était installée, les frères de Lucille s'étant portés volontaires pour aider aux travaux. Ils voulaient que cette maison soit accueillante. Tous les tapis remplacés par du bois franc, une peinture mur à mur et il ne restait que le sous-sol à transformer. Lorsque ses frères lui proposèrent de débuter les travaux tout de suite, elle s'y opposa.

— Je n'ai plus assez d'argent. Je vais accoucher dans trois mois et je dois me reposer. Merci pour tout, les gars. On fera tout ça après. Si un jour vous avez besoin de mes services, je serai votre homme!

– Tu as bien mérité qu'on vienne t'aider. Tu ne nous dois rien!

Les paroles de son frère aîné l'avaient émue aux larmes. Elle ne croyait pas que ce moment allait la troubler autant. Oui, de nombreux souvenirs étaient rattachés à cette maison. La graduation d'Annie, ses fiançailles, l'après-réception de son mariage, le baptême de ses deux petits-enfants, les révoltes de Cassandre à l'adolescence. « Je n'ai pas l'habitude de me tourner vers mon passé. Mais cette maison fait partie de mon décor, de ma vie depuis si longtemps. »

Elle se met au lit le cœur en peine. Tant d'émotions s'entremêlent en elle : ce désir de refaire sa vie la tire vers l'avant, mais va-t-elle s'intégrer dans un autre lieu? Le passé et l'avenir ne peuvent-ils pas cohabiter? « Avant de prendre ma décision, je vais d'abord en parler aux filles. »

\* \* \*

Lorsque Lucille veut dédramatiser une situation délicate; elle utilise l'humour avec subtilité, mais Annie connaît trop bien sa mère pour ne pas voir venir la question. « Elle me cache quelque chose de grave, se dit Annie. Pauvre m'man, elle est tellement prévisible. »

– Je t'invite pour une conférence au sommet. J'aimerais te rencontrer sans ton conjoint. Quand tu seras libre, lance Lucille d'une voix neutre.

Pour Annie, la rencontre ne pose pas de problème. À cause de la fin de sa session, Cassandre ne peut lui consacrer que peu de temps.

– Cassou, pas plus d'une heure ou deux, implore Lucille. Si ça peut t'arranger, je te paie à déjeuner samedi prochain.

– Arrête de faire des mystères. Je sais qu'il y a déjà quelqu'un dans ta vie. Tu as ma permission. Sois heureuse sans faire de chichi! » lance-t-elle pour déculpabiliser sa mère. « Maman n'a pas l'habitude de me consulter. Qu'est-ce qui lui prend? »

– C'est un peu plus compliqué. C'est une question à 100 $. J'ai besoin de vous deux, en même temps! Un point c'est tout! tranche-t-elle avec autorité.

– D'accord! Mais tu seras responsable si je coule ma session.

– Je ne suis pas inquiète, tu es trop brillante. D'ailleurs, si tu réussis, tu me seras redevable. Tu as une partie de mon cerveau, ne l'oublie pas!

Lucille choisit un restaurant où l'on sert de copieux déjeuners. Elle aime cette ambiance matinale et l'odeur des crêpes qui se mélange aux arômes de café. Arrivée une quinzaine de minutes à l'avance, Lucille déguste son troisième café lorsqu'Annie se montre le bout du nez. Elle se lève pour embrasser sa fille.

– M'man, tu parais nerveuse. Veux-tu me parler avant que Cassandre arrive. « Ma sœur est encore bien jeune pour comprendre certaines choses de la vie », pense Annie pour qui son droit d'ainesse est si important.

– J'aime autant attendre ta sœur. Tiens! Elle arrive.

Cassandre n'a pas eu le temps de se maquiller. Elle a enfilé un jean délavé et un chandail beaucoup trop grand pour elle.

– T'aurais pu te forcer un peu plus, la petite sœur, t'as l'air d'une itinérante.

– Toujours aussi aimable, la grande sœur! L'important, c'est que je sois là.

– Écoutez les filles, je ne veux pas de chicane ce matin. À vous écouter, on dirait deux adolescentes. Ça suffit! Vous voulez commander tout de suite?

– J'imagine que tu veux nous parler de ton nouveau chum? C'est donc sérieux! s'exclame Cassandre en ouvrant le menu.

– Oui et non. J'ai pris la décision de vendre la maison. D'abord, elle est trop grande pour moi, puis, en la vendant maintenant, je pourrais faire un profit intéressant. Après, je pense cohabiter avec Marc. Mais d'abord, je veux savoir si l'une de vous deux est intéressée à l'acheter.

– M'man, tu n'as pas le droit de vendre notre maison, dit Annie contrariée. Je suppose que c'est ton nouvel ami qui t'a mis cette idée dans la tête.

– Annie, c'est moi qui lui ai suggéré d'aller vivre en condo.

– Tu veux cohabiter avec lui? Tu viens juste de le rencontrer. Si ça ne fonctionne pas, qu'est-ce que tu vas faire? Ce n'est pas nous les adolescentes, c'est toi.

– Je ne te comprends pas, s'interpose Cassandre. C'est toi qui as suggéré à maman de se trouver un chum sur un site de rencontre. Si elle veut vendre la maison, ça la regarde. Quand on commence une nouvelle union, il vaut mieux réinventer aussi le décor. Il faut accepter de laisser ses souvenirs derrière. « Annie est devenue mesquine, se dit Cassandre. Elle ne pense qu'à elle. »

– Pauvre Cassandre, tu ne comprends rien, réplique Annie d'un ton cinglant.

Lucille essaie de garder son calme. Elle prend de grandes respirations, mais une sourde colère monte en elle.

– Je me sens inquiète. On dirait que tu te jettes dans la gueule du loup sans réfléchir. Je ne sais rien de lui, dit Annie d'un ton plus conciliant.

– Marc est un homme bien. On a les mêmes goûts, on pratique les mêmes activités. Il a lui aussi deux enfants : un gars et une fille. L'une est dentiste, l'autre ingénieur. Il travaille encore un peu. Après tout, c'est ma vie. Non?

– Et qu'est-ce qu'il fait dans la vie?

Lucille se sent au tribunal de la famille. « Annie a toujours aimé questionner. Elle aurait fait une bonne avocate. »

– Il est ingénieur en électricité. Il effectue des expertises à forfait, de temps à autre. Il habite sur la Rive-Sud. C'est pourquoi je lui ai proposé d'acheter un condo à deux.

– M'man, je sens que tu vas te faire avoir. C'est nébuleux. Pourquoi vendrais-tu la maison? Tu devrais chercher quelqu'un d'autre.

– Annie, dis-moi ce que tu as sur le cœur. Je mettrais ma main au feu que tu as peur de perdre ta place. La question, ce n'est pas qui, mais qu'est-ce qui va te rester si maman refait sa vie? Ne fais pas l'autruche, lance Cassandre. Tu parles à maman presque tous les jours. Elle te dépanne souvent pour garder tes enfants. Si elle a un conjoint, les choses vont probablement changer. Elle sera plus loin, donc moins disponible.

Lucille perçoit le malaise d'Annie. « Cassandre vient de toucher une corde sensible. Je ne la savais pas si perspicace. Je dois rassurer ma fille. »

— Tu sais ma grande que jamais je ne t'abandonnerai. Marc adore les enfants. Il a hâte de connaître les tiens. Je n'ai pas besoin de votre consentement. Je veux simplement savoir si vous êtes intéressées à acheter notre maison.

— Moi, reprend Annie, j'aime mieux la mienne. Ma maison est plus récente. De toute façon, Simon ne serait pas d'accord.

— De mon côté, je serais peut-être intéressée, mais je dois en parler à Catherine. Si on réalise nos projets, on aimerait partir pour deux ans, on pourrait la louer, en attendant. Il faut que je lui en parle.

— Dans un premier temps, je la ferai évaluer. Si le prix vous convient, on pourra en rediscuter, propose Lucille.

— Tu connais assez m'mam pour savoir que tu auras un prix de faveur, ajoute Annie.

— Normal? Je suis sa fille après tout, poursuit Cassandre en se retenant pour ne pas envenimer les choses.

— Je ne vous reconnais plus. Au lieu de penser à mon bonheur, vous vous entêtez à vous crêper le chignon. Avoir su, je ne vous en aurais pas parlé. De toute façon, je me donne encore un mois pour prendre ma décision. D'ici là, j'irai habiter quelque temps chez Marc. Je serai son invitée. Tu vas me laisser son numéro de téléphone au cas où, dit Annie affolée.

— Je ne pars jamais sans mon cellulaire. Je ne m'en vais pas au bout du monde, juste à Saint-Lambert. « Si j'avais su qu'Annie réagirait en mère poule, je me serais abstenue de lui en parler. Pourquoi est-elle si agressive depuis quelque temps? J'ai pourtant essayé de la rassurer. C'est peut-être elle qui me cache quelque chose! »

– Moi, j'ai hâte de le rencontrer ton nouveau chum. Profite de la vie pendant que tu es en bonne santé. Fais des voyages, amuse-toi. Papa l'a compris, lui.

Lucille se hérisse à cette seule évocation. « Quand Cassandre va-t-elle comprendre que la vie de son père ne me regarde pas. »

– Ton père mène sa vie comme il l'entend. Sortez vos agendas, je vais fixer une date pour la rencontre officielle.

– Moi, je ne suis pas pressée de le rencontrer, soupire Annie.

– Pourquoi n'essaies-tu pas de la comprendre? Annie, tu es de mauvaise foi! Maman est heureuse. C'est normal qu'elle veuille refaire sa vie. Serais-tu jalouse par hasard?

– Pas du tout. J'ai un bon mari, deux beaux enfants. C'est vrai que Simon travaille beaucoup, mais on vit bien. Quand les garçons iront à l'école, j'ai l'intention de retourner travailler. Moi aussi, je construis ma vie. J'ai des projets.

– Bonne idée! Il te faut un défi à ta mesure. Les femmes doivent rester indépendantes. C'est devenu une manie chez moi. Marc trouve que je ressemble à son Gaspard.

– C'est qui celui-là? fait Annie en la regardant avec étonnement. Tu ne cours pas deux lièvres à la fois?

Lucille leur raconte le subterfuge que Marc a inventé pour lui avouer qu'il a un chat.

— Justement, Mathis veut qu'on lui achète un petit minou pour sa fête. Tu pourrais lui en donner un. Après tout, tu es sa marraine, ajoute Annie en s'adressant à sa soeur.

— Catherine et moi on va se faire un plaisir d'aller lui en choisir un, propose Cassandre. Et si on mangeait, j'ai l'estomac dans les talons.

Pendant un instant Lucille retient sa respiration. Heureusement, lorsqu'il est question de ses enfants, Annie a une attitude plus conciliante. Elle adore qu'on chouchoute ses enfants : elle est aux anges et oublie ses rancœurs.

« Ouf! Le pire est passé. Qui aurait dit qu'un chat pouvait changer le cours d'une conversation? J'aimerais tellement que mes filles retrouvent la complicité qu'elles avaient dans leur jeunesse. Mais avant tout, je dois penser à moi. Ma mission de mère s'achève progressivement et ma vie personnelle peut reprendre son cours. Comme pour un livre qui compte encore plusieurs chapitres, j'ai hâte chaque matin de voir ce qui m'attend en tournant les pages. »

# Chapitre 17

Comme si elle partait à l'aventure, valise à la main, Lucille se rend chez Marc pour quelques jours. Situé au bord de l'eau, le condo de son amoureux dégage à la fois une impression de bon goût et de richesse : la décoration moderne rivalise avec les meilleurs reportages télé qu'elle a vus. L'immense chambre à coucher mène directement à la salle de bain ultra moderne. Lucille remarque le bain thérapeutique, objet de luxe qu'elle a toujours désiré. Des serviettes épaisses accentuent l'opulence des lieux et incitent à profiter de leur douceur. Dissimulées dans un grand placard se trouvent la laveuse et sécheuse ainsi que la litière de monsieur Gaspard, mais aucune trace du compagnon de Marc. « Ma maison ressemble à un taudis à côté de son appartement, pense Lucille. Vais-je pouvoir m'habituer à tous ces objets précieux sans craindre de les casser? »

— Gaspard est timide. Ne t'en fais pas, il viendra te voir quand bon lui semblera. Avec lui, j'ai appris à ne rien attendre des autres. C'est peut-être la raison pour laquelle j'aime tant ce chat.

Lorsque Lucille s'apprête à défaire sa valise, Marc lui suggère plutôt de s'asseoir à l'extérieur pour profiter d'abord des derniers rayons du soleil. Tout est calme à part le chant des oiseaux et le bruissement des feuilles qui se sont parées de leur manteau d'automne. Elle finit par se détendre pour profiter du moment présent.

–   Quelle tranquillité! J'ai l'impression d'être à des kilomètres de Montréal.

–   C'est la raison pour laquelle j'ai choisi cet endroit. Mon bureau était situé au centre-ville. À la fin, je trouvais la circulation infernale. Quand j'ai décidé d'acheter, c'est l'un de mes associés qui m'a suggéré cet endroit.

« C'est bizarre, mais tout à coup je me sens bien ici. C'est un véritable oasis de paix. Marc est chanceux de pouvoir se payer un si bel emplacement. » Elle s'étire comme une chatte qui prend ses aises et, d'un ton taquin, elle s'étonne de voir qu'il prépare quelque chose.

–   Tu ne m'avais pas dit que tu cuisinais? Qu'est-ce que le chef propose au menu?

Marc vient s'asseoir en face de Lucille.

–   Dans les faits, bien peu. Je voulais que nous fassions les courses ensemble. Je ne connais pas encore très bien tes goûts.

Marc peut aisément voir la déception sur le visage de Lucille. Le plus sérieusement possible, il lui demande :

–   Quoi! Tu n'aimes pas faire l'épicerie?

–   Je n'aime surtout pas planifier les repas. De plus, je ne suis pas un cordon-bleu, mais rassure-toi, mes filles ont mangé sainement.

Marc éclate de rire.

–   Je t'ai bien eue. J'ai acheté tellement de nourriture, que je pourrais nourrir une armée. Ce soir, comme entrée, vous aurez des avocats farcis au crabe. Ensuite, une soupe froide aux petits légumes. Le plat principal sera du canard laqué servi avec un riz brun, suivi d'un assortiment de fromages québécois. Évidemment, tous ces plats seront accompagnés de vins que vous aimez. Et, si votre estomac n'est pas encore rassasié, j'ai concocté un renversé aux ananas.

— Dis-moi que c'est une blague.

— Non, c'est la stricte vérité. C'est l'un de mes passe-temps préférés. J'adore cuisiner! Surtout en bonne compagnie. J'avais cru deviner que tu ne raffolais pas de ce genre d'activité. Je ne voulais pas t'effaroucher. Il faudra t'y faire ma douce, je serai le chef dans la cuisine. Mon territoire est délimité! ajoute-t-il déposant un léger baiser sur ses lèvres. « Qui a dit qu'on prend un homme par le ventre? Elle semble ravie. Je pense que je viens de gagner quelques points. Ça promet! »

— Y a-t-il autre chose que tu m'aurais caché?

— Plusieurs. Je ne t'ai pas encore dit que j'aimerais voyager avec toi, te présenter à mes amis, aller camper quand nous en aurons envie.

— Hum! À mon âge, j'avoue que dormir sous la tente ne m'attire pas beaucoup.

— Qui te parle de tente? Je possède un motorisé. Je l'ai prêté à un ami qui voulait aller dans les Rocheuses.

— Je n'en reviens pas. Je ne sais pas si j'apprécie ce que tu me dévoiles aujourd'hui. Tu m'as caché bien des choses. « Reste calme. C'était une simple prudence de sa part sans doute. Il n'est pas homme à se vanter de ses avoirs, voilà tout. »

—   Lucille, j'ai appris avec le temps à ne pas dévoiler ce que j'ai. J'ai fréquenté quelques femmes avant toi. Au début, je ne cachais rien. En toute humilité, je peux affirmer que plusieurs femmes ont fait des bassesses parce qu'elles me pensaient millionnaire. Je veux qu'on m'aime pour ce que je suis, non pour ce que je possède.

—   Tu as probablement raison. Je m'excuse, s'amende Lucille. Il y a sans doute des femmes qui abusent...

Pendant que l'homme de la maison s'affaire devant son fourneau, Lucille essaie de mettre de l'ordre dans ses idées. « Pourquoi Marc m'a-t-il attirée? Évidemment, il a belle allure, tout comme moi, il aime bouger, ses deux enfants semblent importants dans sa vie et c'est un amant merveilleux et délicat. Mais, il y a quelque chose qui cloche. Je n'arrive pas à identifier ce qui me chicote. Est-il trop parfait? On ne rencontre ce genre d'homme que dans les romans, pas dans la vraie vie. Il faut que je lui trouve des défauts, sinon, je vais me sentir inférieure. »

Tout au long du délicieux repas, ils ont bavardé de choses et d'autres, mais le vin aidant, Lucille aborde la conversation qu'elle a eue avec ses filles.

—   Si je comprends bien, je ne serai pas le bienvenu auprès de ta fille Annie. « J'ai peut-être gagné le cœur de la mère, mais me faire accepter de sa fille sera un défi d'importance », déçu de devoir faire la conquête de son aînée.

—   Je l'ai sans doute trop gâtée celle-là. Quand son père nous a quittées, je me suis donnée comme mission qu'elle ne verrait pas la différence. Je me suis trompée. Elle a épousé le père qu'elle n'a pas eu. Mon ex essaie de renouer avec elle, mais Annie reste méfiante. Je ne peux pas la blâmer. Elle refuse que je vende la maison. En plus, Cassandre veut l'acheter. Je ne suis pas sortie du bois.

— L'hypothèse d'aller vivre chez toi n'est pas complètement écartée, mais sans vouloir t'offenser, ta maison aurait besoin d'un peu d'amour. Je suis très orgueilleux. J'aime les belles choses et j'avoue être un peu maniaque. Ici, tout a été pensé. J'ai magasiné des heures et des heures pour trouver ce qu'il me fallait. Mon environnement, c'est important. Je me plais beaucoup ici, comme tu vois.

— Ouf! Enfin un petit défaut, lance-t-elle en riant.

— J'en ai plusieurs. Attends, après trois jours, tu vas t'apercevoir que j'ai des manies, que je m'impatiente le matin si je ne lis pas mon journal, qu'il faut que je presse mes oranges, car je trouve infect le jus en boîte, que je n'aime pas tenir une conversation en me levant. Et surtout, ne t'avise pas d'essayer de me mettre à ta main. Je résiste en diable. Par contre, j'ai un côté romantique, je suis du genre « homme rose ».

— Honnêtement, je suis heureuse de savoir tout ça. Je me sens beaucoup mieux. J'aime te voir dans ton milieu. Tu es charmant! Si je te dis que j'ai envie de faire l'amour avec toi, que vas-tu penser?

— Que tu es une femme directe, sensuelle et que j'aime ça.

\* \* \*

Le lendemain matin, sachant Marc dans la douche, Lucille veut lui faire plaisir en pressant son jus d'orange. Ne connaissant pas encore la cuisine, elle doit fouiller dans les armoires pour se rendre compte qu'il possède une verrerie et un service de vaisselle hors de prix. « Ma foi, il a plus d'argent que je pensais. Je reçois une bonne pension, mais si je veux conserver mon indépendance dans le respect du 50-50, je vais devoir vendre ma maison. Donc, pas question de la louer à Cassandre ».

Elle sursaute lorsqu'il s'approche pour l'embrasser dans le cou. L'odeur qu'il dégage est enivrante. Elle lui ouvre les bras et se blottit contre lui.

– Bon matin ma douce. J'espère que tu as bien dormi.

Lucille décide de le taquiner. D'un signe de tête, elle lui répond par l'affirmative, jouant à celle qui se tait.

– J'ai fait quelque chose qui t'a déplu ou tu as perdu ta langue? Tu veux jouer…

Lucille se sent fière de le faire marcher, de le déstabiliser. « Pauvre amour, il a l'air d'un petit garçon qui vient de faire une bêtise. » Elle répond à toutes ses questions en lui mimant les réponses. N'y pouvant plus, elle éclate de rire.

– Tu m'as dit que tu n'aimais pas parler le matin. J'essaie de m'ajuster à tes humeurs. Donc, je me tais.

– Ouf! Tu m'as fait peur. As-tu réussi à voir Gaspard?

– Tu n'as même pas senti qu'il avait couché avec nous?

– Il ne couche jamais dans mon lit, c'est interdit.

– Détrompe-toi. Il a ronronné dans mes oreilles une partie de la nuit. Je pense avoir gagné sa confiance.

– Si ça se reproduit, jette-le par terre. Où se cache-t-il?

–    Sur le balcon. Il est installé au soleil comme un bienheureux. J'ai pu le caresser. C'est un très gentil matou.

–    Si j'ai un adversaire dans la couchette, il va falloir que j'agisse en conséquence. « Comme c'est agréable de se lever en sa compagnie. J'aime ce genre de répartie entre nous. Je suis convaincu qu'avec elle, je ne m'ennuierai pas » se dit Marc en chantonnant.

–    Parce que monsieur est jaloux?

–    Disons que j'aime l'exclusivité.

–    De mieux en mieux, encore un autre petit défaut. Dans le fond, je ne suis pas si pire que ça. Mon orgueil vient de monter d'un cran. Je dirais même que je frise la perfection.

–    Pas parfaite, mais tellement attirante dans ta chemise de soie. Comment as-tu fait pour te garder si jeune. Quel est ton secret?

–    Tu ne sais même pas mon âge.

–    Tu l'as inscrit quand tu as rempli le formulaire du site, l'autre jour.

–    J'ai menti. J'ai quelques années de plus, mais si peu.

–    Ta proposition d'hier soir tient toujours?

Lucille lui ayant avoué qu'elle serait prête à faire l'amour trois fois par jour.

–    Laquelle déjà? Ma mémoire me joue souvent des tours, dit-elle le plus sérieusement du monde.

–    Mes petites pilules bleues font encore effet.

–    Ne me dis pas que tu as besoin de ça!

–    Si je veux être à la hauteur, oui j'en ai besoin quelquefois.
Tu es la première à qui je l'avoue.

–    Bravo! Ce n'est pas tous les hommes qui avoueraient ce
genre de chose. Merci pour ta confiance. Je préfère le savoir.
Allons voir si le monsieur dit vrai.

Ils retournent dans la chambre main dans la main. Lucille se sent
rajeunir. « Je suis complètement charmée par cet homme. J'ai
confiance en lui. Son honnêteté, sa joie de vivre. C'est ce côté
pétillant que j'apprécie. Je me sens vivante. Dire que j'ai hésité à
accepter son invitation. Le découvrir dans son milieu me permet
de croire que lui et moi, nous avons tout pour réinventer notre vie
à deux. »

# Chapitre 18

Lucille prend son café et ce matin encore davantage, elle constate à quel point cette immersion dans la vie de Marc est agréable. Elle se sent à l'aise au point de lui faire part de son envie de rester quelques jours de plus. « Il me l'a proposé si gentiment; comment résister à la tentation de continuer à me faire dorloter », pense-t-elle en souriant. « Je pourrais les compter sur les doigts d'une main, les périodes de ma vie où j'ai pu ainsi savourer une tranche de plaisir quasi parfaite. »

Tous les deux ont établi une routine quotidienne. Une heure après le déjeuner, ils vont ensemble à la piscine du condo. Marc s'avère être un excellent nageur. Il parcourt vingt longueurs à la brasse et dix autres sur le dos. Lucille en profite pour faire ses exercices. Pendant que son amoureux passe un moment au sauna, elle se rend à la douche et se refait une beauté. Si la température le permet, ils vont marcher ensuite au bord de l'eau. Au retour, ils prennent un léger dîner et, avant leur sieste, ils se caressent tendrement. Lucille prend goût à cette vie sans stress. « Avec Marc, rien n'est compliqué. De plus, il adore me taquiner, ce qui n'est pas pour me déplaire. Il m'étonne et j'aime aussi le surprendre par des réparties insolites. J'aime ses yeux quand il m'observe. Il est attentif au moindre de mes gestes, devinant presque mes pensées. »

233

– Tu croyais que je n'avais pas de défaut. Depuis six jours, as-tu changé d'avis, lui demande Marc en marchant au bord de l'eau main dans la main.

– Tu es l'être le plus adorable que j'ai rencontré. Mais tout n'est pas parfait. Tu es en train de faire de moi une femme gâtée pourrie et j'y prends goût. Que me réserve l'avenir? Tu vas te lasser de me choyer.

– Je suis attentif parce que je souhaite réussir ton adaptation. Pour le moment, tu vis chez moi, je suis donc le patron. Si nous allons habiter chez toi, que va-t-il arriver?

– J'y ai pensé la nuit dernière. Je t'ai dit à plusieurs reprises que mon impulsivité me jouait souvent des tours. Pour moi, c'est difficile d'améliorer ma personnalité. Nous nous connaissons depuis trois mois et nous planifions déjà notre avenir. Mes amies autant que mes filles me diraient que j'agis encore trop vite et elles auraient peut-être raison. Il n'y a pas de tests qui prévoient la durée d'un couple?

– Sûrement parce qu'elles ne me connaissent pas. Blague à part, moi aussi j'ai pensé que nous deux on pourrait faire un bout de chemin ensemble. Je sais que tu peux t'adapter facilement. Depuis quelque temps, j'ai compris une chose : je dois vivre en pensant à mon bonheur. Si mes enfants ne m'approuvent pas, je m'en fous. Comme beaucoup d'hommes, j'ai peu d'amis. À vrai dire, seulement un. Nous allons souper ensemble une fois par mois. Par contre, je suis conscient que pour toi, l'amitié fait partie de ta vie et je la respecte.

– Je considère Madeleine et Denise comme mes sœurs. Il y a quelques semaines, nous avons eu une conversation au sujet de nos amoureux respectifs. Nous étions d'accord qu'il ne fallait pas que nos chums soient une entrave à notre amitié. Si tout va bien, nous aurons chacune quelqu'un dans notre vie dans les mois à venir. Probablement que nous nous verrons moins souvent, mais je serai toujours là pour elles, en cas de besoin. L'amitié occupe une place spéciale dans ma vie.

— Je n'ai pas l'intention de te mettre des bâtons dans les roues. C'est normal que tu aies une vie à l'extérieur du couple. Mais, si ta fille Annie ne m'accepte pas...

— Je la connais. Si je la rassure, lui disant que je serai toujours disponible pour elle, elle sera plus ouverte, ajoute Lucille en constatant que Marc est revenu plusieurs fois sur le sujet. « Pourquoi est-il inquiet? Ressent-il des mauvaises vibrations? »

— Si elle t'empêchait de voir tes deux petits-fils.

— Je doute qu'elle en arrive là. Elle aime bien contrôler, mais elle n'a pas une once de méchanceté. Comme elle prévoit avoir un autre enfant, elle aura besoin de sa maman. Est-ce que cela te pose un problème d'être un papi par procuration?

— Oh! Non! J'adore les enfants. Si mon fils Félix pouvait s'y mettre. Il vit sa vie de célibataire à plein, celui-là. Attends de le rencontrer, tu verras qu'il est un séducteur dans l'âme. Voiture sport, habillé par des couturiers, il passe d'une fille à l'autre. Il ne parle que d'argent. À l'entendre, à cinquante ans, il comptera ses millions et voyagera autour du monde.

— Tu crois qu'il est trop tôt pour que nos enfants se rencontrent?

–    Est-ce vraiment nécessaire? Jasmine m'a dit qu'elle connaissait déjà ta fille Cassandre. Il semblerait qu'elles n'étaient pas en bons termes. Pourquoi jeter de l'huile sur le feu. Attendons quelque temps. Tout d'abord, on doit s'occuper de nous, ajoute Marc qui sent bien que Lucille est hésitante. « Dans les faits, je dois admettre qu'il est plus difficile pour une mère de se séparer de ses enfants, même s'ils sont autonomes. Ce qu'ils pensent prend beaucoup d'importance. »

Ils se sont assis sur un banc et savourent la douceur du moment. Ils respirent la complicité paisible des gens qui ont manqué d'amour. Chaque journée est un cadeau du ciel. La fragilité des êtres qui réapprennent à aimer réside souvent dans cette attitude de respect, car chacun doit agir sans se sentir bousculé par les événements. Marc prend la main de sa compagne et la regarde avec tendresse.

–    Est-ce que tu serais prête à partager un condo avec moi?

–    J'y ai pensé, mais avant, il faut que je vende ma maison. J'ai une rente de retraite raisonnable, mais tu as sûrement plus d'argent que moi. Ce déséquilibre me chicote un peu.

–    Tu n'as pas tort. Je comprends que tu tiennes à ton indépendance, mais je ne veux pas me priver de quelque chose parce que tu ne peux pas contribuer équitablement. Si j'ai envie de faire un voyage avec toi, j'espère que tu mettras ton orgueil de côté et que tu accepteras de te laisser gâter. Par contre, je suis d'avis qu'on doit se diviser les frais d'un condo. Mettons que tu me tombes sur les nerfs, on pourra plus facilement séparer nos avoirs.

La dernière phrase est un test, évidemment. « J'espère qu'elle est consciente que je blague. » Mon fils me dit souvent que je vais parfois un peu trop loin dans l'humour. »

— Parce que tu crois que je suis une enquiquineuse?

— Hum! Non! Tu es presque aussi parfaite que moi, dit-il avec soulagement.

Ce genre de partie de ping-pong les anime et ils se lancent ainsi dans des joutes amusantes. Lucille ne sait jamais si Marc est sérieux au départ ou s'il lui joue la comédie. Cette dynamique crée de l'ambiance et chacun peut se laisser aller sans se sentir jugé. En fait, ils apprennent à s'adapter, sans se prendre trop au sérieux.

Vers 17 h, sans avertissement, Félix sonne à la porte pour quémander un souper, mais surtout pour parler à son père. Grand, athlétique, doté d'un regard bleu magnétique, élégamment vêtu, Lucille est convaincue après un examen rapide qu'il doit avoir toutes les filles à ses pieds.

— C'est donc vous qui accaparez mon père depuis quelques mois? Heureux de vous rencontrer. Sans vouloir vous vexer, j'aurais cru qu'il choisirait une femme plus jeune.

— Un peu de politesse, s'il te plaît, s'impatiente le père.

— Depuis quand on ne peut plus faire de blagues. À ce que je sache, je ne tiens pas du voisin! Madame, veuillez m'excuser. Vous êtes très jolie.

— Appelle-moi Lucille. Tu peux aussi me tutoyer. Je suis « très âgée », mais ça me fait toujours un petit velours quand un bel homme s'adresse à moi comme si j'étais une vieille copine.

– L'humour de mon père a certainement déteint sur vous.

– Tu n'as encore rien entendu. Elle me mène régulièrement en bateau.

– Il était temps que tu rencontres une femme à ta mesure. Je peux m'inviter à souper?

– Pas de blondes en vue ces temps-ci?

– Non papa. J'ai fait le vœu de chasteté pour quelque temps. Qu'est-ce qu'on mange?

« Quand deviendra-t-il adulte? se demande Marc. J'espère qu'il n'a pas blessé Lucille avec ses taquineries de mauvais goût. »

– L'éternelle question! Ce soir, c'est une sole meunière, accompagnée de petits légumes. Lucille et moi avons décidé de laisser l'entrée et les hors-d'œuvre de côté.

– À ce que je vois, tu n'as pas de difficulté avec ton poids, lance-t-il à Lucille.

– Pas vraiment. Je fais beaucoup de sacrifices et je m'entraîne pour garder la forme. Avec ton père, il n'est pas question de me laisser aller. Il s'entraîne aussi, mais surtout il aime la compétition.

– Il a toujours voulu être le meilleur. Même quand j'étais jeune, il essayait toujours de m'épater. Il n'accepte pas de vieillir.

« Où va-t-il chercher ça? se demande Marc. Comme tout le monde, je n'aime pas vieillir, mais c'est une loi immuable. »

– Pour le moment, c'est son pire défaut, le rassure Lucille.

238

Le souper fut animé. Lucille trouve que Félix ressemble beaucoup à Marc. À la fin du repas, le fils demande à parler en privé avec son père.

— Justement, j'avais envie d'aller marcher. Je vous laisse. « On dirait que ce jeune homme a quelque chose sur la conscience, se dit Lucille. J'espère que Marc sera à la hauteur pour l'aider. »

Hésitant, Félix se dandine sur sa chaise. « Que va-t-il m'annoncer cette fois-ci, se demande Marc. D'habitude, il se tourne vers sa mère. C'est sûrement une question d'argent. »

— Qu'est-ce qui se passe? Je dois sortir mon portefeuille tout de suite ou j'attends?

« Pourquoi croit-il que tout est question de fric quand je veux lui raconter mes problèmes? J'espère qu'avec sa nouvelle compagne, il changera », pense Félix avec amertume.

— Il paraît que j'ai mis une fille enceinte. En plus, elle veut le garder. Me vois-tu papa à vingt-neuf ans? dit Félix en dramatisant.

« Je sais maintenant pourquoi il est venu vers moi. Il sait qu'avec sa mère, il aurait eu droit à tout un sermon. »

— Tu es persuadé qu'il est de toi?

— Apparemment, oui. Je ne sais pas quoi faire.

— Si tu n'es pas certain, tu peux toujours avoir recours à un test d'ADN.

— Elle m'avait dit qu'elle prenait la pilule. Les filles d'aujourd'hui obtiennent toujours ce qu'elles veulent. Je n'ai pas envie de lui payer quoi que ce soit.

— Elle te l'a demandé? Directement, je veux dire. L'aimes-tu?

— Dans le genre, oui. Elle veut que je reconnaisse ma paternité. Pour le moment, pas question de la marier. Peut-elle me poursuivre?

— Pourquoi ne pas en parler sérieusement. Il existe des arrangements à l'amiable entre adultes. Quand l'enfant sera né, tu partageras les frais. « Me revoilà dans mes anciens « *patterns* ». Tout ne s'arrange pas toujours qu'avec de l'argent », se dit Marc déçu par son intervention trop expéditive.

— J'ai envie de déménager aux États-Unis.

— Tu penses que fuir va tout arranger? En as-tu parlé avec ta mère?

— Tu connais maman et ses principes. J'espère que ta nouvelle amie ne lui ressemble pas.

— Me permets-tu d'en parler à Lucille? Elle est de bon conseil.

— Si elle trouve la solution rêvée, tu peux. J'avoue que tu as du goût. Sait-elle le nombre de maîtresses que t'as eues avant elle?

— Ma vie d'avant ne regarde que moi. Depuis deux ans, j'ai changé. Avec l'âge, je me suis assagi. La seule chose qu'elle sait de mon passé, c'est ma courte relation avec Josiane. Pour le reste, je verrai plus tard.

— Vous avez l'air de bien vous entendre. Changement de sujet : elle n'a pas de filles?

– Oui, deux. Une est mariée et elle a deux enfants, l'autre est homosexuelle comme ta sœur.

– Je n'ai pas de chance.

– Quand vas-tu vieillir? Tu ne pourras pas courailler le reste de tes jours.

– Ça, ce sont mes choix.

Pour Félix, il n'y avait plus rien à ajouter. Il décide donc de se retirer, en espérant que les choses s'arrangeront d'elles-mêmes.

« Il est dans de beaux draps, pense Marc. Je ne voudrais pas être à sa place. C'est un véritable homme téflon. Il pense que rien ni personne ne va changer son style de vie. Il n'aime que lui pour le moment! »

Une fois de retour, Lucille fait part de ses premières impressions à Marc :

– Félix est un très beau garçon, intelligent, et il est tout à fait digne de son père.

– Pas si brillant le fils. Il vit une situation difficile. Il a mis une fille enceinte et il refuse de prendre ses responsabilités.

« J'aurais bien aimé savoir comment Marc a réagi à cette annonce. Qu'a-t-il dit à son fils. C'est un sujet très délicat. »

– Il y a plusieurs gars qui se font arnaquer par des filles fausse-ment enceintes, dit Lucille.

– C'est ce qu'il craint justement, mais c'est difficile d'avoir la vérité.

– J'ai enseigné assez longtemps pour observer que lorsqu'une fille pense avoir gagné le gros lot, elle mettrait tout en œuvre pour le garder. Il devrait passer un test d'ADN.

– Je lui ai conseillé cette option.

– J'imagine qu'elle ne veut pas mettre un terme à sa grossesse? C'est un classique.

– Je ne pensais pas que tu réagirais de cette façon. Tu es très ouverte d'esprit.

– Je n'ai pas le choix. Nous sommes de notre temps! Comme directrice d'école, il a fallu que je donne des conseils qui étaient contre ma ligne de pensée. J'ai poussé beaucoup de filles à prendre la pilule du lendemain ou même à se faire avorter. On ne devient pas mère à seize ou dix-sept ans.

– Mon gars a raison, tes conseils sont judicieux. J'ai fait le bon choix. Nous allons attendre la suite des choses.

– Que dirais-tu si on commençait à visiter des condos? Comme je ne veux pas trop m'éloigner d'Annie, accepterais-tu de déménager à Laval? On pourrait chercher dans une zone précise.

– À la condition que ce soit au bord de l'eau.

– Nous n'aurons aucune difficulté à trouver quelques propriétés sur les berges. Il faut un peu de temps et ce que l'on cherche va se pointer. On verra bien comment planifier la suite. Un pas à la fois!

– Et si j'essayais de te faire un enfant, là… maintenant! dit Marc avec une voix de faux séducteur.

–   Essaie toujours. Mais ma garantie est expirée, ajoute-t-elle en l'enlaçant.

–   Quand nous faisons l'amour, je me sens comme un homme de quarante ans. Tu es très expérimentée. Tu as dû avoir une tonne d'amants.

–   Je ne répondrai à cette question qu'en présence de mon avocat.

« Je ne sais pas pourquoi la vie l'a mise sur mon chemin, mais je crois qu'à son contact j'arriverai à améliorer certaines choses avant de mourir, pense Marc. Elle a une touche magique! »

* * *

C'est à regret qu'après dix jours Lucille se décide de retourner à la maison. Malgré les gros nuages et la pluie, rien ne vient altérer sa confiance dans cette relation qui semble s'ouvrir sur un futur prometteur. Machinalement, elle sort de son sac à main son cel-lulaire. « Zut! J'ai oublié de le recharger. » En insérant le fil dans l'allume-feu de sa voiture, elle voit qu'Annie a laissé cinq mes-sages. Elle hésite quelques secondes avant de les écouter. « J'ai complètement oublié ma fille. Pourtant, je lui avais promis de ne jamais l'abandonner. Je suis une mère indigne non, une femme heureuse. »

Elle écoute le premier message : où es-tu, je suis inquiète? Le deuxième message : pourquoi ne réponds-tu pas sur ton cel-lulaire? « Pauvre cocotte, parce que je l'avais oublié dans ma sacoche. » Le troisième message : s'il est arrivé un malheur, je ne me le pardonnerai pas. « À l'entendre, on dirait que c'est moi la fille et elle la mère, » se dit Lucille. Au quatrième message le ton devient dramatique : M'man, si dans deux jours je n'ai pas de

243

nouvelles, j'appelle la police. « Je m'en veux. Je n'avais pas le droit de l'inquiéter à ce point.» Puis au cinquième message : Simon me dit que je fais des drames pour rien, j'espère qu'il a raison. Je t'en conjure, donne-moi de tes nouvelles.

Lucille s'empresse de rappeler sa fille chérie, même si c'est illégal de parler avec son cellulaire dans la voiture. Si on m'arrête, j'expliquerai au policier que c'est une question de vie ou de mort. « Pourquoi ne pas jouer la carte du repentir? Annie comprendra-t-elle que j'ai eu envie de prendre soin de moi. »

— Annie, excuse-moi. J'ai complètement oublié de recharger mon cellulaire. J'imagine qu'à mon âge, on oublie ce genre de chose. Je me suis beaucoup ennuyée de toi. Si tu savais le nombre de fois que j'ai parlé de Charles-Antoine et de Mathis à Marc. Il a hâte de les rencontrer. J'ai une très bonne nouvelle à t'annoncer : nous cherchons un condo à Laval. Il a compris que pour moi c'était impossible de m'éloigner de toi et de mes petits-fils.

— Je suis contente que tu ne sois pas trop loin parce que mes règles retardent d'une semaine. Je me sens à la fois excitée et craintive.

— Tu attends un bébé?

— Peut-être, je n'ai pas encore fait mon test. J'ai arrêté la pilule depuis un mois. J'ai plein de choses à te raconter. Est-ce qu'on pourrait déjeuner ensemble demain matin? J'enverrai les enfants à la garderie?

— J'avais d'autres projets avec Marc.

244

—  Zut! Je veux bien accepter ton chum, mais j'espère que ta fille passera parfois en premier.

—  T'inquiète pas, je vais m'organiser.

Pour ne pas se mettre dans l'embarras, Lucille invente un petit mensonge à Marc en lui proposant de se rencontrer en fin de journée, le lendemain. « Je ne veux pas qu'il pense que ma fille passe avant lui et qu'il se sente rejeté. »

* * *

Elles se retrouvent au Gladiateur, le restaurant préféré de sa fille. Lorsqu'Annie aperçoit sa mère, elle se jette dans ses bras.

—  Je suis heureuse de te voir. Je meurs de faim. J'imagine que c'est un signe.

—  Tu as mis Simon au courant?

—  Je veux lui faire la surprise. Je pense qu'hier il a remarqué que mes seins avaient grossi. Ça l'a excité. On a fait l'amour comme dans nos belles années.

Lucille voudrait lui avouer qu'elle  aussi a fait l'amour passionné-ment, mais une mère ne dit pas ces choses-là, probablement par pudeur.

Excitée de raconter à sa mère son nouveau travail de conseillère pour femmes seules, Annie renverse sa tasse de café. La serveuse s'empresse de ramasser les dégâts.

—  Excusez-moi, mes hormones sont débalancées, dit Annie avec un grand sourire.

Elle attend que la serveuse parte pour partager avec sa mère son enthousiasme : c'est pour elle le début d'une grande aventure.

— Tu ne me croiras pas. J'ai mis mon projet de l'avant. À ma grande surprise, six femmes m'ont approchée pour que je leur trouve un homme. Elles m'ont demandé plein de conseils. Si je suis aussi enthousiaste, c'est à cause de toi. Premièrement, je leur ai dit qu'elles pouvaient se fier à mon expérience.

— Tu y vas un peu fort, non?

— Je veux qu'elles aient confiance en moi; il faut que j'y mette le paquet.

— De quelle façon les as-tu contactées?

— J'ai publié une annonce dans le journal local. À ce jour, trois femmes sont venues à la maison. Je leur ai montré le profil des hommes inscrits sur divers sites de rencontre. Elles ont été très surprises de voir qu'il y en avait autant. Elles ont décidé d'embarquer dans l'aventure. Comme une professionnelle, j'ai pris une photo d'elles, j'ai fait une entrevue pour compléter la fiche et je les ai inscrites. Tu me connais assez pour savoir que je n'ai pas fait les choses à moitié. J'ai élaboré avec elles un plan d'action.

— Je suis curieuse de connaître ton fameux plan.

— Premièrement, je propose une longue conversation téléphonique avec le monsieur. Je leur ai mentionné de ne pas trop en dire, mais de le laisser parler de lui. Si ça clique entre eux, ils doivent se rencontrer dans un endroit public. Une des façons de savoir si le monsieur a de la classe, c'est de regarder le genre de voiture qu'il conduit et si c'est possible, examiner aussi l'intérieur. Pour les hommes, leur char c'est tellement important. S'il n'en prend pas soin, il y a de fortes chances qu'il ne soit pas attentif aux besoins de la dame.

« Très perspicace ma fille », se dit intérieurement Lucille.

– C'est un très bon conseil. Je n'aurais jamais pensé à ce genre de détail.

– Ensuite, le resto pour prendre un café. Il faut que ce soit le jour. Elles sont mieux d'accepter que ce soit lui qui paie l'addition la première fois. Les hommes n'aiment pas les femmes trop indé-pendantes. Ils ont peur ensuite de se faire mener par le bout du nez.

« Elle a fichtrement raison. Si elle savait que j'ai été confrontée à ce genre de dilemme, il y a quelques jours », se dit Lucille.

– Tu as eu des résultats?

– Mes trois clientes ont chacune un rendez-vous demain. J'ai hâte d'avoir de leurs nouvelles.

– Quel âge ont-elles?

– Une est âgé de 68 ans, l'autre 59, et une autre dame vient de célébrer ses 70 ans. À ma grande surprise, la plus âgée est la plus jolie.

« Je ne pensais jamais que ma fille aurait autant de respect pour une femme plus âgée. C'est rassurant qu'elle n'ait pas de préju-gés. »

– Tu étais d'accord avec leur choix?

– Oui pour celles de 59 et 70 ans. L'autre pas du tout. J'avais beau lui dire qu'ils n'étaient pas compatibles, elle ne voulait rien

entendre. Elle a du caractère. « J'espère que maman se recon-
naîtra. Elle n'en fait qu'à sa tête, comme elle », se dit Annie.

– Tu as dû te faire payer?

– C'est 100 $ la consultation. J'ai pris plus de quatre heures
pour mes recherches. Je suis certaine que je pourrais demander
plus, mais il faut d'abord me faire une réputation.

– Annie, tu n'as aucune expérience. Je trouve que tu exagères un peu.

– J'avoue avoir triché. Je leur ai mentionné que j'avais à
mon actif une dizaine de rencontres fructueuses. « À quoi bon
dire à maman que j'ai plutôt parlé d'une trentaine de « matchs ».
Comme d'habitude, elle va me sermonner, elle n'a jamais aimé
que je triche. Son intégrité me tombe quelquefois sur les nerfs », se
dit Annie.

– Ton mari en pense quoi?

– Il est d'accord. Pour lui, c'est important que je gagne de
l'argent. Tu le connais, il a toujours voulu que je continue à travailler après mes grossesses. Il m'a seulement dit de recevoir mes
clientes le jour et il ne faut pas que cela dérange les enfants. Toi,
tu n'as pas l'air vraiment d'accord, je me trompe?

– Ton projet est très intéressant. C'est de mentir aux femmes
que tu rencontres qui me dérange un peu. Elles ont confiance en
toi. Ne joue pas avec leur vie!

– En affaires, il faut savoir enjoliver la réalité, ajoute-t-elle en
baissant les yeux. « Pas question de continuer sur ce même sujet »,
se dit-elle en faisant dévier la conversation. Et toi, comment s'est
passé ton séjour chez ton chum?

– Il a un prénom, c'est Marc. J'ai passé une très belle semaine. J'ai même prolongé d'un week-end de plus tellement c'était agréable. Il m'a beaucoup gâtée. Il cuisine divinement bien. J'ai dû engraisser de quelques kilos. J'ai aussi eu l'occasion de rencontrer son fils.

– Ah oui! Comment est-il?

– C'est un bel homme. En plus, il est bien élevé. Il ressemble beaucoup à son père.

– Il est marié?

Lucille regarde Annie avec attention : « Connaissant ma fille, moi aussi je suis mieux d'enjoliver la situation. »

– Il cherche, mais il n'a pas encore trouvé.

– Je pourrais le rencontrer pour lui donner des conseils.

« Elle prend vraiment son rôle au sérieux. À quoi bon, elle est assez vieille pour savoir quoi faire », se dit Lucille en sentant un certain malaise devant les nouveaux défis professionnels de sa fille.

– Pour le moment, concentre-toi sur ta clientèle féminine. Tu dois établir tes priorités, surtout avec la venue d'un nouveau bébé.

– Il va bien falloir qu'un jour, tu te décides à nous le présenter, ton Marc.

– Je veux que cela soit clair. Même s'il ne te plaît pas, j'aimerais que tu fasses l'effort de l'accepter. Ma vie, je veux la mener comme je l'entends. Je ne me suis jamais mêlée de tes choix. J'espère que tu feras la même chose.

– Ce que tu peux être susceptible! J'oubliais! Je me suis réconciliée avec Cassandre. Nous avons longuement parlé, elle et moi. La seule chose que je ne veux pas, qu'elle s'affiche ouvertement devant mes enfants. Pas d'embrassade, pas de collage quand Catherine et elle sont ensembles. Je ne veux pas influencer les enfants, ni soulever des débats prématurés.

– Ne leur cache pas la vérité trop longtemps. De toute façon, à leur âge, ils ne comprendraient pas vraiment. Tu sauras bien choisir le meilleur moment pour leur en parler.

– Quand Marc va rencontrer mes enfants, comment vont-ils l'appeler?

– Tout simplement par son prénom: Marc, c'est simple!

– Ils ont leurs deux grands-pères. Je me vois mal leur dire qu'ils en ont un troisième.

Tout compte fait, Lucille sort rassurée de sa rencontre avec sa fille. Sans être d'accord avec sa façon de procéder, elle doit avouer qu'Annie a eu une bonne idée en permettant à des femmes n'ayant pas d'ordinateur de profiter de sa petite expérience. « Elle est débrouillarde ma grande! »

Alors qu'elle rentre à la maison, un sentiment de regret s'installe en elle : « Pourquoi ne pas lui avoir dit que j'étais fière d'elle? se dit Lucille. Lorsqu'elles font le choix de rester à la maison pour prendre soin de leurs enfants, les femmes se sentent souvent diminuées. J'ai l'intuition qu'elle tente de prouver à son mari qu'elle ne perd pas son temps. Mon appréciation lui aurait sans doute fait du bien. Je vais la rappeler. Même à mon âge, on fait encore des erreurs. On pense à critiquer, mais trop rarement à encourager nos proches. »

# Chapitre 19

Avec tous les journaux étalés sur son comptoir, dans la section des propriétés à vendre, Lucille complète sa recherche avant de rencontrer Marc : plusieurs propositions pourraient leur convenir, ce qui la réjouit. Une seule ombre au tableau : toutes celles qui sont situées au bord de l'eau lui semblent surévaluées. Les prix dépassent largement les limites de ses moyens. « Marc a raison lorsqu'il dit que ma maison a besoin de beaucoup d'amour, se dit-elle. Je ne peux plus compter sur l'assistance de mes frères. Ils sont partis vivre leur vie dans l'Ouest canadien. Et le temps a passé sans que rien ne soit rafraîchi. » Le moment est venu de choisir : rénover ou vendre. Vendre avant de rénover?

Lucille ne sent pas l'obligation de se lancer dans l'aventure de la rénovation. La rencontre avec Marc vient changer son point de vue. Une transaction double se dessine. Le plan est simple : vendre la maison âgée sans perdre son capital et acheter en couple une propriété de plus grande valeur. Un obstacle lui apparaît de plus en plus clairement : sa limite budgétaire fait en sorte que Marc devra assumer plus que 50 %, à moins qu'il ne réduise ses attentes. Pour éclaircir ce litige, Lucille se tourne vers Denise. Son point de vue concernant l'indépendance financière des femmes mérite une bonne discussion.

– T'a-t-il offert de payer le condo? demanda-t-elle, sans préambule.

– Quand je lui ai proposé de l'acheter à deux, il était d'accord. Je ne peux plus revenir en arrière. Je veux être partenaire. Le problème c'est que mes moyens sont inférieurs aux siens.

– C'est évident que tu ne peux pas payer un condo 400 000 $. Même en payant chacun votre part, tu perdras quand même un peu de ta fichue autonomie. C'est donc si important pour toi?

– Oui et j'y tiens. Je ne veux pas me retrouver dans la rue si Marc et moi, ça ne fonctionne plus. Il est habitué au luxe, je ne veux pas le décevoir. Je pourrais retirer tous mes REER et les ajouter à ma mise de fonds. Est-ce un bon choix?

– Surtout, ne fais pas ça. Nous sommes encore jeunes, on peut aussi bien vivre jusqu'à 90 ans. Moi, je conserve mon capital au cas où.

– Je ne m'inquiète pas pour toi. Tu as un bon coussin. Pour ma part, c'est confortable, mais pas très épais. Je vais prendre mon temps et en parler avec Marc avant de me brancher. Parle-moi plutôt de tes amours.

– De mieux en mieux. On projette de faire un long voyage. Nous regardons les destinations qui nous attirent.

– Qu'entends-tu par long voyage? reprend Lucille.

– Comme six mois par exemple.

– Tu partirais si longtemps? Tu veux nous abandonner ma foi? s'étonne Lucille sans mesurer la portée de sa réaction. Puis se ravisant, elle ajoute : Excuse-moi, j'ai l'impression d'entendre ma fille. Elle doit déteindre sur moi.

— Tu parles d'Annie?

— Ma chère fille sait comment me faire sentir coupable. Je suis très heureuse de ce qui t'arrive. Tu pourras partir l'âme en paix. L'important, c'est toi et ton bonheur. À ce propos, as-tu hâte de retrouver Madeleine? J'espère que son voyage a comblé ses attentes.

\* \* \*

Une semaine plus tard, de retour de son premier voyage avec Paul, joyeuse et animée, Madeleine rencontre ses deux amies pour prendre un café. Elle leur décrit de façon concise les pays qu'ils ont visités, de quelle façon elle a vécu sa vie à bord d'un aussi grand paquebot et les petits gestes attentifs que Paul a eus à son endroit. Elle a pensé leur apporter des souvenirs de St-Thomas.

— Je sais que vous n'en avez pas besoin, mais ça m'fait tellement plaisir.

— C'est surtout très gentil de ta part d'avoir pensé à nous, dit Denise en se levant pour embrasser son amie.

« Elle a toujours eu le cœur sur la main », se dit Lucille en se levant à son tour.

— Lucille m'a dit que tu partais en voyage toi aussi. Où t'en vas-tu?

253

–    François et moi avons l'intention de commencer par la Chine, ensuite le Vietnam, la Polynésie. De là, on verra la suite de l'aventure.

–    Wow! C'est un vrai tour du monde. Ça doit coûter cher. Paul pis moi, on pourrait jamais faire ça. J't'envie pas. Notre bonheur, on va le faire en famille.

–    Parle-nous de ton Paul? Comment est-il? questionne Lucille.

–    Il n'y a pas grand-chose à dire. On s'aime, c'est tout, sauf que j'pensais qu'il avait « plusse » d'argent que ça. Il doit compter ses sous comme tout le monde.

–    Il me semblait qu'il avait beaucoup d'argent! C'était pas vrai?

–    J'm'étais trompée, mais ça n'a pas d'importance. Il m'offre une belle vie, mais sans le gros luxe. Ça me convient. Mes valeurs et les siennes se rejoignent, c'est ce qui compte, ajoute-t-elle avec une certaine gêne. Je ne m'ennuie pas, mais Paul m'attend. J'voulais juste venir vous porter votre p'tit cadeau.

Après le départ de Madeleine, Lucille et Denise sont heureuses d'avoir permis à leur amie de s'exprimer librement. Elles doivent admettre que son compagnon correspond bien à ses attentes.

–    Tu ne trouves pas qu'elle est belle à voir, plus épanouie, plus sûre d'elle aussi, souligne Lucille.

–    Elle est rayonnante. Je garderai toujours les savons à l'arôme de fruits qu'elle m'a apportés. C'est la première fois qu'elle n'avait pas honte de m'offrir quelque chose. Quand elle parlait, elle me montrait un aspect d'elle que je ne connaissais pas. C'est grâce à toi si elle est encore avec nous. Je peux bien te l'avouer, quelquefois, j'avais honte d'elle. J'essayais de me raisonner, mais j'étais quand même mal à l'aise. Je dois faire amende honorable. C'est la personne la plus authentique que je connais. Elle n'a pas un brin de malice. J'aimerais bien la présenter à François avant notre départ.

– Et pas moi? Quand vas-tu me faire cet honneur?

– Ne fais pas l'enfant. N'oublie pas notre entente.

– Alors, pourquoi Madeleine d'abord?

– Pour qu'il se rende compte que je ne suis pas le genre de personne superficielle que je projette. Lui et moi, nous en avons longuement discuté. Il a eu sensiblement le même problème que moi durant sa vie. Lorsque les gens savaient qu'il possédait un doctorat, ils aimaient fréquenter le docteur, plutôt que l'homme. Il sait qui tu es et pourquoi nous avons toutes les deux les mêmes affinités.

– Je comprends ton point de vue.

– De ton côté, as-tu parlé de Marc à tes filles?

– Elles savent que j'ai quelqu'un dans ma vie. Annie commence à s'y faire. Elle n'est plus aussi méfiante depuis qu'elle a commencé sa nouvelle carrière d'entremetteuse.

– Elle ne tient pas du voisin. Et Cassandre?

– Elle est d'accord. Il semblerait qu'elle connaît la fille de Marc. J'ai cru comprendre qu'elles se sont rencontrées au CEGEP. Cassandre et Catherine ont tour à tour tenté leur chance pour la séduire.

– Je ne comprends pas.

Lucille lui raconte leurs premières mésaventures.

– Qui aurait dit il y vingt ans que l'homosexualité serait si répandue dans la société.

– Il ne faut pas se leurrer. C'est encore tabou, mais les filles ont aujourd'hui le droit de choisir.

– Puis... tes nouveaux projets?

– J'ai proposé à Marc de venir habiter quelques jours chez moi. Cela facilitera nos déplacements pour le choix du futur condo. Depuis que je lui ai fait mon invitation, je me sens un peu nerveuse.

– Pourquoi?

– Tu sais comme moi que ma maison est dans un piètre état. Chez lui, tout est moderne, impeccable. Je déteste cuisiner, lui c'est un vrai chef. Vous vous ressemblez sur certains points d'ailleurs. Il aime le beau et sa table est toujours bien garnie. Mon service de vaisselle date du début de mon mariage. Mes verres à vin sont ébréchés. Je ne sais pas ce qu'il va penser. Si je le décevais.

– Ces choses-là n'ont pas d'importance. S'il se sent bien avec toi, ce n'est sûrement pas pour ce genre de peccadilles.

– Ce doit être pour mon corps de déesse, ajoute-t-elle en badinant.

– J'ai toujours aimé ta façon de dédramatiser.

Le sourire de Lucille cache bien son anxiété grandissante. « Si elle savait comment je me sens à l'intérieur. J'ai une de ces trouilles. »

* * *

Parce que Marc devait d'abord terminer un contrat d'expertise, il rejoint Lucille à la fin du mois d'octobre. Pour être une hôtesse à la hauteur, Lucille fait l'achat de draps et d'un couvre-lit neufs. Elle regarde les meubles de sa chambre quelque peu défraîchis, mais elle s'arrête : il n'est pas question de faire des dépenses qui ne serviraient qu'à sauver les apparences.

Il lui fait la surprise d'arriver au volant d'une rutilante voiture sport décapotable, une tuque enfoncée sur ses oreilles. Marc a apporté une housse pour ses vêtements et un bagage à main pour ses produits de toilette.

En lui ouvrant la porte, Lucille ne peut s'empêcher de lui poser la question concernant la voiture qu'elle n'a jamais vue auparavant.

— Je voulais que ce soit une surprise. Ça fait quatre mois que j'attends mon nouveau jouet. Je m'étais dit qu'un jour, je me paierais une Porsche. Veux-tu l'essayer?

— Installe-toi d'abord, après nous irons faire un tour. Quel bijou! ajoute Lucille avec une petite gêne. « Ma voiture a l'air d'une minoune à côté de la sienne. » Si tu veux déposer tes choses dans la chambre du fond. Il y a de la place dans la garde-robe de mes filles.

En ouvrant la porte, Marc a un recul instinctif. Un tel désordre règne dans la chambre qu'il décide de déposer ses choses sur le

257

lit. « Je ne la savais pas si traîneuse », se dit-il un peu inquiet pour leur cohabitation future.

Pour leur premier souper en tête-à-tête, Lucille a entrouvert plusieurs livres de recettes. Pour impressionner l'homme de sa vie, elle a pensé qu'un carré d'agneau ferait bel effet. Les effluves du bouillon embaument déjà la maison.

— Ça sent très bon. J'espère que tu n'as pas cuisiné toute la journée, quand même.

Comme réponse, elle lui donne un baiser passionné. Un accueil sans ambigüité.

En prenant l'apéritif, ils avaient commenté et classé les condos à visiter pour le lendemain. Fière de son succès culinaire, Lucille se laisse sombrer doucement dans le sommeil entre les bras de son amoureux, après avoir fait l'amour avec tendresse.

Le lendemain, Lucille trouve que la dynamique entre eux a changé. Elle essaie de comprendre le malaise qu'elle ressent : « C'est vrai que je ne reçois pas le journal du matin, pourtant je lui ai pressé son jus, comme il l'aime. Je vois bien qu'il tourne en rond, qu'il ne sait pas quoi faire de lui. Il n'est pas à l'aise chez moi comme moi je l'ai été chez lui. » Après quelques heures, elle décide de lui en parler ouvertement.

— Dis-moi ce qui ne va pas? Je te déçois? C'est un sentiment étrange, comme si je n'étais pas à la hauteur. Quand j'étais chez toi, tout allait bien. Je me laissais servir comme une princesse, ici je n'arrive pas à t'impressionner. Je me sens plutôt maladroite.

– Pourquoi ne pas être toi-même? Je me cherche un peu, c'est normal. C'est de cette façon que nous allons voir si l'on s'entend bien au quotidien, répond-t-il un peu songeur.

– Justement, cela me fait peur. Ma façon de vivre est plus informelle.

« Je ne peux pas lui dire que moi aussi j'ai un peu peur de cette divergence. Comment peut-elle vivre dans un tel fouillis? pense Marc. Nous ne sommes plus des enfants. On doit se parler franchement. »

C'est Lucille qui aborde la première ses inquiétudes.

– Je te sens inconfortable. La maison est encombrée, vieillotte et moi, j'ai mes vieilles habitudes.

– Tu as raison. Je voudrais t'aider, mais je n'ose pas fouiller dans tes choses. Je me connais, je peux facilement prendre trop de place.

– Donne-moi des exemples concrets pour que je comprenne.

– La première fois que je suis entré chez toi, j'ai remarqué que ton garage était un vrai capharnaüm. Je ne sais pas comment tu fais pour endurer ça. J'aurais le goût de faire du ménage, de tout mettre en ordre. Tu ramasses beaucoup de choses inutiles, moi c'est le contraire. Tu as une douzaine de chaises de jardin qui sont en piètre état. Pourquoi les avoir gardées?

– Probablement par paresse. Tout ce qui ne sert plus, systématiquement, je le remise dans le garage.

–   Appelle la Saint-Vincent-de-Paul pour qu'ils viennent te débarrasser de ces cochonneries-là, ajoute-t-il avec un geste de dédain.

–   Holà, ce ne sont pas des cochonneries. Ce sont des « souvenirs. »

–   Excuse-moi, je ne voulais pas te blesser, s'amende-t-il.

–   Chez toi, tout est de bon goût. Ici, je le vois bien, c'est un vrai bordel.

–   Tu exagères. Ta maison est accueillante, mais il manque la présence d'un homme. C'est encore utile, tu sais, un mâle dans une maison. Si tu veux la vendre, il va falloir faire un grand ménage, sinon tu en retireras un prix dérisoire.

–   Juste à t'entendre, j'en ai mal au ventre. Je sais bien qu'il faudrait repeindre toutes les pièces, arranger la cour arrière, enlever ces bibelots qui ne servent qu'à ramasser la poussière. J'ai même l'impression que la toiture a besoin d'être changée.

–   Si tu prenais une chose à la fois. Je peux t'aider à faire la liste des réparations qui doivent être faites à court terme. Je ne veux pas m'imposer, mais t'aider à prendre les décisions. Es-tu d'accord?

Impossible pour Lucille de refouler ses larmes. Marc pouvait-il y lire un mélange de découragement et de colère qui s'exprimait? L'avait-il blessée?

–   Tu as le droit de me dire de me mêler de mes affaires.

Essayant de reprendre contenance :

—   Au contraire, je suis contente que tu veuilles m'aider. Je t'aime Marc, mais je vois bien que nous sommes différents.

—   Nous avons chacun nos forces et nos faiblesses.

—   Pour le moment, je ne vois que mes défauts. Mais si je peux compter sur ta patience et ton aide.

—   Viens ici ma poulette, je vais te faire oublier tes gros malheurs.

Lucille déteste que Marc utilise cette attitude avec elle. Elle a horreur de ces petits mots péjoratifs.

—   Je t'ai fâchée?

—   Oui. Je ne suis pas ta poulette. Je déteste ce mot. Je ne suis pas non plus ta chose et ne le serai sans doute jamais, ajoute-t-elle en rougissant.

Elle se précipite vers sa chambre et claque la porte. Hébété, Marc ne sait plus quoi penser. Devait-il partir ou attendre que la tempête se calme? Après un moment, sans se presser, il prend ses clés et, juste au moment de partir, Lucille revient auprès de lui.

—   Ouf! Il fallait que ça sorte. J'aurais pu utiliser une autre façon d'évacuer mes angoisses. Je vais aller m'acheter un livre sur la communication pour les nuls. J'en ai grand besoin.

—   Pas toujours facile la vie à deux. Tu as été seule pendant trop longtemps.

—   Je ne veux pas parler du passé. Ce qui compte, c'est le présent. Est-ce que tu veux encore aller visiter des condos avec moi?

– Après tout, ça ne nous engage à rien. Prenons les choses une à la fois.

À ces mots, le cœur de Lucille s'arrête de battre. Elle tient à Marc, mais pas à n'importe quel prix. Le jeu en vaut-il la chandelle? Va-t-il décrocher pour si peu? Sa nervosité la trahit et Marc le ressent. Il s'approche de Lucille et lui murmure à l'oreille :

– Je t'aime Lucille, je suis bien avec toi. Quand nous serons « chez nous », je me sentirai beaucoup mieux et toi aussi. Alors, commençons nos visites, dit-il avec entrain. La journée nous apportera des réponses qu'on ne peut deviner avant de les découvrir. Alors qu'ils se préparent, un imprévu se dessine.

Lucille entend une clé dans la serrure. Prise au dépourvu, elle se précipite dans la salle de bains. Marc ne comprend plus rien. Il sursaute lorsqu'il se retrouve face à face avec un gamin de cinq ans.

– Où est ma mamie?

Annie se pointe derrière Charles-Antoine.

– Vous êtes Marc, le nouveau chum de ma mère?

– T'as une belle voiture, lui dit Mathis.

Marc se penche pour lui tendre la main.

– Oui, je suis Marc. Comment t'appelles-tu?

– Mathis et j'ai cinq ans. Tu conduis avec le toit ouvert?

– Lorsqu'il fait chaud. Tu aimerais faire un tour?

Annie le toise un moment. « De dos, il n'est pas mal », se dit-elle. Il se retourne et elle lui tend la main.

–   Bonjour. Je suis Annie. L'aînée des deux filles.

Elle est bien la fille de Lucille, et c'est à s'y méprendre comme ressemblance, constate Marc

–   Je suis enchanté de te connaître enfin. Ta mère m'a dit qu'elle avait deux petits-fils exceptionnels. Elle ne m'a pas menti.

–   Où est-elle?

« Si je savais pourquoi elle a subitement disparu, je pourrais répondre à sa question », pense-t-il en cherchant l'excuse du siècle.

–   Elle est à faire sa toilette. Elle sera en beauté.

Lucille écoute la conversation, sans intervenir, curieuse de savoir comment sa fille réagit à ce premier contact.

–   J'avais hâte de vous rencontrer. N'oubliez pas, vous m'en devez une.

–   C'est vrai, c'est grâce à toi si j'ai pu rencontrer ta mère. Le site de rencontres, c'était ton idée?

–   Elle m'a dit que vous pensiez habiter ensemble. C'est sérieux alors?

« Je parie qu'elle va lui faire subir un interrogatoire. J'interviens, ou j'attends? se demande Lucille.

–   Nous nous entendons très bien. Je crois que nous pouvons faire un bout de chemin ensemble. Y vois-tu un inconvénient?

–   Si c'est ce qu'elle veut, je n'y peux rien. Je ne sais pas grand-chose de vous. Ma mère est plutôt discrète sur ses amours.

—   Que désires-tu savoir? Mais sois avertie : notre intimité a ses limites, évidemment.

—   Maman, je peux aller jouer dehors avec Charles-Antoine? demande Mathis.

—   Je vais chercher vos bottes dans l'auto.

« Les enfants nous tirent souvent d'embarras », se dit Lucille qui, profitant de l'absence de sa fille, sort de sa cachette.

—   Oh! Mamie, ton ami, il a une belle auto.

—   Elle est toute neuve. Vous ne pourrez pas faire un tour dans sa voiture. C'est impossible de mettre des bancs à l'arrière. C'est la loi.

—   Ça fait rien, j'veux juste toucher au volant.

Annie revient, bottes à la main.

—   Depuis quand te maquilles-tu autant? dit-elle en l'embrassant. Tu as aussi changé de parfum?

—   C'est Denise qui me l'a conseillé. Elle s'y connaît! ajoute-t-elle en lui faisant un clin d'œil complice.

Pendant qu'Annie habille les deux garçons, sachant qu'ils se feront un plaisir d'aller patauger dans les flaques d'eau, Lucille en profite pour demander à Marc s'il veut partir. D'un signe de tête, il répond par la négation.

—   M'man, si tu nous offrais à boire.

Lucille déteste quand Annie prend ses grands airs. Ce n'est pas dans ses habitudes de se faire servir. Elle n'a pas envie qu'elle pose des questions indiscrètes à Marc.

— Nous allions partir, mais on peut reporter si tu veux.

— Vous alliez où comme ça?

— Petite curieuse! Nous allons visiter des condos.

— On peut tout aussi bien y aller demain, de répondre Marc.

Malgré la meilleure volonté du monde, Lucille se sent prise au piège. « Je ne me sens pas prête à ce qu'Annie remette en question l'achat de notre condo. »

— Tu veux dîner avec nous? Je peux préparer quelque chose de vite fait, suggère Marc.

Lucille sent le tapis glisser sous ses pieds.

— Vous savez cuisiner? C'est intéressant, dit Annie.

— Je me débrouille pas mal. Demande à ta mère. J'adore mijoter des petits plats. C'est l'un de mes passe-temps préférés.

— M'man, tu dois être contente. C'est tout un avantage.

— Dans ce domaine, Marc est vraiment étonnant. Il m'a impressionnée plus d'une fois.

— Par contre, poursuit Marc, ta mère est une fière compétitrice. Elle me bat régulièrement en vélo, au scrabble et aux cartes. Mon orgueil en prend un coup.

Finalement, Annie refuse l'invitation, car Mathis doit retourner à la garderie. Il semble que sa curiosité soit satisfaite.

— J'ai été très heureuse de vous rencontrer Marc, dit-elle en appelant ses garçons. Je pense que ma mère a fait le bon choix. Je suis très contente que vous acceptiez de venir vivre à Laval.

J'ai moi aussi une nouvelle. M'man je voulais t'annoncer que c'est confirmé : Un troisième bébé est en route.

Folle de joie, Lucille prend sa fille dans ses bras pour la féliciter. Discrètement, Marc se retire au salon pour les laisser converser un moment.

— Comment te sens-tu?

— Quelques nausées, sinon je vais bien. J'espère que cette fois-ci ce sera une fille. Simon est très content.

— Les garçons sont-ils au courant?

— J'évite le sujet pour le moment. Je viens d'acheter un livre qui parle de la venue d'un nouveau petit frère ou d'une petite sœur. Mathis est en âge de comprendre. Mais j'ai peur pour Charles-Antoine. Il va perdre sa place.

— Un bébé de plus à aimer. Ils vont s'y faire. Si tu as besoin de quoi que ce soit, n'hésite pas.

Discrètement, Lucille demande à voix basse comment elle trouve Marc.

— Il a l'air très gentil. J'aurais bien aimé rester plus longtemps, mais j'espère que tu m'inviteras à nouveau, surtout si c'est lui qui fait la cuisine, badine-t-elle.

En coup de vent, les petits-fils viennent donner un câlin monstre à leur mamie puis se rendent, poliment, saluer Marc. Ils repartent avec la promesse de pouvoir s'asseoir dans la décapotable et de toucher le volant.

Après le départ de sa fille, Lucille a l'impression qu'un poids d'au moins dix livres vient de disparaître. Elle craignait tellement la première rencontre entre Annie et Marc. Pourquoi était-ce si important qu'Annie approuve son choix? Elle n'attendait pas sa permission. Mais l'harmonie lui importait plus que tout. Marc rend la chose plus simple avec une attitude dégagée. Sa confiance en lui la rassure. « Si un jour, je peux arriver à mon tour à penser à moi, à nous deux, sans culpabilité, j'aurai fait un grand pas. »

Elle le rejoint, ce délicat compagnon qui l'a laissée vivre ce moment sans la critiquer. Il la rassure d'un baiser. « Que va-t-il m'apprendre d'autre, cet homme qui s'apprête à changer toute ma vie? » se demande Lucille, soulagée de cette complicité qui s'installe entre eux. « Comme c'est bon d'être aimée sans être forcée de faire sans cesse des compromis! »

# Chapitre 20

Une véritable épopée commence alors. Lucille et Marc visitent tous les condos intéressants de Laval. Invariablement, Marc trouve toujours le moyen de dissuader sa compagne lorsqu'elle se montre intéressée. Soit que l'appartement ne soit pas assez grand, qu'il y a trop de réparations à faire, qu'il est mal situé, qu'ils y entendraient le bruit de la circulation ou du voisinage. Bref, Lucille revient de ces visites épuisée et plutôt découragée. Elle ignore que Marc avait fait de son côté quelques recherches plus fructueuses. Il est impératif pour lui de dénicher le condo de ses rêves sans le lui dire.

— J'ai discuté avec deux promoteurs immobiliers, lui annonce-t-il alors qu'elle a le moral à plat. J'aimerais que nous allions visiter les lieux, et si le site te convient, nous pourrions nous-mêmes choisir ce que nous voulons. Qu'en dis-tu?

Lucille se sent hésitante. Aurait-il trahi sa confiance? Marc est le genre d'homme qui peut facilement jouer une sorte de double jeu, sans en avoir l'air. C'est un décideur dans l'âme.

— Tu aurais pu m'en parler. Je me suis donnée un mal de chien pour essayer de dénicher un condo existant, en espérant de bonne foi qu'il réponde à tes attentes. Si je comprends bien, les immeubles en question ne sont pas encore construits?

269

– Nous pouvons facilement consulter les plans et les devis. Te rends-tu compte, nous pourrions à l'avance demander précisément ce que nous voulons.

– Parce que tu crois que je vais être en mesure de visualiser sur papier ce que sera notre prochaine maison? Je ne suis pas ingénieur, moi. J'aurais aimé que tu m'en parles avant. J'imagine que tu as déjà pris les rendez-vous?

– Ne fais pas cette tête-là. Je suis conscient que ce sera plus facile pour moi de parler avec l'architecte, mais je ne prendrai aucune décision sans ton accord. C'est promis.

Même si Lucille veut cacher sa déception, sa voix trahit son état d'esprit.

– Et tu as un aperçu des coûts?

– Tout dépendra de nos demandes. Je sais bien que la rente d'une directrice d'école, ce n'est pas le Pérou. Si tu n'es pas en mesure de défrayer la moitié des coûts, nous pourrons faire un arrangement proportionnel. Pour que tu ne sois pas mal à l'aise, nous signerons les papiers en conséquence.

Lucille étouffe. Elle a envie de crier sa colère. Elle a l'impression qu'il ne respecte pas leur accord. Marc ressent ce malaise. Il ne sait plus comment agir pour réussir à convaincre sa compagne du bien-fondé de sa démarche et de ses intentions plus que positives. « Elle a raison. J'aurais dû la consulter. Ce n'était pas dans mes intentions de la blesser » se dit-il.

– Par exemple, j'ai pensé que tu voudrais avoir une pièce supplémentaire pour que l'on puisse garder parfois tes petits-enfants à coucher. J'ai même remarqué qu'il y avait un parc non loin d'un des immeubles. Fais-moi le plaisir de m'accompagner. Ça ne t'engage à rien. Après, on pourra en discuter à tête reposée.

« Pourquoi n'est-il pas en mesure de comprendre que j'ai ma fierté, » estime Lucille en hésitant toutefois à le blâmer ouvertement.

— Tout va trop vite. J'ai besoin de mettre de l'ordre dans mes idées. Tu m'excuseras, je vais relaxer dans mon bain.

Voulant dédramatiser la situation, Marc la retient un moment :

— Justement, si ton bain était plus grand, je pourrais t'aider à te relaxer à ma manière, ajoute-t-il en lui faisant un câlin.

— Je n'ai les moyens de me payer un tel luxe. J'en suis consciente.

Lucille a mis des huiles essentielles dans la baignoire. Elle n'arrive pas facilement à arrêter le flot de questions qui la tourmente. Ce combat l'épuise.

« J'ai toujours voulu garder mon indépendance, mais si j'accepte sa proposition, est-ce j'aurai l'impression, chaque jour, d'être entretenue par lui? Je connais maintenant ses goûts pour le luxe, je me sentirai comment dans cet environnement? Il possède de belles qualités, mais je dois admettre qu'il est un peu contrôlant. Est-ce que je devrai me plier à toutes ses exigences? »

Malgré toute la bonne volonté du monde, Lucille sent sa résistance grandir. Cette proposition déséquilibrée lui fait peur.

« Allez ma vieille, ressaisis-toi. Depuis quelques mois, tu ne laisses plus traîner les choses. Même si tu as peur, tu dois mettre cartes sur table. »

Étendu sur le sofa, Marc l'attend en feuilletant une revue. Sans même lever les yeux, il teste son humeur, en douce.

– Comment te sens-tu? Le bain t'a fait du bien?

– Je voudrais qu'on discute calmement, toi et moi.

« Au moins, elle désire en discuter, c'est déjà bien », se dit Marc.

– Évidemment! N'oublie pas que je suis un homme. Les grands discours n'ont jamais fait partie de ma vie.

– Avant de parler d'avenir, j'aimerais avoir des éclaircissements sur différents points. Lorsque tu m'as rencontrée, tu savais que mes moyens financiers étaient limités. Pourquoi m'avoir choisie quand même? aborde-t-elle en s'assoyant près de lui.

– Parce que pour moi, cela n'a aucune importance. J'aime partager ce que j'ai. Je cherchais une personne de qualité avant tout. Ma réponse te convient-elle?

– En partie, mais j'aimerais que tu élabores.

– Lucille, je ne suis pas le genre d'homme à me poser mille et une questions. Je t'aime sincèrement. Nous formons une bonne équipe et j'ai envie de partager ma vie avec toi. Est-ce que tu m'aimes? C'est la seule question qui compte à mes yeux.

Malgré elle, Lucille ne peut empêcher ses larmes de couler. La réponse tarde trop au goût de Marc.

– Dis-moi ce qui te tracasse. Je n'ai jamais aimé voir pleurer une femme, dit-il ému.

– J'ai toujours été fière de ce que j'ai accompli. Pour moi, l'argent c'était le dernier de mes soucis. Mon quotidien était organisé en fonction de mes moyens. Lorsque tu es entré dans ma vie, je me suis sentie… inférieure. D'un seul coup, j'ai été confrontée à mes limites. Je ne sais pas faire la cuisine, j'ai négligé ma maison, je ne me fie qu'à mon intuition. Nous sommes à l'opposé. Comment ferons-nous pour nous ajuster?

– En continuant de se parler, en cultivant nos affinités. Au lieu de te déprécier, pourquoi ne pas penser à tes belles qualités?

– Pour le moment, je n'en vois aucune. Je me sens… nulle.

– Que fais-tu de ton dynamisme, de ton franc-parler? Avec toi, je sais où je m'en vais. Je suis persuadé que je n'aurai pas de mauvaises surprises. En plus, tu es une grand-mère très agréable à regarder et à toucher, fait-il en tentant d'alléger la discussion.

– Pourquoi toujours revenir au sexe?

– Parce que je suis un homme, que j'aime avoir du plaisir, c'est simple non?

Lucille esquisse un sourire. Encore une fois, Marc a réussi à calmer la tension entre eux. À quoi bon chercher des problèmes lorsque la réalité les amène vers une adaptation de leur point de vue, jusqu'ici sans affrontement?

– Je veux bien aller voir ton fameux condo sur papier, mais jure-moi de ne pas me ridiculiser devant les promoteurs. Je suis en mode « apprentissage ». Je ne veux pas être la risée de tout le monde.

– C'est promis.

Comme Lucille s'y attendait, visualiser l'intérieur des apparte-ments simplement en regardant un plan lui était difficile. « On m'a toujours dit que j'étais une visuelle et ce test le confirme », se dit-elle. Patiemment, Marc s'efforce de lui montrer la dimension des pièces, quels matériaux seraient utilisés. Fascinée par l'envi-ronnement où le condo s'élèverait, elle regarde plutôt la rivière située en face de l'immeuble, la piste cyclable, les arbres matures qui se dénudent peu à peu. Le bruit de l'eau qui circule l'apaise. « Je dois avouer que c'est un bel emplacement. En plus, je ne suis qu'à dix minutes en voiture de chez Annie », se dit-elle avec plus d'enthousiasme.

De retour à la maison, Marc rayonne. Maquette en main, il tente d'expliquer à Lucille les dimensions de leur futur nid.

– J'ai envie de te faire confiance. J'ai réalisé que j'avais près de moi un pro, alors pourquoi m'en priver? Si tu es confortable avec notre entente, nous irons signer demain.

– N'oublie pas que ce sera notre chez-nous. Il faut que tu t'y sentes bien, lui souligne Marc.

– Que fait-on pendant les travaux? Il y a quelques mois d'at-tente, non? J'imagine que les travaux ne se font pas en hiver.

– Il n'y a pas de problèmes une fois que les fondations sont terminées, ce qui est le cas. Les murs et le toit seront bientôt faits. Mais j'ai un plan B. Je voulais te proposer de visiter la France, qu'en dis-tu?

Les yeux de Lucille se mettent à pétiller d'une joie enfantine.

– Es-tu sérieux? demande-t-elle en voyant déjà défiler dans sa tête des images splendides.

— Très sérieux. Quand nous reviendrons, les travaux seront presque terminés.

— Le hic! J'imagine que tu vas accepter que je paie la moitié de ce voyage. Tu crois que je peux encore recevoir cette offre comme un cadeau, sans me rebeller?

— Disons que tu seras ma « dame de compagnie ». Je n'aime pas voyager seul. Nous en profiterons tous les deux. C'est un voyage dont je rêve depuis longtemps. Avec toi, ce sera vraiment magique!

Lucille observe Marc alors que celui-ci est suspendu à sa moindre réaction. Refuser de monter à bord de son rêve pour défendre un principe d'équilibre budgétaire serait pour Lucille un affront. « Marc est sincère et ses intentions justes », se dit-elle.

— Vu sous cet angle, c'est une proposition que j'accepte. La vie est si courte. Il ne faut pas oublier qu'avant notre grand départ, je dois aussi vendre ma maison. Planifier un grand changement. Tu m'en fais vivre, des remises en question, toi.

— Un jour à la fois! À deux, même les choses compliquées se replacent. D'ailleurs, si tu souhaites garder du mobilier, des livres et toutes les choses auxquelles tu tiens, pendant le voyage je louerai un entrepôt, en attendant.

— Tu vas croire que je suis attachée à des vieilleries?

— Je ne porte aucun jugement sur tes choix. Tout ce à quoi tu tiens a son importance. Notre vie passée n'a pas à être niée. N'est-ce pas magnifique de planifier ensemble notre futur? C'est ce que j'aime!

– Je suis une femme de contradictions. J'ai ramassé une foule d'objets, mais je peux me défaire sans regret de ce qui est devenu inutile. Si je tourne la page, c'est pour aller vers le meilleur et non le pire.

En disant ces mots, Lucille se rend compte de son engagement. « Quelle mouche me pique? Me voilà prête à tout sacrifier pour l'amour d'un homme. Que vont penser mes filles, mes amies? L'amour me fait-il perdre la tête? »

\* \* \*

Lucille estime important de s'expliquer. Pas pour obtenir une approbation, mais pour faire en sorte que la transition ne soit pas une source d'éloignement. Elle organise un tête-à-tête avec ses filles pour leur faire part de ses deux nouveaux projets. Comme Lucille s'y attend, l'annonce de son déménagement et son départ pour la France ne font pas l'unanimité. Cassandre félicite sa mère, tandis qu'Annie se montre sceptique en la bombardant de questions :

– Quel prix crois-tu avoir pour ta maison? Pourquoi Marc veut-il te payer un tel voyage? Tu ne sais rien de lui!

« Sa réaction ne me surprend pas. Pourquoi ne peut-elle pas se contenter d'être tout simplement heureuse pour moi? » se dit Lucille attristée.

– M'man, tu vas trop vite. Tu le connais à peine, puis tu crois que c'est l'homme de ta vie?

– Marc et moi, nous nous aimons.

– Tu crois vraiment que vous deux, ça va durer? Ce genre de rencontre est souvent un feu de paille.

—   Je crois en lui et il croit en moi. Nous sommes vraiment complémentaires. Et si on fait un bout de route tous les deux, on verra bien au fil du temps comment on se sent.

—   Dans quelques années, il va te trouver trop vieille et tu vas te retrouver seule. On va te ramasser à la petite cuillère.

« Pourquoi cherche-t-elle toujours à me déstabiliser? Annie est d'un pessimisme! » pense Lucille peinée par la remarque de sa fille.

—   Au lieu d'encourager maman, pourquoi t'acharnes-tu à lui trouver des poux, s'insurge Cassandre.

—   Parce que moi, je suis réaliste. Je commence à avoir de l'expérience. Une de mes clientes a rencontré un bonhomme, et après avoir couché avec elle, il l'a larguée en lui disant que son corps était trop ridé et que d'ici quelques années, elle n'allumerait plus les hommes. Elle est démolie!

—   Quel imbécile! C'est connu. Les hommes pensent qu'ils ne vieillissent pas, eux. Par chance que je suis homosexuelle, je n'aurai pas ce genre de problème, moi. On se comprend mieux entre filles, ajoute Cassandre.

—   Annie, il y a encore des hommes qui ne pensent pas seulement au sexe. Madeleine est très heureuse avec Paul. Denise et François forment un beau couple. Je ne suis pas naïve. J'essaie de me tenir en forme. Marc m'aime pour ce que je suis et non pour mon apparence.

—   Tu as toujours eu l'air plus jeune que ton âge. D'après ce que tu m'as raconté, Madeleine a été chanceuse de trouver chaussure à son pied.

– Tu crois qu'à notre âge, l'amour ce n'est plus possible? C'est une erreur. Le cœur ne s'use pas! La vie à deux est une source de plaisirs. On l'apprécie davantage en mesurant son importance.

– Pour les femmes, oui, mais pour les hommes, je pense que c'est une espèce de dépendance affective. Ils trouvent ça ennuyant de vieillir seuls. Ils ont encore besoin d'être maternés. Si ton Marc tombe malade, tu serais prête à le soigner?

– Ce que tu peux être méchante! Pourquoi essaies-tu de lui miner le moral, dit Cassandre sur un ton de reproche.

– Ta sœur a raison. J'ai pris ma décision en toute connaissance de cause. Je suis confiante, mais pas aveugle. Que tu sois d'accord ou non, j'habiterai avec Marc et j'espère pouvoir le rendre heureux. Et vice versa!

– L'avenir nous dira bien qui a eu raison, admet Annie en baissant les bras.

« Pourquoi Annie ne veut-elle pas accepter que j'aie enfin un homme dans ma vie. Lorsqu'elle a rencontré Marc, ses commentaires ont été positifs. Cassandre a sans doute raison. Annie croit que Marc prendra toute la place dans mon cœur. Je l'ai pourtant rassurée. Je resterai une mère, une grand-mère, mais j'ai le droit d'être aussi une femme heureuse. »

Quelques heures plus tard, ébranlée par les propos de sa fille, Lucille sent le besoin de se confier. La vision d'Annie la perturbe. Qui pourrait la rassurer? Elle cherche du réconfort auprès de Madeleine.

– J'comprends ce que tu vis. Il faut arrêter de penser à nos enfants. On a notre vie à vivre. Mes gars, tu vois, ils ne veulent pu venir chez nous. Ils trouvent que Paul  ambitionne sur moi. Ils sont jaloux parce que j'le gâte trop. Ils ne sont pas capables de voir que lui aussi m'gâte. J'en ai pris mon parti. J'ai arrêté de les inviter. J'les trouve tellement égoïstes. Un jour, Annie va comprendre. Quand elle va avoir besoin de toi, elle va revenir.

– Honnêtement, tu trouves que je vais trop vite, toi aussi?

– Faut prendre le bon temps quand y passe. Tous les soirs, j'remercie le p'tit Jésus d'avoir rencontré Paul. Pis, en plus, c'est grâce à toi. Fais ton voyage, pis profites-en. T'es chanceuse, ton chum peut te gâter. Tu t'es privée pour tes filles toute ta vie. T'as le droit maintenant de penser à toi.

– Qu'il soit plus riche que moi, cela me fait peur. S'il m'avait dit dès le départ qu'il avait autant d'argent, j'aurais peut-être hésité, tu vois.

– Qu'est-ce que t'aurais fait?

– Je ne sais pas. Il m'a caché certaines choses. Peut-être qu'il voulait me tester.  Je me suis demandé jusqu'où je pouvais lui faire confiance?

– T'es drôle. Voulais-tu qu'il te dise qu'il était plein aux as?

– Il a dit qu'il voulait que les femmes l'apprécient pour ce qu'il est, et non pour son style de vie. C'était honnête, je l'avoue.

– Pourquoi t'appelles pas Denise, elle a « plusse » d'expérience que moi sur la question. Moi, j'te fais confiance. T'es une femme qui sait ce qu'elle veut.

Après sa conversation avec Madeleine, Lucille a remis les choses en perspective. Mais il n'y a aucune garantie de succès en matière de rencontres. Si elle faisait fausse route?

« Si Annie a raison. Denise a eu beaucoup de déboires amoureux. Elle serait de bon conseil », se dit-elle en composant son numéro de téléphone.

– Depuis quand te poses-tu autant de questions? Tu as toujours suivi ton intuition. Sa situation financière ne semble pas un réel problème? Est-ce seulement une question d'orgueil?

– Il me l'a cachée, au début. Quand j'ai vu que je n'étais pas capable de rivaliser avec lui sur ce point, mon orgueil s'est réveillé.

– Tu aurais voulu qu'il te montre son compte de banque? Tout dire t'aurait fait fuir, parce que tu es honnête et il se serait retrouvé avec une profiteuse. Il a agi avec stratégie, et c'est correct selon moi.

– Denise, tu sais très bien ce que je veux dire. J'ai ma fierté. Je n'aime pas être toujours dans le rôle de la femme qui compte ses sous. Je me sens *cheap*!

– Non, justement, je ne te suis pas. Il t'offre de payer un peu plus pour votre condo et t'invite à visiter la France avec lui. Si tu l'aimes, tu dois respecter ses choix. Il apprécie les beaux meubles, les belles voitures, pourquoi se priverait-il? Dis-moi franchement ce qui te fait peur?

– D'après ma fille, d'ici quelques années il me trouvera trop vieille. Il va profiter de moi puis se lasser. Il se paie une femme agréable, mais son attachement sera-t-il profond? Son intention cachée, c'est quoi?

— Parce que lui ne vieillira pas? Eh bien…

— Denise, peux-tu te mettre à ma place? Tu as toujours obtenu tout ce que tu voulais, toi. L'argent n'est pas une barrière, selon toi?

— Que veux-tu exactement? Moi, j'ai fait ma place. Un compagnon de vie qui peut m'offrir une immense tendresse et une complicité. Tous les deux, nous sommes bien nantis. Entre nous, il n'est jamais question d'argent. L'important est que l'on soit bien ensemble. La maladie l'a frappé à deux reprises, il voit maintenant la vie différemment. C'est à toi de choisir maintenant. Et si ton problème était dû à une ancienne culpabilité judéo-chrétienne? Le vœu de pauvreté! Tu l'as fait?

— Je ne te suis pas. Ce serait de l'orgueil mal placé? Un préjugé qui associe l'honnêteté avec la pauvreté. Tu crois?

— Nous les femmes, nous sommes « programmées » pour nous dévouer, pour faire notre devoir d'épouse et de mère. On se sent toujours coupable de quelque chose. Que fais-tu de la femme en toi?

— À t'écouter, j'y vois plus clair. Tu as raison, j'ai le droit d'être heureuse et je mérite ce qui m'arrive. Je ne sais pas ce que me réserve l'avenir et je ne veux plus me faire du mauvais sang pour rien. Si Annie n'est pas d'accord avec mes choix, je n'y peux rien. Je me choisis! C'est un droit qui m'appartient. Adieu la culpabilité!

— Enfin, je te reconnais. Tu as toujours été une femme positive, pleine de ressources. C'est probablement pour cette raison que ton Marc t'a choisie entre plusieurs candidates. Tu es respectable et tes intentions sont saines. Tes valeurs sont compatibles avec les siennes. N'est-ce pas ce qui compte vraiment?

— Merci mille fois. Je me sens beaucoup mieux. Je sais maintenant que je vais faire un voyage extraordinaire. Madeleine et toi, vous m'avez beaucoup aidée.

« Qu'est-ce que je ferais si mes amies n'étaient pas dans ma vie? Elles ont toujours été de bon conseil. Je suis bougrement chanceuse de pouvoir compter sur leur franchise. Pourvu que Marc n'y voie pas un obstacle à notre projet de vie? Si je devais renoncer à mes escapades amicales, je souffrirais tellement. »

Lucille en connaît des couples qui ont fusionné en se refermant sur eux-mêmes. Ce n'est pas le modèle qu'elle voudrait adopter. D'ailleurs, Annie souffre peut-être un peu de cet enfermement. Y aurait-il là une explication à son attitude plutôt défensive face aux relations de couple? Et elle a subi le divorce de ses parents. La blessure qu'elle porte depuis, elle n'en parle que rarement, mais Lucille pense avoir détecté dans cette attitude une sorte d'appel à l'aide. « Oui, sa mère peut sans doute encore lui être encore utile. »

# Chapitre 21

Quelques jours plus tard, après avoir vidé sa maison avec l'aide de Madeleine, Cassandre et Catherine, Lucille et Marc prennent l'avion, à destination de Nice. Sans en souffler mot à Lucille au préalable, Marc a décidé de voyager en première classe. Surprise par l'amabilité de l'agent de bord, quelques minutes après le décollage, Lucille trempe ses lèvres dans un premier verre de champagne, et c'est avec les yeux tout aussi pétillants qu'elle regarde son compagnon, visiblement heureux lui aussi. Émoustillée par les bulles et la nervosité, elle remercie Marc une bonne douzaine de fois. Incapable de fermer l'œil, elle repense à la dernière conversation qu'elle a eue avec Annie.

—     Bon voyage maman et surtout ne pense pas à nous. J'ai enfin compris que tu pouvais vivre sans ta famille. Passe un bon moment! Je t'aime! lui avait dit Annie en la pressant contre elle, avec une sincérité réelle. Les yeux dans l'eau, Lucille se tourne vers Marc pour lui partager son émotion, mais il ronfle déjà comme un bienheureux. « J'espère avoir fait le bon choix », se dit-elle.

Fraîche comme une rose malgré le décalage horaire, à la sortie de l'aérogare, Lucille a l'impression que le soleil lui-même est venu lui souhaiter la bienvenue.

– C'est tellement beau. Regarde les fleurs, la couleur de la mer, on dirait des petits diamants sur l'eau. Je me sens si bien.

Marc apprécie l'émerveillement de sa compagne. Il regarde le paysage différemment à travers les yeux de cette femme si expressive. Arrivée à l'hôtel, Lucille ne s'attend pas à être reçue avec autant d'égards. Le portier leur ouvre la porte avec déférence et remercie Marc d'avoir choisi le Négresco, seul hôtel cinq étoiles de toute la côte. Lucille pivote de tous les côtés pour regarder les œuvres d'art accrochées aux murs.

– Tu crois que c'est un vrai Dali? demande-t-elle candidement à son amoureux.

– Je suis persuadé qu'ici tout est authentique. Si on allait se reposer?

– Tu as dormi durant tout le voyage. Moi, je n'ai pas fermé l'œil et je ne suis pas fatiguée. À moins que tu n'aies une autre idée en tête.

– Une petite sieste me ferait le plus grand bien. Pas toi? ajoute-t-il avec un clin d'œil coquin.

– Dormir! N'y pense même pas. Je profite de ton corps et après on va marcher. Tu as vu la promenade? Regarde l'immense voilier. On dirait une carte postale.

L'enthousiasme de Lucille est contagieux. Après avoir bu deux expressos, Marc enfile ses chaussures de marche et lance d'un ton blagueur :

– À votre service madame. Où voulez-vous aller? Votre humble serviteur vous sert de guide.

– Je me doute bien que ce n'est pas la première fois que tu viens ici.

– Je suis venu avec mon ex-femme à deux reprises. Tout ça, c'est du passé et moi je suis prêt à tout redécouvrir, d'un regard neuf!

– Alors, tu seras mon guide.

Lucille répète comme une espèce de litanie : « Comme c'est beau, tellement beau. Magnifique! » Après deux heures de marche, la fatigue commence à se faire sentir.

– J'ai un petit creux. Pourquoi ne pas prendre un verre sur une terrasse, en mangeant quelque chose.

– Tu lis dans mes pensées maintenant, s'exclame Lucille. Quel service!

Ils s'attablent face à la mer. Lucille regarde le paysage, ne répond plus à la conversation que par monosyllabes.

– Si je ne t'intéresse plus, pendant un mois, je vais trouver le temps long, la taquine Marc.

– Excuse-moi. Je suis comme une petite fille devant un bel arbre de Noël.

– Surtout, ne change pas! Je t'aime.

Après son deuxième verre de rosé, Lucille ressent une certaine fatigue.

– Je n'ai pas l'habitude de boire au milieu de l'après-midi. Si tu es assez fort pour me soutenir, j'aimerais bien retourner à l'hôtel faire une sieste. Là, maintenant!

—   Enfin! Madame est fatiguée. Il n'est pas trop tôt, dit Marc d'un ton sarcastique.

Pendant toute une semaine, ils visitent les environs : Saint-Jean Cap-Ferrat, Grasse, Juan-les-Pins, Antibes. Monaco et Saint-Paul de Vence. Tous ces endroits provoquent un véritable coup de foudre pour cette femme qui n'a jamais visité ce pays. Lorsqu'ils arrivent devant le palais royal de Monaco, Marc n'a d'yeux que pour les voitures sport de grand luxe, tandis que Lucille regarde l'architecture et la multitude de fleurs devant le palais où Grace Kelly avait élu domicile avec son beau prince. Elle se souvient d'avoir regardé à la télévision leur mariage royal. Un vrai conte de fées. Saint-Paul-de-Vence avec ses ruelles en calade, ses boutiques colorées, ses terrasses ombragées avaient émoustillé tous les sens de Lucille. Les deux amoureux décident de manger au même endroit où Simone Signoret et Yves Montand s'étaient rencontrés jadis.

—   Cet endroit est d'un romantisme. Pince-moi pour savoir si je ne rêve pas, déclare Lucille pour savourer l'instant magique que cela représente pour elle.

—   Profites-en ma douce, tu es magnifique, toi aussi.

—   Ne me fais pas rougir.

Alors qu'ils découvrent les sites enchanteurs de Cannes, un petit irritant vient assombrir l'humeur de Lucille : Marc regarde beaucoup les femmes qui déambulent avec panache, chaussées sur des talons aiguilles, mettant en valeur leurs formes aguichantes. Sans être jalouse, elle envie ces jeunes filles qui n'ont pas peur de montrer leurs attributs pour le moins suggestifs.

— Je ne serai jamais capable de rivaliser avec elles, avoue Lucille. Je renonce!

— Elles sont bien faites, mais qui te dit qu'elles sont belles à l'intérieur? Le physique, ce n'est qu'une façade, reprend Marc.

— Tu sais fort bien que, pour un homme, le corps c'est important. Elles sont désirables. Elles font tourner les têtes!

— Parce que vous les femmes, vous ne regardez jamais les beaux mâles? J'ai cru remarquer que tu avais beaucoup de goût, toi aussi!

— Moi, jamais! C'est vrai que quelquefois, je reluque du coin de l'œil un beau gars, mais je n'ai « jamais » d'arrière-pensée. Trop honnête!

— Personnellement, je regarde, mais je ne touche pas. Si cela peut te rassurer. C'est toi que j'ai choisie!

\* \* \*

Lucille réussit à ne plus penser à Annie pendant plusieurs jours. Elle vit pleinement le moment présent, se délectant de la beauté des paysages. Marc s'avère un excellent accompagnateur. Pour faire rire Lucille, pendant toute une journée, il compte le nombre de fois où Lucille a prononcé l'adjectif : « Beau ». Sa spontanéité lui prouve hors de tout doute que son voyage lui plaît. Pour terminer leur séjour à Nice, Marc propose une fois de plus une expérience de nature à surprendre sa compagne.

— Si on prenait notre dîner, comme disent les Français, dans notre chambre. Qu'en penses-tu?

–   Ce serait génial! J'avoue que j'ai besoin d'un peu de repos.

Marc commande une bouteille de Dom Pérignon. Comme Lucille s'y connaît peu en matière de champagne, elle vide deux coupes comme on boit un verre de lait.

–   Je me sens un peu pompette, là. J'ai le goût de faire des folies. Donne-moi une heure et je reviens finir ce que nous avons commencé.

Marc l'observe, ne sachant pas à quoi s'attendre. « Je ne m'ennuie jamais avec elle »,

Lucille se rend à la boutique de lingerie fine de l'hôtel. La vendeuse la regarde de haut, mais le champagne aidant, elle ne remarque rien.

–   Vous cherchez quelque chose de particulier?, madame?

–   Je veux épater l'homme le plus gentil de la terre. Que me conseillez-vous?

Installée dans la cabine d'essayage, la vendeuse lui apporte des soutiens-gorge, des slips minuscules, des déshabillés de dentelle fine sans que Lucille prenne le temps de regarder les prix. Connaissant un peu plus les goûts de son amoureux, elle choisit un ensemble noir et rose qui avantage sa petite poitrine et sa taille. Candidement, elle demande à la vendeuse si elle peut acheter la robe de chambre de ratine blanche en étalage et prendre l'ascenseur sans se faire remarquer.

–   Ici madame, tout est permis. Nous sommes à votre service.

Elle paye avec sa carte de crédit sans remarquer le prix de toutes ses folies. Lorsqu'elle frappe à la porte de la chambre, Marc croyant que le garçon de l'étage lui apportait des serviettes propres lui crie :

—   Revenez plus tard.

—   Si tu n'ouvres pas, je fais un scandale, lui répond Lucille.

Lorsque la porte s'entrebâille, elle ouvre le devant de sa robe de chambre. Marc s'exclame :

—   Wow! Tu es magnifique. J'espère que tu n'as pas exhibé ce beau corps dans la rue.

—   En chemin, j'ai bien eu quelques propositions, mais j'ai refusé. À ce que je vois, je te fais de l'effet.

—   Quel homme pourrait résister à tant de charme!

Ce soir-là, ils oublient de manger. Ils s'aiment passionnément, sans se soucier de l'heure. Après avoir vidé la bouteille de champagne, Marc tente de faire deviner à sa compagne le nombre de fois où elle a prononcé le mot « beau » dans cette seule journée. Évidemment, le jeu est amusant.

Jouant à celle qui est prise en défaut, Lucille lui murmure :

—   Je ne sais pas. Mille fois, peut-être plus.

—   Quarante-trois fois. C'est un « beau » record!

—   Comme ancienne institutrice, je dirais que ce serait important de varier mon vocabulaire. Demain, je commence à diversifier mes expressions. Les synonymes sont-ils acceptés?

– Je t'aime telle que tu es. Je n'aurais jamais pensé faire un si « beau » voyage. Merci pour tout.

– Je ne sais pas pourquoi tu me remercies; c'est à moi de te remercier, tu ne crois pas? Mais on en reparle demain, si tu veux. J'ai sommeil. Besoin de dormir. Demain, la Provence nous attend. Et ce sera... beau, non... merveilleusement beau!

* * *

Le lendemain matin, l'abus des bonnes choses amoindrit l'entrain habituel de Lucille. Au petit-déjeuner, Marc étale devant elle une carte routière.

– J'aimerais que tu sois ma navigatrice. J'ai besoin d'une co-pilote!

Encore sous l'effet des bulles, Lucille ne se sent pas d'attaque pour cette tâche, consciente que s'orienter est pour elle un vrai cauchemar.

– Tu as vraiment besoin d'aide? demande-t-elle avec un air désemparé.

– Je n'ai jamais visité la Provence, et on m'a dit que c'est très difficile de s'orienter. Quand nous aurons quitté la Nationale, j'aimerais que tu puisses m'indiquer quel chemin prendre. On va travailler en équipe.

Paniquée, Lucille essaie de cacher son angoisse. « Il n'est pas question de lui dire que je n'ai aucun sens d'orientation. » Après un moment d'hésitation, elle ajoute :

– D'accord! Tu peux compter sur moi. Pour commencer, dis-moi où nous sommes et vers où nous allons.

Avec un stylo-feutre, il surligne le tracé. Après avoir pris une grande respiration, Lucille tente de masquer sa nervosité. « Heureusement qu'il n'entend pas mes pulsations cardiaques », se dit-elle.

– Capitaine, je suis prête. Ai-je droit à l'erreur?

Après un regard complice, ils placent les bagages puis s'engagent sur l'autoroute. Même en roulant sur la Nationale, Lucille est si inquiète qu'elle ne quitte pas la carte des yeux. Elle ne veut pas perdre le fil.

– Il nous reste encore 90 kilomètres de route avant de quitter la Nationale, tu peux regarder le paysage, de temps à autre… propose Marc afin qu'elle se détende un peu.

– Je dois faire mon devoir avant tout. Pas de distraction. C'est un relent de mon ancien travail. Institutrice un jour, institutrice toujours.

Lorsqu'ils s'arrêtent pour prendre une bouchée, Lucille a les nerfs à fleur de peau.

– Tu es nerveuse? Pourquoi fais-tu cette tête-là? questionne Marc.

Sans trop réfléchir, elle répond :

– Les Français conduisent comme des fous. Ici, les limites de vitesse ne sont même pas respectées. J'ai peur!

– J'avoue que je me laisse un peu aller. J'ai toujours aimé conduire vite. Avec l'âge, je me suis assagi. Je demeure prudent, tu n'as rien à craindre.

– Il nous reste combien de kilomètres avant de quitter la grande route?

— Une douzaine. Après, ma belle navigatrice, je suivrai vos ordres.

Incapable de finir son sandwich, une forte migraine commence à lui broyer les tempes. Un ciel menaçant attend les deux vacanciers, ce qui complique encore les choses.

— Pourvu qu'il ne pleuve pas. Nous roulerons en altitude pendant une bonne heure, de dire Marc.

Malgré leur souhait, les gros nuages gris décident d'ouvrir les vannes pour laisser sortir leur trop-plein. Même les essuie-glaces n'arrivent plus à chasser les gouttes de pluie de la vitre avant.

— D'après l'indication, nous approchons d'Aix-en-Provence. À quel hôtel allons-nous?

Rivé au volant, Marc lui répond distraitement.

— J'ai loué un appartement. Quel sale temps!

Quelques kilomètres plus loin, Lucille ose manifester son inquiétude :

— Je crois que nous avons manqué la sortie.

— Tu es certaine?

— Tu roulais beaucoup trop vite. Je n'ai pas eu le temps de voir le panneau. Peux-tu faire demi-tour?

— Merde! À quelle distance est l'autre sortie?

Lorsque Lucille essaie de lui montrer la carte, où son doigt est collé sur la ligne du tracé. D'un ton irrité, Marc lui répond :

— Je ne peux pas faire deux choses à la fois.

– Ouf! Je m'étais trompée. Prends celle-ci, c'est la bonne!

– Tu es certaine?

– Oui. Cette fois-ci, j'en suis convaincue.

Heureusement, la pluie avait diminué d'intensité. Lucille fixe la carte, essayant de temps à autre de repérer le nom du village où ils devaient séjourner.

– Je croyais qu'on allait à l'hôtel. Comment as-tu trouvé un appartement?

– Par un ancien collègue de travail. D'après lui, Brantes est une petite municipalité très pittoresque, située au pied du mont Ventoux. Un lieu charmant!

Lucille cherche sur la carte l'inscription de Brantes, mais ne trouve rien. Elle réussit à repérer le fameux mont, mais pas le village. Les courbes sont de plus en plus serrées. Lorsqu'elle voit une voiture qui arrive en sens inverse, instinctivement, Lucille ferme les yeux. À sa droite, il y a un précipice. La hauteur du parapet n'a rien de rassurant. Elle se sent nauséeuse. Heureusement, le soleil semble vouloir triompher. Il commence à se montrer le bout du nez.

– Il ne faut pas avoir le vertige pour conduire sur cette route, avoue-t-elle.

– Heureusement, ce n'est pas mon cas, reprend Marc.

Arrivée à une intersection, Lucille a encore la tête penchée sur la carte. Et elle hésite.

– Je tourne à Malucène ou à Vaison-la-Romaine, demande le pilote.

– Je m'excuse, je ne vois rien. Tourne, je vais essayer de voir les enseignes. Tout va trop vite!

Lorsqu'elle lève les yeux pour regarder Marc, la crispation qu'elle lit sur son visage l'effraie. Il semble en colère.

– C'est la troisième fois que je tourne en rond. Voudrais-tu, s'il te plaît, regarder les panneaux indicateurs.

– Je n'ai jamais le temps de les lire. Va moins vite.

– Veux-tu prendre le volant?

Trop, c'est trop. Ou elle se met à pleurer, ou elle lui dit sa façon de penser.

– Arrête la voiture, je veux descendre, est la seule phrase qui sort.

Marc freine tellement brusquement, que Lucille se frappe la tête sur le pare-brise. Elle lui lance la carte par la tête, détache sa ceinture et claque la porte de la voiture. Elle se redresse et respire. Comme un périscope en action, à une centaine de mètres, elle aperçoit dans le décor, grâce à Dieu, un garage. D'un pas décidé, elle s'y dirige sans se retourner.

« Qu'il aille au diable, dit-elle furieuse, j'aime mieux marcher! »

Le garagiste, témoin de la scène, se doute que tout ne baigne pas dans l'huile entre elle et lui.

« Je crois que la p'tite dame a des ennuis, se dit-il en s'efforçant de réprimer son sourire. On va s'amuser un peu! »Que puis-je pour vous servir? Je parie que vous êtes perdus. Vous n'êtes pas les premiers. D'où venez-vous? demande-t-il avec empressement.

– De Nice, non plutôt du Québec. Pourquoi la municipalité ne met-elle pas en évidence les indications routières? On tourne constamment en rond.

– C'est une question d'habitude. Tantôt, votre mari aurait pu causer un accident. Quand vous entrez dans un carrefour giratoire, la priorité est aux véhicules qui sont déjà dans l'anneau. Regardez, c'est indiqué sur le panneau.

– Premièrement, ce n'est pas mon mari, dit-elle un peu trop brusquement. Pourriez-vous m'expliquer s-i-m-p-l-e-m-e-n-t le chemin pour se rendre à Brantes?

– Je vais vous tracer le chemin, avec un croquis, ce sera plus facile.

Lucille ne veut pas de dessin, elle a besoin de savoir quelle route prendre.

– Il y a une chose qui ne change pas. Même pour les Québécois, c'est toujours les femmes qui osent demander le chemin. Les hommes sont trop orgueilleux!

– Que voulez-vous, un homme ne s'abaisse pas à ce genre de chose, dans n'importe quel pays. Ils sont les mêmes!

« Zut! J'aurais dû me taire; ma frustration est disproportionnée », se dit Lucille mal à l'aise.

En se retournant, elle regarde Marc. Il s'est stationné et a étendu la carte routière sur le coffre arrière de la voiture, essayant de s'orienter.

– Vous voyez bien! Il est trop fier pour demander de l'aide.

—  Si vous n'êtes pas encore mariés, c'est mal parti. Je peux vous offrir un café pendant que monsieur continue ses recherches? propose le garagiste philosophe.

—  Très gentil de votre part, mais je suis assez énervée comme ça.

—  Vous dites... Plaît-il?

Voulant rester polie et éviter les interprétations, elle se reprend :

—  J'ai les nerfs en boule. J'aime beaucoup votre accent, d'où venez-vous?

—  Devinez?

—  De Marseille peut-être?

—  Dans le mille! fait-il en dévoilant une rangée de dents séchées par la cigarette.

Lucille et le garagiste poursuivent leur conversation. Il lui parle de son coin de pays, de sa famille. Pendant quelques minutes, elle oublie son amoureux qui, voyant l'heure tourner, commence à s'impatienter. Elle lui fait signe pour qu'il se joigne à eux, mais Marc s'entête à rester près de la voiture. C'est à contrecœur qu'elle revient vers lui, ne cédant pas à la tentation de converser plus longtemps avec le commerçant. Elle est plus détendue.

—  Tu veux prendre le petit-déjeuner avec lui? demande-t-il d'un ton irritant.

—  Impatient, orgueilleux et jaloux? Je suis impressionnée!

– Si tu ne savais pas comment t'orienter, pourquoi ne pas me l'avoir dit. On aurait évité cette perte de temps. C'est toi, la copilote!

« Je lui dis la vérité et je fais amende honorable, ou je lui lance un tas d'injures? Vaut mieux acheter la paix, » se dit-elle, résignée.

– Je m'excuse. J'aurais dû te l'avouer, mais je voulais te rendre service. Pourquoi ne pas avoir loué un GPS? Je n'ai pas le sens de l'orientation! Voilà!

– Si j'avais su, j'aurais planifié le trajet autrement, point par point.

– Comment me faire pardonner? On fait quoi maintenant?

– En me disant la vérité la prochaine fois. Tu ressembles à mon ex, toujours perdue. Cela m'irrite juste à y penser! avoue-t-il.

– Je n'en ai rien à foutre de ton ex. J'espère que tu ne l'as pas laissée parce qu'elle ne s'orientait pas bien? C'est mal parti pour moi!

Marc prend tout à coup conscience qu'il a été trop loin. Il s'excuse à son tour. Le rappel de ses anciennes frustrations est un indice qu'il a dépassé les bornes. Lucille a raison de réagir.

– Je n'aurais pas dû te parler des travers de Suzanne.

– Pour le moment, j'aimerais en rester là. J'ai la migraine, j'ai mal au cœur et je veux une seule chose : arriver quelque part et me reposer. On en reparlera dans quelques jours.

– Pour moi, le sujet est clos, dit-il en reprenant sa place au volant.

« Tu ne t'en tireras pas aussi facilement », se dit Lucille frustrée par les dernières paroles de son amoureux.

– Si par hasard tu vois un genre de magasin général, voudrais-tu m'avertir. Je sais maintenant quelle route prendre.

– Tu as l'intention de magasiner?

– Il faut absolument que je trouve un extracteur à jus. Quand j'ai parlé avec la propriétaire, elle m'a dit qu'il n'y en avait pas dans l'appartement.

« Ma foi, c'est un maniaque! Pourquoi faut-il qu'il boive absolument son jus fraîchement pressé? Si je ne lâche pas prise, je vais éclater. »

Heureusement, Lucille repère une façade commerciale de magasin, avec une allure de bazar et ils s'y arrêtent. En galant homme, Marc vient lui ouvrir la portière.

– J'aime mieux rester dans la voiture. Prends le temps qu'il te faut, je veux me reposer.

– Tu dois me trouver un peu spécial? Je t'inquiète avec mes manies?

– Disons que tu es très particulier.

Lucille veut faire le vide. Un magnifique soleil fait son apparition. Dans la vitrine du magasin, elle regarde une nappe aux couleurs typiques de la Provence. Ses pensées s'envolent vers Annie qui aurait sans doute aimé recevoir ce genre de cadeau. Les larmes lui montent aux yeux.

« Pourvu qu'à mon retour nous retrouvions notre complicité, lui et moi. Je me rends bien compte que mes deux filles me manquent.

J'ai besoin de demeurer proche d'elles, qu'elles soient adultes n'y change rien! »

Marc sort du magasin les bras chargés comme un mulet.

—   Tu as décidé de dévaliser la boutique?

—   J'ai trouvé ce que je voulais et j'en ai profité pour acheter quelques victuailles. Je pense que ce soir on pourrait souper à l'appart. Qu'en penses-tu?

—   J'apprécie ton geste. Pour le moment, je n'ai pas très faim.

—   As-tu pris quelque chose pour soulager ta migraine? demande-t-il gentiment.

—   Je n'ai rien apporté. On devrait trouver une pharmacie quelque part.

—   J'ai tout ce qu'il faut. Je peux te donner soit de l'aspirine, des antidouleurs, du Gravol, des Immodium ou des somnifères.

« En plus de ses manies, il se gave de pilules », se dit Lucille de plus en plus inquiète.

—   Par hasard, tu ne serais pas juste un peu hypocondriaque?

—   Prévenant ou prévoyant, madame la directrice! Il y a une dizaine d'années, je visitais un coin perdu du Mexique. Il faisait une telle chaleur que, par mégarde, j'ai enfilé un grand verre d'eau avec des glaçons. J'ai été malade comme un chien. Je suis resté alité pendant trois jours avec une forte fièvre. Je n'avais rien apporté. Maintenant, je prends mes précautions.

—   Tu dois être le genre d'homme qui doit avoir dans le coffre arrière de sa voiture, surtout l'hiver, du sel, du sable, une pelle, des grosses bottes de mouton, des mitaines de rechange. Ai-je oublié quelque chose?

—   As-tu des préjugés contre les gens prudents?

—   Non, au contraire. Je suis trop étourdie, pour planifier ce genre de chose. Mais je constate qu'aujourd'hui, j'en ai appris davantage sur toi qu'en six mois de fréquentation.

—   Oups! Cela n'a pas l'air très positif, dit de cette façon, de répondre Marc

Lucille n'a pas envie d'épiloguer sur les sentiments qui l'habitent. Elle a cependant exprimé ses sentiments et, de cela, elle est fière. Son seul souhait pour le moment : se retrouver au lit et essayer de se calmer.

Ils roulent donc paisiblement jusqu'à leur destination. Arrivée à l'appartement, Lucille demande à Marc de lui donner quelques cachets pour qu'elle puisse se reposer une heure ou deux. Elle n'est pas en état pour admirer toute la beauté des alentours, ni l'amalgame des meubles anciens qui côtoient le modernisme avec goût. Elle s'allonge sous l'édredon en espérant faire cesser les coups de marteau qui fracassent son crâne.

Lorsqu'elle ouvre les yeux, le chant des grillons et les rayons de soleil inondent la chambre. Elle reste bouche bée : elle a dormi douze heures. Confuse, ne sachant trop où elle se trouve, elle étire son bras dans l'espoir de trouver une partie du corps de son amou-reux. Surprise que Marc ne soit pas à ses côtés, elle prend le temps d'examiner la chambre : deux commodes antiques, un pot de chambre en faïence, des rideaux de dentelle qui volent au vent, une armoire de teck très moderne, deux fauteuils d'osier agrémentés de moelleux coussins aux multiples couleurs. Elle entend le chant d'un coq qui se prend pour un chanteur d'opéra. Cette pensée l'amuse. Elle se sent plus détendue.

« Il a eu de la chance de dénicher un endroit pareil. »

Se dirigeant vers la douche, Lucille constate que son équilibre est précaire.

« J'espère qu'il ne m'a pas droguée. »

Étonnée, elle découvre une salle de bains complètement rénovée, avec une douche à multijets. Une robe de chambre de ratine, ainsi que des mules semblent l'attendre. « Je ne sais pas si c'est la propriétaire ou Marc qui a eu cette délicatesse, mais c'est une belle façon de commencer la journée. »

Après la toilette matinale, c'est l'odeur du café frais moulu qui lui ouvre l'appétit. Nulle trace de Marc dans l'appartement. Dans son assiette, elle trouve un mot. « Bon matin ma douce, je suis parti en repérage, des croissants chauds t'attendent dans le four et ne lésine pas sur les confitures, elles sont exquises. À plus! »

Jus d'orange à la main, elle fait le tour du propriétaire. Tout a été aménagé de façon à ce que les antiquités s'harmonisent au décor moderne. Chacune des pièces de vaisselle semble unique. Elle ose regarder en dessous de l'assiette pour s'apercevoir qu'elle est signée Sofia. Étrangement, elle entend un bruit semblable aux sabots d'un cheval. Elle se précipite à la fenêtre à carreaux, pour apercevoir un âne qui peine à descendre la ruelle remplie de détours et de petits escaliers. Devant ses yeux, par-dessus les toits, le mont Ventoux s'offre à elle dans toute sa majesté.

« Quel paysage! Si le paradis existe, il doit ressembler à ça. »

Lucille reste fascinée par cette vision grandiose. Lorsque Marc arrive derrière elle, sans bruit, elle sursaute.

–   Tu avais grand besoin de sommeil. Comment vas-tu ce matin?

–   Comme tu vois : fraîche comme une jeune femme de trente ans. D'où viens-tu?

–   Je suis allé marcher dans les environs. J'espère que tu as de bonnes jambes, car tous les chemins sont abrupts. J'ai découvert une petite église datant de plusieurs centaines d'années. Hier, la propriétaire qui incidemment s'appelle Sofia m'a remis une feuille sur laquelle sont indiqués tous les endroits qu'il nous faut absolument visiter.

–   Intéressant, mais avant j'aimerais discuter avec toi.

–   Si c'est pour revenir sur mon impatience d'hier, je veux m'excuser. J'aurais dû mettre mon orgueil de côté et demander mon chemin. J'ai eu une attitude d'homme r-i-d-i-c-u-l-e et je le regrette.

–   Moi aussi, je m'excuse. J'aurais dû t'avouer mon manque d'orientation. Comme toi, j'étais trop orgueilleuse pour l'admettre. On repart à neuf?

–   Avec joie. Je t'aime.

Lucille se blottit entre ses bras, rassurée. Marc avait été assez mature pour admettre ses torts.

Marc sent que Lucille a choisi de partager son mécontentement au lieu de le combattre.

— Voilà madame! Portons un toast à cette merveilleuse capacité qu'ont certaines personnes de rester vraies, pour le meilleur... seulement le meilleur!

# Chapitre 22

Les conseils éclairés de Sofia, la propriétaire de l'appartement qu'ils occupent, permettent au couple de Québécois de tracer les étapes de leur voyage en commençant par Gordes. C'est selon elle l'un des plus beaux villages de France avec ses ruelles en calade qui s'insinuent entre les maisons hautes, bâties à même le roc, agrippées contre ses flancs. Ils prennent le temps de lire l'histoire et les légendes de ce pittoresque village.

— Comment font les gens pour vivre dans un endroit pareil? Il faut être drôlement en forme pour marcher. Si on commençait par visiter le musée? propose Lucille.

— J'avoue que ce n'est pas ma tasse de thé, mais j'ai souvent fait des découvertes intéressantes au moment où je m'y attendais le moins, répond Marc, curieux de tout découvrir.

— Allons-y! J'aimerais admirer un authentique Chagall.

— Si ça peut te faire plaisir.

Enchantée, Lucille se délecte. Elle regarde les œuvres d'art avec un étonnement admiratif. Ses connaissances en peinture faisant partie de sa culture générale, elle souligne à Marc l'agencement des couleurs et les émotions qui s'éveillent en elle devant ces quelques maîtres dont les tableaux étaient devenus un symbole intemporel de la beauté.

— J'en mettrais bien un dans mon salon, de commenter Lucille.

— Les prix sont devenus exorbitants. Peu de gens peuvent se payer un authentique Édouard Manet.

— Ce n'est pas malsain de rêver.

Ils se dirigent ensuite vers Vaison-la-Romaine. Située entre les Alpes et la Méditerranée, cette ville verdoyante les enchante. En parcourant l'Ouvèze, tous les deux cultivent la même pensée.

— Si on avait apporté une couverture, on aurait pu s'étendre et prendre le temps de goûter ce moment. Ces coloris de vert me fascinent. J'en suis émue. Quel privilège d'être ici avec toi. Tu es conscient que la vie est bonne pour nous?

— Avec toi, je vois la vie avec des yeux neufs. J'apprends à admirer les beaux paysages, l'architecture, les œuvres d'art. Tout ça m'inspire. Une couverture, faire l'amour!

Consciente de son sens inné pour la contemplation, Lucille est heureuse que la vie lui permette de vivre ces beaux moments. « Je ne sais pas si Dieu existe, mais je sens le besoin de dire merci à un Être Suprême qui a créé tant de beautés. »

Après avoir marché dans les ruelles de Carpentas, Marc commence à montrer des signes de fatigue.

— Une pause ma belle? J'ai envie de faire comme eux, relaxer, prendre un verre. Pourquoi ne pas profiter du soleil? Je commence à avoir les jambes fatiguées.

– Viens mon vieux, nous allons nous asseoir. Il faut te ménager. J'ai une idée à te soumettre.

– Ne ris pas. J'admets que tu es plus en forme que moi. Si j'avais su que je rencontrerais une femme comme toi, je me serais abonné dans un centre de conditionnement physique pour être plus résistant.

Ils s'installent à la terrasse d'un bistrott face au soleil et Marc commande une bouteille de rosé.

– Quelle idée! À 14 h, tu veux me soûler? s'exclame Lucille qui se souvient encore des effets de l'après-champagne.

– J'essaie de mettre les chances de mon côté, de ralentir tes ardeurs. Parle-moi plutôt de ton projet.

– J'ai vu que l'on pouvait louer une bicyclette. Que dirais-tu si demain nous faisions l'ascension du mont Ventoux?

– Tu es malade ou quoi? Ce trajet fait partie du Tour de France. Tu penses pouvoir monter à une altitude de 9 000 mètres en vélo? lance Marc en tentant de la dissuader.

– J'aimerais essayer, dit-elle le plus sérieusement du monde.

– Hum! Je peux te suivre en auto?

– Sofia m'a affirmé qu'elle était montée jusqu'en haut. Ça lui a pris trois heures et demie.

– Bravo pour Sofia, mais ne compte pas sur moi.

– Essaye d'abord. On fera des arrêts au besoin. Moi qui pensais avoir rencontré un gars en forme.

—     Pour le sexe, oui. Hum! Franchement bon ce petit rosé! dit-il pour changer le sujet de conversation.

—     L'art de faire diversion. Je t'ai bien eu, car je blaguais. Je n'ai pas l'intention de m'éreinter pour ne plus être capable de profiter du reste de mon voyage. Je n'ai plus rien à prouver. Finis ton vin, je vais plutôt dévaliser quelques boutiques.

—     Le contraire m'aurait surpris. Je pense que c'est important pour une grand-mère d'apporter quelques souvenirs à ses petits-enfants.

—     Impossible de revenir les mains vides. Je veux aussi gâter mes filles. Pas de souvenirs pour les tiens?

—     Je ne saurais même pas quoi leur offrir. Ils s'achètent tout ce qu'ils veulent. De plus, lorsqu'ils voyagent, ils ne pensent jamais à leur vieux père.

—     Ça te chagrine?

—     Oui et non. Je ne suis sûrement pas le seul à vivre ce genre de choses. Les enfants sont plus près de leur mère, ajoute Marc.

—     Tu es resté en bons termes avec ton ex? questionne Lucille.

—     Nous nous parlons de temps à autre. Elle sait que je suis présentement en voyage avec toi. Elle aussi voudrait visiter la Provence avec son nouveau copain. Mais lui n'est pas encore retraité.

—     Je m'étais promis de ne pas te parler de ton passé, ajoute Lucille. À quoi bon faire l'inventaire de nos échecs?

—     Je peux en parler, mais sans entrer dans les détails. Lorsque nous vivrons ensemble, il y aura sûrement des allusions de part et d'autre. C'est dans l'ordre normal des choses. Le passé nous marque et même parfois, il nous rattrape.

— Dis-moi, est-ce que je peux apporter des souvenirs à tes enfants?

— Tu ne connais pas encore ma fille Jasmine.

— Un jour, je vais la rencontrer, et puis elle doit bien tenir un peu de toi?

— Évidemment, mais elle a des réserves sur nos projets d'avenir.

— Elle est contre notre union?

— Non, mais elle ne veut pas rencontrer ta fille. Je ne sais pas ce qui s'est passé entre elles, mais la connaissant, elle ne reviendra pas sur sa décision.

— On peut l'inviter avec sa compagne, sans la présence de Cassandre.

— Une étape à la fois, ensuite on verra comment agir. Tu as besoin d'argent? poursuit Marc en mettant la main sur son porte-feuille.

En un coup d'œil, la physionomie de Lucille change.

— J'ai encore dit quelque chose qu'il ne fallait pas? s'inquiète-t-il.

— J'ai assez de sous pour acheter des babioles à ma famille. Je ne possède pas tes moyens financiers, mais je peux me débrouiller, dit-elle sèchement, visiblement blessée par la proposition.

– Je ne voulais pas te vexer. Je m'excuse.

« J'aurais dû me taire. Ce n'était pas très adroit de lui poser ce genre de question connaissant son besoin d'indépendance », se dit Marc intérieurement.

– Merci quand même. À plus tard.

Lucille se promène de boutique en boutique sans pouvoir arrêter son choix sur ce qui ferait plaisir à ses deux petits-fils. Pour ses filles, le choix est facile : deux belles nappes aux couleurs vives qui ajouteront de l'ambiance dans leur salle à manger. Pour les garçons, elle va attendre d'être à Paris.

De retour à la table où est installé Marc, elle remarque la bouteille de rosé vide, et un pichet de vin blanc déjà entamé.

– Quand le chat n'est pas là, les souris dansent!

– De quoi parles-tu? Je me sens si bien là! dit-il avec un sourire expressif.

– As-tu l'intention de t'enivrer?

– Le patron m'a gentiment offert ce pichet. Je ne pouvais pas lui refuser ce plaisir. Justement, je t'attendais pour que tu puisses y goûter. Il est encore meilleur que le rosé.

Marc lui offre son verre.

– Tu ne penses pas conduire dans cet état? dit-elle en dégustant une gorgée de ce vin frais et vivifiant. J'admets qu'il est bon.

Avec la bouche un peu pâteuse, Marc se défend :

– Ma douce, pas de drame pour quelques verres de vin. Tu prendras le volant! Tu conduis aussi bien que moi.

– Je peux conduire ta voiture? N'oublie pas qu'elle est louée. Tu es le conducteur officiel. À ce que je sache, je n'ai rien signé.

– Ça n'a aucune importance. Ici, tout le monde il est gentil. Si un policier t'arrête, il te draguera, tellement tu es belle. J'aime te voir dans cet état. Tes yeux pétillent.

« J'espère que chez lui ce n'est pas une habitude », pense Lucille qui n'apprécie pas beaucoup les débordements en public.

– Allez, sers-toi. Tiens, j'ai une idée. Pourquoi ne pas se trouver un endroit près d'ici pour dormir? J'ai envie de te faire l'amour, là, maintenant!

– Pas certaine que tu sois en état de mettre ton projet de l'avant, ironise-t-elle.

– Tu me connais mal. Je n'ai pas oublié mes petites pilules bleues.

– Je sais que tu penses à tout. Si on mangeait quelque chose. Je meurs de faim.

– C'est de toi que j'ai envie.

– Marc baisse un peu le ton, les gens nous regardent.

– Puis après! Je t'aime et j'ai envie de le crier à la terre entière, ajoute Marc en se levant.

« Qu'est-ce que je fais? Je le ramène ou je cherche un hôtel? Depuis deux semaines, tout allait si bien. Pourquoi a-t-il bu autant? Il est peut-être fâché parce que j'ai refusé qu'il me donne de l'argent. Il va falloir qu'il s'habitue. Je veux bien accepter des cadeaux, mais je ne veux pas me faire entretenir. Si cela ne fonctionne pas entre nous, je ne veux rien lui devoir. Après tout, j'ai ma fierté. » Le tourbillon des pensées vient troubler le charme de cet après-midi et Lucille regarde son amoureux en se demandant si elle doit rire ou s'alarmer devant cette situation.

– Es-tu assez solide pour tenir sur tes jambes?

– Tu me penses ivre, je suis un peu mou, c'est pas pareil. Si tu veux rentrer à Brantes, tu conduis. Tu trouveras bien le chemin?

– Avec toi comme navigateur, pas de problème.

À ces mots, Marc éclate de rire. Lorsqu'il parle, il rit en se tenant les côtes. Les gens autour se bidonnent en le regardant. Il s'éponge les yeux avec la serviette de table. Lucille l'observe, médusée. Elle ne comprend pas cette boutade à double sens. Veut-il la narguer?

– La navigation t'amuse à ce point?

Le voilà plié en deux, incapable de prononcer une seule parole, riant sans retenue. Lucille décide de se verser un verre de vin en attendant qu'il se calme. Une dame assise près d'elle lui glisse à l'oreille :

– Ils deviennent tous cons lorsqu'ils ont un verre dans le nez, ne vous en faites pas.

Elle commence à avoir franchement honte du comportement de Marc.

– Tu me cherches? Si tu n'arrêtes pas, je pars avec l'auto et je te laisse ici.

Marc s'arrête de rire d'un coup sec.

— Je déteste les femmes qui font des menaces, ce sont des éteignoirs.

Lucille ne sait plus comment réagir. Les dernières paroles de Marc lui font mal. Certains souvenirs refont surface : on me disait souvent que je ne savais pas comment m'amuser, comment me mettre au diapason des gens? Pourquoi Marc a-t-il subitement changé? Se montre-t-il sous son véritable jour? rumine-t-elle en retenant sa colère.

— Marc, je veux tout simplement comprendre pourquoi tu ris.

— Parce que je me revois en train d'étendre la carte sur le capot de la voiture. Je me sentais tellement idiot. Alors, lorsque tu m'as parlé de navigateur, ç'a été plus fort que moi.

— Ouf! Tu m'as fait peur. Je pensais que tu riais de moi.

— Je n'oserais jamais. Un homme averti sait qu'il peut recevoir les pires foudres du Seigneur s'il manque de respect à une femme.

— Surtout envers une femme de caractère. Allez monsieur, nous avons de la route à parcourir.

— Tu ne veux pas venir baiser avec moi? J'en ai envie. Tu m'inspires!

— Je te parie tout ce que tu voudras qu'une fois étendu sur un bon lit, tu t'endormiras comme un bienheureux.

Marc se lève péniblement, accroche une chaise sur son passage, mais réussit à se rendre à la voiture sans faire honte à Lucille.

–   Madame, voilà les clés. Tu veux bien t'arrêter quelque part pour acheter de quoi manger. Je ne suis pas en état de mijoter des petits plats.

–   Parce qu'en plus d'être la risée du resto, il va falloir que je te nourrisse.

–   Une fois n'est pas coutume. Je te jure sur la tête de mes enfants que pour le reste de mes jours, je serai ton chevalier servant.

–   Quel genre de moineau es-tu?

–   Le genre d'homme que toutes les femmes aimeraient avoir dans leur lit, lance-t-il en gonflant le torse.

–   Ce n'est pas la modestie qui t'étouffe.

Lorsque Lucille démarre la voiture, Marc appuie sa tête contre le dossier et il se laisse sombrer dans le sommeil. Il enterre littéralement le bruit du moteur de l'automobile par ses ronflements irréguliers.

« Pourvu que je trouve mon chemin facilement, » se dit Lucile un peu inquiète.

Marc dort profondément durant tout le trajet. Même lorsque Lucille s'arrête chez un traiteur pour acheter des victuailles, il n'a conscience de rien. En arrivant à l'appartement, elle le bouscule gentiment.

–   Où sommes-nous? dit-il en cherchant à reconnaître les lieux.

–   À Brantes, mon cher. Tu as réussi à reprendre tes esprits?

– Je crois que j'ai un peu exagéré. J'ai mal à la tête. Je vais prendre deux aspirines, une bonne douche et après je te prépare un bon dîner.

– Pas la peine, j'ai acheté tout ce qu'il faut. Je suis une grande fille, je peux me débrouiller.

– Je n'en ai jamais douté ma belle.

Lucille dresse la table, met le coq au vin au four et se verse un demi-verre de rosé. Lorsque Marc réapparaît, il aborde d'un air repentant.

– Tu m'en veux? Je suis un idiot!

– Si tu m'assures que ce n'est pas dans tes habitudes, tu es pardonné. Tu avais quelque chose à fêter ou un irritant à oublier? Je veux comprendre.

– Ni l'un, ni l'autre. Je me sentais bien. Je regardais les gens qui étaient seuls et je me disais que j'avais de la chance de t'avoir rencontrée.

– C'est gentil. Moi aussi, je trouve que j'ai de la chance.

Ils passent la soirée à se remémorer les beaux paysages qu'ils ont vus, les petits marchés où les gens semblent avoir gardé une phi-losophie de vie tellement agréable, comme si le temps leur ap-partenait. La bonhomie des habitants de la Provence, l'histoire reliée à cet endroit magnifique, les maisons de pierre ancrées sur des collines, la majesté de ce mont qui s'offre à leurs yeux, tout cela les remplit de joie.

– Je dois absolument mettre sur papier tout ce que j'ai vu. Dans mes vieux jours, je pourrai relire tous les moments que nous avons vécus ensemble, dit Lucille en caressant la joue de Marc. Quelle belle rencontre que la nôtre!

* * *

Pour leur séjour à Paris, Marc a loué un deux pièces dans un charmant hôtel parisien. À quelques rues de leur appartement, ils peuvent admirer la tour Eiffel scintiller de mille feux.

Malgré l'heure tardive de leur arrivée et la grisaille de la mi-novembre, Lucille souhaite se promener sur les quais de la Seine, aller prendre un café dans un bistrot typique de Paris, écouter l'accent des gens, se mêler à la vie trépidante des alentours.

– Tu n'es jamais fatiguée toi? questionne Marc.

– Je rêve depuis si longtemps de visiter la Ville-Lumière. Je veux tout voir. Qui sait, il se peut que ce soit mon dernier voyage.

– Pourquoi dire une chose pareille?

– Je ne sais pas ce que me réserve l'avenir, ajoute-t-elle pensivement.

– Tu doutes de tes sentiments? Tu n'aimes pas voyager avec moi? s'alarme Marc.

– Tu es un homme adorable, mais plein de contradictions. Je marche souvent sur des œufs. Tu aimes bien contrôler et moi aussi. Il y a des jours où j'aurais envie de te tordre le cou, et le lendemain je suis convaincue que je ne pourrais plus me passer de toi.

– Paradoxal ce que tu dis, mais charmant! L'amour provoque une série d'expériences physiques.

–    Je le vois bien. Il y a des explosions et des étincelles. Je ne veux pas gâcher notre séjour en prenant tout trop au sérieux. À notre retour, nous verrons où nous en sommes, conclut-elle avec sagesse.

« Pourquoi lui avoir parlé tout de suite de mes appréhensions? Tous les couples du monde doivent vivre certains différends », se dit Lucille, s'emmitouflant dans un gros chandail de laine, prête à sortir.

–    Sans vouloir être alarmiste, je te suggère de laisser ton sac à main ici. Ce sera plus prudent. Attends-toi à ce que les gens ne soient pas aussi chaleureux qu'en Provence. Ils n'aiment pas particulièrement les Québécois.

–    Ne t'en fais pas pour moi. Je me suis documentée. J'ai appris leur parlure.

–    S'il te plaît, ne dénature pas notre si belle langue.

–    Je ne veux pas faire rire de moi. C'est tout simple!

–    Je suis surpris que toi, une ancienne maîtresse d'école, tu veuilles les imiter.

–    Tu as raison. Moi aussi, je suis faite de contradictions, admet Lucille. Pourquoi changer ce que nous sommes?

Marc se plie de bonne grâce aux demandes de Lucille. Ils marchent main dans la main, se promènent sur les quais et apprécient les ambiances festives.

–    Si on revenait demain. Je ne me sens pas très brave. Il y a plus, sinon autant d'itinérants que chez nous, souligne Lucille.

317

–     Je suis de ton avis. Mais que dirais-tu d'une brioche et d'un bon café d'abord?

–     À la condition que je puisse te l'offrir, propose-t-elle en éclatant de rire. Je t'invite!

Durant ces dix jours, ils visitent tous les attraits touristiques de la ville. Lucille adore le charme de Montmartre et du Sacré-Cœur. En entendant les orgues résonner dans cette immense cathédrale, elle n'a rien fait pour retenir ses larmes. Malgré que sa foi catholique soit chose du passé, elle a prié pour sa famille, ses amies, et pour l'homme qui l'accompagne. « Seigneur, si c'est vous qui l'avez mis sur mon chemin, donnez-moi la recette pour que nous soyons heureux. Amen! »

Marc, voulant immortaliser leur séjour, tente de convaincre Lucille de poser devant une portraitiste.

–     N'y pense même pas. Si j'étais plus jeune, peut-être, mais pas à mon âge.

–     Tu n'as pas le droit de me priver de ce cadeau. Fais-le pour moi!

–     Tu ne trouves pas que l'original, c'est encore mieux.

–     Si on s'arrêtait pour prendre un verre, je veux poursuivre la conversation que nous avons amorcée en arrivant à Paris.

–     Pourquoi ne pas attendre? propose Lucille, se sentant tout à coup inquiète. « Et si c'était mon dernier voyage avec lui. Il n'a pas dû aimer certains traits de mon caractère. Après un tel voyage, ce sera peut-être la fin d'un beau rêve. »

— Parce que depuis ce temps-là, je me pose toutes sortes de questions. Je ne sais plus sur quel pied danser. Il faut me dire le fond de ta pensée.

— À une condition : cette fois-ci, je veux t'inviter. On mange et on cause! dit-elle en imitant l'accent français.

« Je suis plus sereine depuis quelques jours, mais on dirait que Marc a changé. Comme d'habitude, j'ai encore parlé trop vite. Je lui ai dit ce que je pensais au moment où je le vivais, mais j'aurais dû attendre, car il a peut-être mal interprété mes états d'âme. Maintenant, je ne peux plus me dérober. »

Ils s'installent à une table un peu en retrait. Le serveur, fort occupé, demande à Marc ce qu'ils veulent prendre.

— C'est madame qui décide aujourd'hui, fait-il en lui remettant le menu.

Le garçon montre des signes d'impatience, ce qui irrite Lucille.

— Si vous ne voulez pas nous servir, nous pouvons aller ailleurs, lui dit-elle en l'observant. Ce n'est pas le choix qui manque!

— Ma p'tite dame, ne vous fâchez pas, dit le garçon avec un air condescendant.

Lucille retient sa colère. Elle fulmine.

— Je ne suis pas votre p'tite dame. Apportez-moi votre meilleure bouteille de blanc.

Marc lui dit tout bas :

— Lucille, tu ferais mieux de regarder d'abord la liste des vins.

Sans écouter les paroles de Marc, elle plonge :

— J'ai dit…, votre meilleur.

Le serveur est reparti en jetant un œil complice à Marc.

— Pourquoi avoir agi de cette façon? Il te manipule!

— Je déteste qu'on sous-estime la femme.

— Tu as raison de t'être emportée sur ce point, mais tu vas en payer le prix. Avant qu'il débouche la bouteille, demande-lui au moins combien elle coûte.

— Pas question. Mais qu'il ne s'attende pas à un pourboire.

Lucille ne démord pas. Elle attend le serveur avec un regard furieux. L'incident l'a visiblement mise hors d'elle.

— J'ai une idée, propose Marc à voix basse. Si on quittait la place sans se faire remarquer. Ton honneur serait sauf et ton portefeuille plus pesant, lui dit-il en plaisantant.

Consciente qu'elle venait de gaffer encore une fois, elle soupèse la suggestion. Retrouvant sa spontanéité, elle se lève d'un bond. Ils quittent l'endroit en contournant plusieurs tables. Deux rues plus loin, ils pouffent de rire.

— On a l'air de deux voleurs. Je suis désolée. Je n'aurais pas dû m'emporter. Si on arrêtait dans ce petit bistrot, je te laisse commander le vin, mais je paie la facture.

— Marché conclu, sauf que moi, je vais prendre un allongé. J'ai besoin de m'éclaircir les idées.

Lucille sent son estomac se nouer. Marc redevient plus sérieux.

– De quoi veux-tu parler précisément?

– De nous deux. Je fais rarement de l'introspection, mais je voudrais savoir ce que tu penses de moi?

– Je me pensais directe, mais tu ne donnes pas ta place. Je ne sais pas par où commencer, dit-elle en s'installant à une table près de la fenêtre entrouverte. Si la question est « Ce que je pense de toi », je suis prête à répondre. Tu es un homme charmant, plein d'attention et de délicatesse. Ton physique me plaît et tu fais l'amour divinement.

Lucille arrête de parler un moment. Marc est pensif :

– Je suis si parfait?

– Nuances! Tu as quelques défauts. Je les découvre petit à petit.

– Lesquels?

– J'ai peur de te vexer. Quelquefois, tu es contrôlant. Tu choisis avant et ensuite tu me fais part de ta décision. Je pense que tu aimes que les choses soient faites à ta manière. J'aimerais que tu me demandes mon avis plus souvent.

– Tu n'as pas encore digéré l'achat du condo? C'est ça?

– En partie seulement. Notre différence financière me fait peur. Je voudrais choisir des accessoires à la limite de mes moyens, mais je sais bien que je te priverais alors de biens plus chics que tu aimerais avoir. Je ne m'attendais pas à ce que tu m'offres un tel voyage, par exemple, alors comment vais-je pouvoir te retourner l'ascenseur? Je me sens en dette envers toi!

Marc veut intervenir, mais Lucille met un doigt sur ses lèvres.

– Bientôt, j'aurai trois petits-enfants, toi tu n'en as pas. C'est un autre aspect qui me chicote. Je ne veux pas me priver d'eux parce tu es dans ma vie. J'ai deux grandes amies, est-ce que j'aurai encore du temps pour elles? J'aime avoir de bons moments avec des gens que j'aime, en dehors de notre relation. Denise part pour six mois, et Madeleine aime avoir de la compagnie. Pas question de les laisser tomber. Je veux être là, si elles ont besoin de moi. Vas-tu accepter cela?

– Est-ce que je peux parler maintenant? ose-t-il demander.

– Oui! À la condition que tu ne sois pas trop dur avec moi. Je suis une femme sensible malgré les apparences.

– J'ai eu peur. Peur que tu sois malheureuse. Je croyais que tu voulais rompre. Tu n'es pas la première à me dire que je suis un genre de « boss » envahissant. Mon ex pourrait t'en parler. Je vois bien qu'il y a place à l'amélioration. Maintenant, je me sens prêt à faire des efforts pour changer.

Marc a pris une intonation profonde et sa voix trahit de l'émotion. Il reprend.

– Parlons d'argent maintenant. Je veux profiter de la vie pendant que je suis encore en santé. J'ai les moyens de voyager, d'habiter un bel appartement, de me payer une voiture à mon goût. Pourquoi m'en priver? Je comprends ton malaise. Mais ça, je n'y peux rien. Je ne te demande rien, sauf de me laisser nous gâter un peu.

Lucille comprend cette mise au point, car elle s'en voudrait de le priver de certains plaisirs au nom de principes stupides. « S'il le veut, pourquoi le freiner sans arrêt? »

—    L'autre point, ce sont les autres. Notre couple n'est pas une prison. Tes petits-enfants seront toujours les bienvenus chez nous. Au début, je n'aurai peut-être pas le tour avec eux, mais je les aime déjà. En plus, j'ai un faible pour les garçons. Quand ils seront plus vieux, j'aimerais faire du sport avec eux. Je n'ai pas l'intention de t'emprisonner. Tu peux voir tes amies quand tu voudras. Je n'ai pas besoin d'une femme à mon service à plein temps. Il me reste seulement deux contrats à terminer et après, je pense prendre définitivement ma retraite. Je vais me trouver de nouveaux loisirs. Il y a plein de choses que j'ai voulu entreprendre, mais il me manquait du temps. Certains loisirs seront partagés, mais d'autres nous permettront de meubler, chacun de notre côté, selon nos centres d'intérêt.

—    Comme quoi? demande-t-elle.

—    Jouer au bridge, me perfectionner au golf, apprendre une troisième langue.

—    Intéressant! Est-ce que je ferai partie de tes projets?

—    J'aimerais bien que tu puisses m'accompagner au golf. Je te paierai des cours, si tu veux. Oups! Excuse-moi. J'ai encore dit un mot de trop.

—    Je ne m'attends pas à ce que tu changes radicalement. Moi non plus, je ne suis pas parfaite. Je dois accepter de me faire gâter. Dans ma vie, j'ai souvent donné, mais c'est difficile pour moi de recevoir. Comme toi, j'ai toujours été une meneuse. À l'école, j'élaborais des projets. C'était pour moi une façon de me faire aimer, apprécier. Je dis souvent tout haut ce que je pense tout bas. Je manque quelquefois de diplomatie. Tu penses que nous pourrons nous adapter?

– C'est évident que l'on devra faire des concessions, mais pour ma part, je te le redis, je n'ai pas l'intention de vieillir seul.

– Si ce n'est pas avec moi, ce sera une autre? constate Lucille avec le regard troublé de larmes.

– Lucille, c'est toi que je veux. C'est en ta compagnie que je veux découvrir et bâtir ma vie. Accepteras-tu de partager cela avec moi? dit-il en lui prenant la main.

– Pourquoi cette déclaration? Tu as peur que je m'évapore?

– Je suis toujours inquiet que des malentendus se glissent entre nous. Je pense à mon ex. Je n'ai jamais eu ce genre de conversation avec elle. Elle serait surprise.

– Durant notre voyage, tu as souvent fait allusion à elle. Est-ce qu'elle te manque? As-tu encore des sentiments pour elle?

– Pas une miette. C'est normal que j'en parle, nous avons vécu une trentaine d'années ensemble. C'est difficile pour moi de la rayer de ma mémoire, tellement il y avait des réactions automatiques entre nous. Je veux me défaire de ces habitudes inutiles et réinventer ma vie.

– Je comprends. Moi, ce sont mes habitudes de vivre en solitaire qui me hantent. Je décidais au pif. Je planifiais peu et mes coups de cœur prenaient une place importante dans ma façon de vivre.

– Nous avons fait des progrès pour nous adapter. De part et d'autre, jusqu'ici, ajoute Marc, toujours en attente de sa réponse.

–   Pour le moment, j'ai hâte de rentrer. Je m'ennuie de mes filles et de mes petits-enfants. Je ne sais pas ce qui m'attend avec Annie. Je me questionne sur plusieurs choses.

–   Quels que soient vos différends, j'espère que tu pourras faire la paix avec elle, la rassure-t-il. Le bonheur de nos enfants, ce n'est pas négociable!

Malgré les paroles conciliantes de son amoureux, Lucille a des papillons dans le ventre. Avant de rencontrer Marc, sa relation avec Annie avait été relativement harmonieuse. En choisissant de refaire sa vie, les divergences avaient éclaté. Lucille hésite. Ce n'est pas d'elle ni de ses sentiments envers Marc qu'elle doute. Sortir de son rôle de mère lui demande une sorte de renoncement.

Il y a un deuil à faire pour elle. Celui de l'exclusivité de son affection. « Pourquoi Annie ne comprend-elle pas que je suis heureuse avec cet homme et que jamais je ne la laisserai de côté? Elle devrait pourtant savoir qu'une mère n'abandonne jamais ses enfants. » Elle prend la main de son compagnon et ajoute :

–   J'ai besoin d'y réfléchir encore. Ne m'en veux pas!

# Chapitre 23

Le retour au Québec, alors qu'un léger manteau de neige immaculée a recouvert les rues de Montréal, fait à nouveau s'émerveiller les deux voyageurs. « Quel décor féérique! Nous avons passé de la grisaille de Paris au blanc lumineux d'ici et notre regard est plus attentif à ce qui nous entoure », constate Lucille. Après avoir déposé leurs bagages à Saint-Lambert, ils se dirigent vers Laval pour voir l'évolution des travaux de leur futur condo. À leur grand étonnement, la division des pièces est déjà complétée et le revêtement des planchers terminé. Ils peuvent maintenant choisir la couleur des murs et les luminaires.

Lucille ne tient pas en place. Elle veut téléphoner à Annie le soir même, mais la crainte d'une confrontation la paralyse. Pour mieux prévoir ses arguments, elle décide de s'entretenir d'abord avec Cassandre pour connaître l'état d'esprit de son aînée.

— As-tu fait un bon voyage? J'ai reçu tes deux cartes postales, mais tu as été plutôt avare de commentaires personnels.

— J'ai fait un voyage de rêve. Je me sentais comme une petite fille qui découvre le monde.

Lucille résume les endroits enchanteurs qui l'ont le plus impressionnée.

– Puis avec ton chum? Votre premier voyage...

– Marc a été un compagnon vraiment agréable même si j'ai découvert quelques aspects de son caractère que j'ignorais. Normal! Il connaissait déjà la Côte d'Azur et Paris; il a été à la fois un guide et un amant. Évidemment, je passe les détails. Il s'est plié à toutes mes demandes. La découverte de la Provence entre autres choses a été l'un de nos plus beaux moments. C'est un véritable paradis, coupe Lucille, désireuse d'aborder un point plus délicat.

– Si je lis entre les lignes, tu vas habiter avec lui?

– Oui, nous aménagerons dans notre condo dès qu'il sera prêt. Et toi, tes projets avec Catherine, ça avance?

– Nous partirons dans six mois, à moins d'un imprévu. On ne connaît pas encore notre destination; on attend des nouvelles de l'organisme. Mais dis-moi, les présentations officielles auront lieu quand? lui demande Cassandre d'un ton moqueur.

– Nous avons l'intention de terminer notre installation avant. Lorsque nous aurons emménagé, je me sentirai vraiment chez moi. Comme je vis encore chez Marc, je me sens moins à l'aise pour vous recevoir.

– Ben quoi! Il n'est pas sociable? ajoute-t-elle en voulant narguer sa mère.

– Au contraire! Je suis certaine que vous allez bien vous entendre. Il adore recevoir et c'est un fin causeur. Au fait, as-tu eu des nouvelles d'Annie récemment?

– Quoi! Tu ne l'as pas encore appelée? Elle ne t'a rien dit...

—   Je me demandais si elle ne me tenait pas rigueur de notre dernière mise au point. Tu dois sûrement être au courant qu'avant mon départ, nous nous sommes disputées.

—   Il faut qu'elle soit encore en colère, sinon, elle te l'aurait dit.

—   Quoi donc? Que me cache-t-elle? Arrête de me faire languir.

—   Ben, c'est plutôt triste. Elle a perdu son bébé.

—   Tu veux dire que? Non!

—   Tu as bien compris, elle a fait une fausse-couche. Tu ne le croiras pas. Elle m'a téléphoné pour avoir des conseils de Catherine. Elle était paniquée. Mais tout est vite rentré dans l'ordre. Elle a été secouée, vraiment.

Lucille sent ses jambes se dérober devant une telle nouvelle : « Ma fille avait besoin de moi et je n'étais pas là pour l'aider. » Un tourbillon d'émotions alimente soudain sa culpabilité.

—   Tu ne dis rien! Ça va? s'inquiète Cassandre en entendant le souffle court de sa mère.

—   Pauvre chouette! En plus, j'étais loin, réussit-elle à dire en cherchant un tabouret pour s'asseoir.

—   À ta place, j'irais la voir. Elle a besoin de toi. Tu la connais, elle ne peut pas se passer de sa maman bien longtemps. Tu demeures irremplaçable, même si nous avons toutes les deux été d'un grand support et son mari aussi.

— Évidemment, elle n'était pas seule. Mais je l'appelle tout de suite. Tu veux bien m'excuser. On se parle plus tard, conclut rapidement Lucille.

Lucille reste là, pétrifiée. « Je me sens tellement coupable. Quel gâchis! Pourquoi ne pas avoir fait la paix avec elle avant mon départ? Est-ce que je suis égoïste? »

Pouvant lire le désarroi de Lucille sur son visage, Marc s'approche et il la prend dans ses bras.

— Qu'est-ce qui t'arrive? Tu es blanche comme un drap. Tu as eu une mauvaise nouvelle?

En essayant de lui résumer la situation, les larmes refoulées depuis un moment deviennent impossibles à retenir.

— Annie a perdu son bébé. Je dois aller la voir. Perdre un enfant, c'est la chose la plus horrible qui puisse arriver à une femme.

— Veux-tu que je t'accompagne?

— J'aimerais mieux pas! La situation est assez compliquée. On remet le magasinage à plus tard? Je voudrais passer un moment avec elle.

— Je comprends très bien. L'important c'est ta fille. J'irai faire du repérage dans les magasins. Prends tout ton temps.

« Même si je ne suis pas mère, je peux comprendre que Lucille soit dans tous ses états. Durant le voyage, elle ne m'a jamais parlé d'Annie. Que s'est-il passé entre elles? » se questionne Marc.

Arrivée devant la maison de sa fille, Lucille a les mains moites. L'inquiétude se mêle à sa crainte d'avoir failli à son premier devoir, celui d'être une bonne mère.

Lorsque Mathis aperçoit la voiture de sa mamie garée devant la maison, il se précipite pour lui ouvrir la porte.

— Mamie, t'es revenue. Pourquoi t'es pas venue avec le monsieur à la belle voiture? dit-il en se jetant dans ses bras.

— Parce qu'il était occupé aujourd'hui. Referme la porte, tu vas prendre froid. Où est ta maman?

Mais Mathis n'a qu'une idée en tête.

— M'as-tu apporté un cadeau? J'ai été très sage, tu sais.

— Oui, mais je suis partie trop vite et je l'ai oublié. La prochaine fois, je te l'apporterai, lui avoue-t-elle en riant. Tu peux bien attendre encore un jour ou deux!

Cet accueil spontané l'apaise un peu. Annie a reconnu la voix de sa mère. Elle remonte du sous-sol, tenant un panier de linge sale entre ses mains. En voyant sa mère, elle a d'abord un mouvement de recul, comme si elle se retenait de montrer son émotion. Lucille se prépare au pire. Mais son cœur de mère lui dicte les gestes à poser. Elle la rejoint et lui ouvre les bras, sans rien dire. Annie vient blottir sa tête dans le cou de sa mère et, incapable de retenir ses larmes, elle éclate en sanglots.

— Allez, je suis là. Comment te sens-tu? Cassandre m'a tout raconté. Je suis tellement triste pour toi, murmure-t-elle doucement en lui caressant le dos avec compassion.

—    Physiquement, ça va, mais c'est difficile. J'essaie de faire mon deuil. Je me sens tellement fatiguée, si tu savais.

—    As-tu été à l'hôpital? Simon était avec toi?

—    Le médecin a cru bon de faire un curetage. Simon ne comprend pas que j'aie autant de peine. Même si...

Les larmes coulent aussi sur les joues de Lucille, qui voudrait tant trouver les mots qui consolent, qui effacent la blessure.

—    J'étais à douze semaines et je l'aimais déjà tellement mon bébé. En plus, tu n'étais pas là pour me dire quoi faire, ni pour garder les petits. C'est ma belle-mère qui les a pris pour deux jours. Tu m'as tellement manqué maman.

—    J'ignorais que ça pouvait arriver. Tu allais si bien à mon départ. Et aux deux premiers, tu avais vécu des grossesses sans problèmes. Tu n'as pas pensé appeler Madeleine? C'est ta deuxième mère ou presque!

—    Je l'ai fait, mais elle ne pouvait pas. Elle aussi vit des choses difficiles. Pourquoi ne pas m'avoir téléphoné? Tu aurais su, au moins.

« Comment expliquer à Annie que j'avais besoin de vivre ce moment pour moi seule, que ses critiques et ses réactions négatives m'ont bouleversée. Que les mères sont aussi des femmes? »

—    Parce que j'avais de la peine, après notre querelle. Mais crois bien que je regrette de ne pas avoir pu t'aider à vivre cette grande perte. Tu vas voir, dans quelques jours, tu reprendras courage. Je suis là maintenant. Viens et raconte-moi tout.

Annie essuie ses joues mouillées et, au bras de sa mère, se dirige vers la cuisine. Pendant qu'elle prépare du café, Lucille ose la questionner, d'une voix douce.

— Quand l'as-tu perdu?

— Il y a six jours. Je ne veux plus avoir de bébé, c'est trop difficile. M'man, je n'arrive pas à passer à autre chose. Ça m'obsède. Pourrais-tu garder les garçons quelques jours. J'ai besoin de récupérer.

— Avec plaisir, ma grande. Je retourne chercher des vêtements chez Marc et je viens m'installer ici le temps qu'il faudra. C'est une excellente idée.

— Je n'ai pas la force de partir. Je voudrais que tu les gardes chez ton chum, et moi, je pourrais rester ici à me dorloter un peu.

— Mais l'appartement de Marc n'est pas assez grand. Il n'y a pas assez d'espace pour coucher les petits. Je dois lui en parler d'abord, si tu permets.

— Une précision : je te demande d'être toujours là avec eux. Je serais plus rassurée.

Ces derniers mots provoquent une réaction immédiate : « Ma fille ne pense quand même pas que Marc est un... lui qui aime tant les enfants! Annie est toujours si négative. Quand apprendra-t-elle à dire les choses sans blesser les gens? » Ne voulant pas envenimer la situation, Lucille se contente de la rassurer.

— Je vais essayer de m'organiser. Ne t'en fais pas. Pense à toi d'abord. Tout va s'arranger.

— Je savais que je pouvais compter sur toi. Tes petits-amours passent avant ton aventure. Je t'en remercie de tout cœur! fait Annie en lâchant un long soupir.

Annie est consciente d'avoir touché une corde sensible. La présence de sa mère lui a manqué, certes, mais elle a l'impression de reprendre ses droits. Les choses, croit-elle, se seraient passées autrement si elle n'était pas partie en voyage si loin, pendant si longtemps, sans même donner signe de vie. La perte de son bébé est un symbole, une conséquence de cet abandon qu'elle a ressentis.

Elles s'installent pour boire leur café. Annie ne parle que de la perte de son bébé, de l'incompréhension de son mari et de sa lourde tâche avec deux jeunes enfants. Bien malgré elle, la culpabilité de Lucille se transforme en regret. Pourquoi est-elle partie? Serait-elle indirectement la cause de cette fausse-couche?

Après de longues minutes d'hésitation, Lucille change peu à peu de point de vue. « Pourquoi Annie agit-elle de cette façon? Elle ne m'a jamais demandé comment s'est passé mon voyage, ni même mentionné l'aide de Cassandre et de Catherine. Suis-je en train de me laisser manipuler? se demande-t-elle, devant le comportement égocentrique de sa fille.

Lucille décide de suivre son intuition : primo, elle décide d'amener les garçons au restaurant pour le dîner puis, secundo, elle va tenter de trouver une solution qui convient à tous. Est-ce réaliste? Pendant que ses deux petits-fils préparent leurs affaires, Lucille rejoint Marc sur son cellulaire. Elle lui explique rapidement la situation. Marc lui emboîte le pas sans hésitation :

—   Pourquoi ne pas les amener ici? Je vais acheter deux matelas gonflables. On pourrait aisément les coucher dans notre chambre. De plus, ils pourront s'amuser dans la piscine. Nous louerons des films pour enfants. S'ils aiment les chats, Gaspard pourra les distraire. D'après mon voisin, il s'est beaucoup ennuyé. Ne t'en fais pas, on va se débrouiller. Ce sera une sorte d'aventure! ajoute-t-il avec enthousiasme.

—   Marc, tu es un amour. Je ne sais pas comment te remercier.

—   C'est un plaisir! Tu aurais agi de la même façon à ma place, j'en suis certain.

Annie semble réconfortée par cette prise en charge immédiate. Lucille lui annonce la bonne nouvelle. Elle est aux anges. Elle aura une semaine de congé.

—   Tu crois que c'est un homme fiable. Il n'a pas de petits-enfants. Je ne veux pas que tu les laisses seuls avec lui. On ne sait jamais, commente la jeune mère très protectionniste.

—   Là Annie, tu vas trop loin. Marc est un homme bien, très généreux et il m'a assuré qu'il aimait tes enfants. Arrête d'imaginer le pire!

—   Et si c'était un pédophile? Comment peut-il les aimer aussi facilement? Marc ne les a vus qu'une fois?

Stupéfaite par les propos de sa fille, Lucille fulmine. Être prudent ne veut pas dire devenir obsédé, tout de même. D'un ton qui se veut sans répliques. Elle lui lance :

—   Ne dis plus rien. Je m'occupe des enfants, un point c'est tout. Je les surveillerai tout en les laissant aussi s'amuser. Je prends ta voiture, car je n'ai pas de sièges d'enfants pour eux. Quand tu te sentiras mieux, tu me feras signe. Si dans une semaine je ne reçois pas de tes nouvelles, je te les ramènerai. C'est à prendre ou à laisser.

— Excuse-moi, j'ai les hormones dans le tapis. Je vais aller t'aider.

— Toi, tu ne bouges pas. Allez mes amours, dites au revoir à maman. Nous partons en vacances.

\* \* \*

Marc les accueille avec une bonne humeur contagieuse. L'installation qui se vit avec flexibilité démontre toute la patience que Marc a envers les enfants, même si ceux-ci semblent un peu désorientés. Après sa première nuit, Charles-Antoine rejoint Lucille avec un petit air triste. Il lui demande s'il peut retourner chez lui.

— J'ai une meilleure idée, lui dit Marc d'un ton enjoué. Que dirais-tu si ta mamie et moi allions vous acheter des jouets dès demain matin? Je connais un méga magasin où il y a plein de voitures.

— Cool! On peut acheter un ourson à Charlot? lui demande Mathis, conscient de la peine de son frère. Il adore les toutous!

— C'est lui qui choisira, ajoute Marc. Juré!

— Marc, ne fais pas de folies. Ils ont tout ce qui leur faut déjà. On ne va pas céder à tous leurs caprices.

— À titre de nouveau papi, je dois faire mes preuves. Pour cette fois, accepte! supplie-t-il pour se faire l'allié des enfants.

—   Hum! Pour cette fois, c'est oui, mais n'oublie pas une chose importante : on n'achète pas l'amour des enfants.

—   Merci Mamie. On va être gentil, c'est promis! Et toi Marc, tu vas aussi être gentil? demande candidement Charles-Antoine.

—   Je le promets, dit-il en retenant son éclat de rire. Croix de bois croix de fer ou je vais en enfer.

Pendant cinq jours, les enfants s'amusent et semblent heureux. Tous les soirs, ils parlent à leur mère. Mathis lui explique tout ce qu'ils ont fait durant la journée. L'apparition de Marc, déguisé en père Noël a été un instant magique. On aurait dit qu'il sortait tout droit du téléviseur, en ce début de décembre.

—   Il vous gâte beaucoup, dit Annie avec méfiance à son aîné.

—   Ben... Il est encore plus gentil que papa. Lui, il aime jouer à la lutte et aux autos.

Il n'en faut pas plus pour qu'Annie réclame le retour de ses enfants. Le lendemain, avec un certain soulagement parce que la fatigue commence à se faire sentir, Lucille demande aux garçons de ramasser leurs affaires. Annie va beaucoup mieux!

—   Tu remercieras Marc de ma part, les garçons l'ont adopté, c'est incontestable, déclare Annie.

—   Pourquoi ne pas lui dire toi-même? Je ne suis pas une bonne messagère.

—   Justement, Simon et moi voulons vous recevoir à souper le 15 décembre.

– Ce sera avec plaisir, dit Lucille soulagée. Je vais vérifier s'il n'a pas d'engagements de son côté et je confirme. J'apprécie ton invitation! Je te sens plus calme. Le congé t'a fait du bien, visiblement.

– As-tu eu des nouvelles de Madeleine? interroge Annie. Elle est muette depuis un bon moment.

– Le temps passe si vite. Tu as raison. Je l'avais complètement oubliée. Je lui téléphone en rentrant au condo.

« J'ai l'impression d'éteindre des feux depuis mon retour. Annie se remet de ses émotions, mais j'ai un peu honte. Comment se fait-il que j'aie négligé ma meilleure amie? J'espère qu'elle n'a pas de mauvaise nouvelle. Ce silence n'est pas habituel. Je m'en veux un peu de vivre mon bonheur en égoïste », se dit Lucille en reprenant sa voiture pour retrouver Marc.

* * *

Leur premier souper en tête-à-tête leur permet de reprendre le fil de leur propre histoire, après avoir abondamment parlé des deux moustiques, comme Marc surnomme gentiment les deux petits-fils de Lucille. Il s'est remis au fourneau avec une attention particulière, soignant le menu et l'ambiance afin que la détente soit au rendez-vous. Même la musique contribue à savourer ce moment de tendre complicité. Une fois le dessert dégusté, elle prend un moment pour téléphoner à Madeleine. Dès qu'elle entend sa voix, Lucille est certaine que sa meilleure amie vit des moments difficiles.

– Enfin! Te voilà de retour. Tu m'as tellement manqué. Pis, ton voyage? Toujours en amour?

– Tout s'est passé trop vite, en fait. Quand on aime, on voudrait arrêter le temps. Mais j'y reviens plus tard. Je veux d'abord des nouvelles. Tu n'as pas l'air en forme.

– J'veux pas t'embêter avec mes problèmes, fait Madeleine avec une petite voix triste.

– Moi, je veux tout savoir. Allez, raconte-moi ce qui se passe. C'est pas ta santé au moins?

– Non, c'est Paul. Il m'a menti. J'sais pus quoi faire.

– Tu veux dire qu'il t'a trompée?

– Ben non! C'est plus grave. Il m'a caché qu'il avait déjà fait une crise cardiaque et qu'il fait du diabète. Un soir, pendant qu'on regardait la télé, il m'a fait une de ces peurs. Il est tombé sans connaissance.

– Comme ça? Comment as-tu réagi?

– Ben, j'ai appelé l'ambulance, pis j'ai parlé à l'un de ses fils. Le médecin m'a dit que c'était un avertissement très sérieux! Il faut qu'il maigrisse, pis qu'y s'pique à l'insuline. Ça m'tente pas de vivre ça. Qu'est-ce que tu ferais à ma place?

Lucille s'est souvent posé la question : que fait-on quand la santé de l'un devient problématique? La préoccupation de son amie la touche vraiment. « Je comprends son dilemme, mais que dois-je lui répondre? Sa propre santé à elle n'est pas sans risque d'ailleurs. »

– Franchement, j'y pense souvent, de mon côté. C'est certain que Paul aurait dû te dire la vérité sur son état de santé. On se doit d'être honnête lorsque l'on veut vivre en couple. Comment s'est-il défendu? poursuit Lucille.

—	Il m'a dit que c'était rien, qu'il avait juste oublié de prendre ses médicaments. J'suis rendue que j'dors mal, j'suis toujours inquiète. J'ai peur qui soit malade même qu'il crève dans mon lit. J'peux pu continuer d'même. Pis d'un autre côté, je me suis attachée à lui. J'peux pas l'mettre à la porte comme un chien. Il a besoin de quelqu'un, de dire Madeleine des sanglots dans la voix.

—	Tes sentiments comptent. Si tu ne veux pas vivre cet enfer, pourquoi ne pas mettre fin à votre relation? lui demande Lucille en testant sa réaction.

—	Tu sais que j'ai bon cœur.  C'est pas toute. Son fils m'a dit qu'avant moi, il est resté avec une autre femme. Elle l'a plaqué là! Madame ne voulait pas être sa garde-malade! ajoute Madeleine avec une sorte de révolte dans la voix.

—	Il lui avait menti, probablement, à elle aussi. Tu as eu le temps d'y réfléchir… As-tu parlé avec Denise de tout ça?

—	Elle pense comme toi. J'sus pas mal mêlée.

—	Tu l'aimes ou tu as pitié de lui? tente de clarifier Lucille.

—	La relation évolue. On est comme un vieux couple. De moins en moins de tendresse. On fait pu l'amour, il m'caresse pu. C'est moi qui l'dorlote. J'suis devenue comme sa mère.

—	Tu dois penser à toi. Lui en parler aussi. Vivre avec un homme malade, que tu ne connais que depuis quelques mois, ce ne sera pas une vie facile. Te souviens-tu, nous avions abordé le sujet lors de notre dernière rencontre? Tu avais dit que même malade, tu prendrais soin de l'homme qui voudrait partager ta vie. Mais c'est lourd comme choix. Pourras-tu vraiment être heureuse? Le dévouement fait avec amour, ça peut aller, mais sans amour, c'est à éviter!

— Le soigner, j'pourrais. Mais les mensonges, ça m'fait mal au cœur. J'peux pu y faire confiance. J'me sens stressée. J'ai pas eu besoin de me mettre au régime, j'maigris à vue d'œil.

« Heureusement que Lucille était pas à côté de moi quand j'ai appris son état de santé. Moi qui n'avais jamais sacré, j'ai offensé le p'tit Jésus une couple de fois », se dit Madeleine.

— Me permets-tu d'en parler avec Marc? Je suis curieuse de connaître son point de vue.

— C'est un homme, il va être du bord de Paul. Les femmes sont faites pour materner.

— Je ne suis pas certaine de ça. Il a un bon jugement. Il peut faire la part des choses.

— OK! Tu m'diras c'qu'y en pense.

— D'ici demain soir, tu auras de mes nouvelles. En attendant, pourquoi ne pas demander à Denise d'aller passer quelques jours chez elle? J'ai l'impression que ça te ferait du bien de prendre un peu de distance. Quand tu es trop près du problème, tu ne mesures pas vraiment tous les aspects.

— Elle part dans deux semaines. J'veux pas la déranger.

— Il s'en est passé des choses durant mon absence. Ma fille Annie qui a fait une fausse-couche, Paul avec une santé hypothéquée, j'espère que pour Denise tout va bien.

– Denise est en super forme. Annie a-t-elle compris que j'pouvais pas garder les petits? J'étais tout à l'envers. J'ai refusé et je m'en veux encore.

– Ne t'en fais pas. Elle a compris ta situation. Elle va mieux, je te rassure.

« Si mes amies avaient raison? J'suis peut-être trop bonne. Quand est-ce que je vais apprendre à penser par moi-même? Il faut que je réfléchisse à ça avant de me tuer à servir les autres », pense Madeleine après avoir fini de parler avec Lucille.

La soirée s'étire lentement. Marc a rangé la cuisine et une petite neige tombe sous les réverbères. Lucille décide d'aller prendre une marche, question de repenser un peu aux derniers événements. Pour Madeleine, la question est incontournable. Qu'est-ce que je ferais à la place de Madeleine? Mais pour elle, la vie que lui propose Marc est presque trop belle pour être vraie. Quels renoncements se cachent derrière ce projet? Une heure plus tard, Lucille rejoint Marc au lit. Il regarde les nouvelles de fin de soirée à la télé. Il lui fait une place, dans la tiédeur de la couette et se tourne vers elle.

– Ça va? Tu as eu une journée éreintante.

– Excuse-moi, je ne pensais pas t'imposer tout ça. Ma fille, mes petits-enfants et même les problèmes de mes amies. Ce ne sera pas toujours facile de vivre avec moi.

– J'aime te voir si engagée. Moi, j'ai tendance à me replier un peu sur mon petit confort. Ta présence m'aide à m'ouvrir aux autres.

—   J'aimerais connaître ton opinion. Je suis certaine que tu serais de bon conseil.

Après lui avoir expliqué la situation, Marc se gratte la tête, en réfléchissant tout haut.

—   Effectivement, ce n'est pas facile ce qu'elle vit, mais je pense aussi à ce pauvre type. Il a manqué de respect en lui cachant ses problèmes de santé. Ça semble évident qu'il se cherche à la fois une compagne et une infirmière. Je ne connais pas ton amie, mais la façon dont tu me l'as décrite, je pense qu'elle est une femme idéale pour lui. Elle a trahi sa pensée réelle lorsqu'elle dit qu'elle ne peut pas le mettre à la porte. Ils peuvent se compléter très bien, s'ils s'ajustent l'un à l'autre. Côté pratique : ils pourraient faire chambre à part. Elle dormirait en paix. S'il prend soin de lui, il peut aussi vivre encore très longtemps. Elle aussi pourrait avoir besoin de lui. À sa place, toi, comment agirais-tu?

—   Je n'aurais aucun scrupule à rompre. Pour moi, c'est un imposteur. On ne recommence pas sa vie sur des mensonges.

—   Même pas des tout petits?  lui demande Marc d'un ton amusé.

—   As-tu quelque chose à confesser? Tu m'inquiètes.

—   Rien qui vaut la peine. La seule chose que je te cache, c'est en partie mon passé. Je tiens à garder pour moi mes anciennes relations qui n'ont pas duré bien longtemps d'ailleurs. Je suis en excellente santé et je subis un examen médical tous les ans. Mais j'ai eu ma période « Démon du midi ». Revenons à ton amie. Lui a-t-elle dit qu'elle se sentait trahie?

– Madeleine a de la difficulté à communiquer. Je serais surprise qu'elle se soit ouverte sur ce qu'elle ressent. Quand elle aura fait le ménage de ses émotions, elle le fera, je pense. À part la chambre séparée, vois-tu d'autres solutions dans leur cas?

– Si je me souviens bien, ils se sont rencontrés grâce à toi?

– Oui, et je m'en veux. Si je m'étais mêlée de mes affaires, elle ne souffrirait pas en ce moment.

– Chérie, pourquoi te rendre responsable des choix des autres? Rencontrer un inconnu sur Internet, c'est du hasard. Leur relation leur appartient! Par contre, tu pourrais parler à son chum.

– Je ne suis pas certaine que ce soit une bonne idée. Pour lui dire quoi : qu'il est un beau salaud!

– Pour lui faire comprendre ce que ton amie vit présentement. Après, il décidera s'il souhaite continuer la relation. Tu vas le faire retomber sur ses pieds. Lui aussi doit réfléchir.

– Tu es pire que je croyais. Tu souffres de pensées magiques. Tu l'as dit toi-même, il a frappé le gros lot avec Madeleine. Pourquoi partirait-il de chez elle maintenant que sa santé n'est plus un secret? Il est logé, nourri et en plus, il a une infirmière sur place 24 heures par jour.

– Vu sous cet angle, peut-être. Mais son point de vue à lui est peut-être différent. Ceci étant de leurs affaires, comme on dit, de quelle façon puis-je te faire oublier tes tracas? Maintenant! dit Marc en miaulant presque pour changer l'atmosphère de cette fin de soirée.

–    En me prenant dans tes bras. Depuis notre retour, les gens que j'aime ont constamment besoin de moi. Je te néglige et j'ai peur que tu m'en veuilles.

–    Je me rends compte que plusieurs personnes ont confiance en toi, en ton bon jugement. Je suis fier d'avoir une femme aussi vraie dans ma vie.

Ils se blottissent l'un contre l'autre. Lucille se montre disposée à donner du plaisir à son homme. Lorsqu'elle glisse sa main jusqu'à son sexe, Marc, doucement, retire sa main.

–    Je suis capable d'attendre que tes idées soient plus claires. Je préfère que tu te détendes, cela va te faire le plus grand bien.

–    Pourquoi tant de compréhension? lui demande Lucille, étonnée.

–    Simplement parce que je t'aime. Je t'aime vraiment!

Elle le regarde, toute attendrie par cette déclaration à la fois simple et touchante.

–    Dans le fond, c'est moi qui ai gagné le gros lot, dit-elle en l'embrassant tendrement. Passe une bonne nuit, mon amour!

# Chapitre 24

Le temps s'accélère souvent lorsqu'un projet se développe. Lucille jongle avec les obligations familiales et amicales tout en s'activant aux préparatifs d'une vie commune avec son amoureux. Il y a tellement de décisions à prendre que, par moments, elle se sent bousculée par la détermination de Marc. Lorsque ce dernier propose d'aller choisir l'ameublement et les accessoires décoratifs pour leur futur condo, une nouvelle discussion devient incontournable. Au cœur de cette tempête de valeurs, le sens pratique de Lucille se heurte aux idées de grandeur de son amoureux.

— Pourquoi acheter des meubles neufs? Tu possèdes tout ce qu'il faut pour meubler notre condo.

— Je commence une nouvelle vie, alors pas question de garder des vieilleries.

— J'en connais plusieurs qui seraient contents d'avoir un aussi beau mobilier.

— Ne t'en fais pas. D'ailleurs, mon fils Félix m'a déjà passé le message. Il voudrait tout garder, même la laveuse-sécheuse. C'est un profiteur et je n'y peux rien.

— Pourquoi les donner lorsque tu pourrais les vendre? argumente Lucille.

—    Sûrement pas à mon fils. Il a même eu l'audace de me demander si je ne lui donnerais pas mon ancien condo. Dans sa belle logique, il encaisserait tout simplement ainsi à l'avance une partie de son héritage.

—    Quel culot! As-tu réagi? Que lui as-tu répondu?

—    Qu'il attendrait que je sois six pieds sous terre pour toucher son héritage, évidemment! Mais, dis-moi plutôt ce qui te chicote dans le fait que je veuille acheter des nouveaux meubles?

—    Parce que je ne pourrai pas partager les frais équitable-ment. Tu es très généreux, mais j'ai ma fierté.

—    Il faut mettre ton orgueil de côté! Sinon on va passer notre temps à négocier pour des trente sous. Choisis tout ce que tu voudras pour ton boudoir. N'oublie pas qu'il faut penser à garder de la place pour tes moustiques.

—    Je ne les oublie pas. Je voulais te dire, à ce propos. En ac-ceptant de garder mes petits-enfants, tu as conquis le cœur de la mamie et celui de ma fille. Elle veut nous recevoir à souper samedi prochain. Qu'est-ce que je lui réponds? questionne Lucille, atten-drie.

—    Oui, avec plaisir. Demande-lui d'inviter ton autre fille. J'aimerais bien la rencontrer.

« Quel homme attentif? se dit-elle. Il accepte facilement de ren-contrer ma famille. Mes petits-enfants l'adorent et, en plus, il res-pecte mes amies. Pourquoi est-ce que je résiste encore à parta-ger mon avenir avec lui? Maudit orgueil que le mien! » se répri-mande Lucille.

– Tu as raison. Je suis mieux de ramer avec toi que contre toi. Je renonce à te convaincre de « ménager » comme un Séraphin. Où veux-tu aller? As-tu déjà fait du repérage? Je commence à te connaître.

– J'ai pris un rendez-vous avec un designer d'intérieur. Oui, je sais. J'aurais dû t'avertir à l'avance. Il nous attend au condo pour 14 h. Je le connais depuis quelques années. Il est un peu maniéré, mais très efficace. Si tu as des idées à lui soumettre, j'insiste pour que tu t'impliques. Ton avis est très important. Tu as beaucoup de goût!

– Tu sais que je déteste les cachotteries. Pourquoi ne pas me l'avoir dit avant? Tu sais que ça m'irrite. Tu fais exprès?

– Parce que tu m'aurais répondu que l'on pouvait nous-mêmes s'occuper de la décoration. Comme j'ai une certaine expérience dans le domaine, le décorateur devient une sorte de médiateur. Ça nous évitera des tensions. Tu dis ce que tu aimes, je dis ce que j'aime et son travail est de nous plaire à tous les deux. Intéressante formule, non?

– Tu as tous les trucs dans ta manche! Je ne gagnerai jamais contre toi! Si tu veux m'éviter une crise cardiaque, s'il te plaît, dis-lui de ne pas mentionner le coût des achats. Ma calculatrice risque de s'affoler!

– Je lui en ai glissé un mot.

– De quoi vais-je avoir l'air? D'une mendiante, s'emporte Lucille. Tu me donnes encore le mauvais rôle.

– Je lui ai dit que, dans une autre vie, tu étais une sans-abri, et que j'avais décidé de te prendre sous mon aile. Je suis le bon samaritain!

Lucille lui assène un coup de coude au sternum, pour manifester son humeur face à cette façon qu'a Marc de tout diriger.

– Si tu veux la guerre, tu ne perds rien pour attendre, dit-il en projetant Lucille sur le lit.

Elle se dégage et, mettant tout son poids dans la balance, elle le renverse pour, à son tour, le clouer au matelas.

– J'appelle la police pour violence conjugale. C'est illégal de frapper un homme. En plus, c'était une blague. Pitié, implore-t-il en riant.

– Tu te penses bien fort. Tu n'as rien vu. Tu ne sais pas de quoi je suis capable. Je n'ai pas besoin de muscles pour me défendre. Mais je te préviens, la violence verbale peut faire encore plus mal.

– Si je te faisais l'amour, là, tu m'épargnerais? dit-il en la renversant à son tour.

– Tu peux toujours essayer. C'est cependant une honnête proposition à explorer, lui dit Lucille d'un ton mielleux. Je vais y réfléchir.

– Tu n'as pas voulu que je te caresse lorsque les moustiques étaient ici. En ce moment, tu n'as aucune raison à invoquer. Tu es faite comme un lapin! s'amuse Marc en lui donnant des petits baisers partout.

– Quel genre d'homme es-tu? Pervers en plus! On ne baise pas devant des enfants, c'est scandaleux. Je ne veux pas les traumatiser. Ils sont trop jeunes!

– Je ne voulais pas tant que ça, juste te faire des câlins. D'ailleurs, moi je fais l'amour, jamais la baise.

– Monsieur aime en parler, à ce que je vois. Qu'est-ce que tu attends? Tu te défiles?

Marc a réussi à faire oublier à Lucille sa décision unilatérale d'avoir recours à un décorateur. Il sait comment réagir pour dédramatiser une situation ambigüe. Au fil des mois, il a compris que Lucille était une femme directe et qu'il ne devait pas louvoyer avec elle trop souvent. Leur complicité prend forme par étape, mais Marc n'a pas encore obtenu la réponse définitive à sa grande question. « Qu'est-ce qui la retient donc », se demande-t-il en la regardant se rhabiller. Elle chantonne en se recoiffant, lui sourit à travers le miroir, comme une femme qui se sent aimée. Marc lui redit un petit « Je t'aime toi! » dans l'oreille puis regarde sa montre. Les deux tourtereaux risquent d'être en retard pour ce premier contact avec le nouveau décorateur.

\* \* \*

– Si je m'attendais à revoir madame la prof, lance Philippe en faisant une accolade chaleureuse à Lucille.

– J'aurais parié ma chemise que tu deviendrais un jour décorateur. Tu possédais tout ce qu'il faut. Tu as évolué en beauté.

Marc ne comprend pas comment il se fait qu'ils se connaissent. Est-ce un hasard?

– Vous vous connaissez? Je n'en reviens pas!

– Philippe a été l'un de mes meilleurs élèves. Tous les professeurs ont eu un penchant pour lui. Je n'aurais jamais pensé qu'un jour, moi ton ancien professeur, j'aurais besoin de tes conseils. Quelle belle surprise! J'en suis enchantée, crois-moi.

– Si je comprends bien, vous fréquentez monsieur Léger, demande le jeune conseiller.

– Oui, depuis quelques mois.

– Si ce n'est pas trop indiscret, j'aimerais savoir de quelle façon vous vous êtes rencontrés.

– Par le moyen le plus populaire de l'heure, Internet. Tu ne me croyais pas aussi branchée? avoue.

– C'est chouette et tellement romantique. Vous avez de la chance, moi ça n'a jamais fonctionné. Je dois être trop sélectif. Assez de bavardage, passons aux choses sérieuses. Je ne suis pas ici pour vous raconter ma vie.

En bon planificateur, Marc a dressé une liste complète des possibilités pour meubler la chambre à coucher, la cuisine, la salle à manger et le salon. Philippe distrait, ne cessait de regarder du coin de l'œil son ancien professeur.

– Tout cela avec l'accord de madame Lucille, n'est-ce pas?

Voulant protéger l'orgueil de son amoureux, Lucille précise qu'ils sont sur la même longueur d'onde.

– Marc s'y connaît beaucoup mieux que moi. Je lui fais totalement confiance.

– C'est rare qu'une femme ne mette pas son grain de sel. Lucille, vous avez bon goût, votre touche personnelle ajoutera du pétillant; sinon vous aurez l'impression d'habiter chez un ami.

Marc se sent un peu penaud. Il se rend compte qu'il prend trop de place, mais il ne veut en aucun cas se justifier devant un étranger.

– Lucille avait bien d'autres occupations. C'est la raison pour laquelle elle m'a laissé le champ libre.

Philippe commence à comprendre la dynamique du couple. Le plus adroitement possible, il consulte Lucille concernant les demandes de son client.

– Vous ne trouvez pas que les meubles de la chambre sont trop masculins? Je connais un endroit qui propose du mobilier plus près de votre style. Les Italiens ont le doigté pour marier l'ancien avec le moderne. On pourrait y aller cet après-midi. Qu'en dites-vous?

« Marc semble trouver le temps long. Va-t-il perdre patience? Pourquoi est-il toujours si pressé? » se demande-t-elle en l'observant du coin de l'œil.

– Tu n'as pas perdu ton sens de la diplomatie. Te souviens-tu, à l'école tu voulais toujours plaire à tout le monde. Concilier tous les points de vue.

– C'est utile, vous ne pouvez pas savoir. Dans mon métier, c'est indispensable. Si l'un de mes deux clients n'est pas satisfait, c'est la preuve que j'ai mal fait mon travail.

Marc n'a plus vraiment le choix. Il doit forcément suivre la parade. Lorsqu'il s'attarde devant un mobilier, systématiquement, Philippe demande à Lucille si ce dernier correspond à ses goûts. Se retrouvant seule avec le décorateur pour quelques minutes, elle lui confie que comme Marc paie les coûts en large partie, elle se sent mal à l'aise de le contrarier.

— J'ai très bien compris la situation. S'il vous a choisie, c'est parce que vous êtes quelqu'un de spécial. Je sais comment agir avec ce genre d'homme.

Ils se rendent dans trois commerces différents pour faire l'achat du mobilier de la chambre et du salon. Conscient qu'il doit mener une négociation importante, Philippe met des gants blancs pour faire comprendre à son client qu'il est un maillon important dans cette recherche. Tout le monde en sortira gagnant, argumente-t-il.

— Monsieur Léger, la première fois que je vous ai rencontré, je savais que vous possédiez beaucoup de goût. Encore aujourd'hui, vous m'en avez donné la preuve. C'est un plaisir de travailler avec vous. En plus, madame Lucille s'oppose rarement à vos idées. J'ai connu des femmes beaucoup plus exigeantes. J'en ai rencontré de toutes les sortes. Vous avez une perle entre les mains.

Il n'en fallait pas plus pour que Marc retrouve le sourire.

— Si je peux me permettre, j'aimerais vous inviter à souper. Je connais un resto très sympathique. Nous pourrions jaser à cœur ouvert. Qu'en dites-vous?

Spontanément, Lucille accepte l'invitation. Une fois installé dans la voiture, Marc veut clarifier la situation.

— Il est bien gentil ce Philippe, mais je n'ai pas envie de lui raconter notre vie.

– Je pense qu'il a tout simplement besoin de parler. Fais un effort. Son homosexualité ne lui a pas rendu la vie facile. Moi, j'ai été agréablement surprise par ce hasard. J'aime ses interventions, car il prend le temps de nous consulter.

– Si ça peut te faire plaisir, allons-y, accepte-t-il sur un ton résigné.

Sans gêne, Philippe leur déballe tous les déboires affectifs qu'il a connus dans sa vie : le reniement de ses parents, les moqueries de ses camarades de classe, ses amours qui ont mal tourné.

– Vous ne pouvez pas savoir ce que c'est que d'être né différent, dit-il en conclusion de son histoire passée.

– Nous le savons tous les deux, car nos deux filles sont homosexuelles, confie Lucille.

– Comment avez-vous fait pour les accepter? questionne-t-il avec intérêt.

Marc ne souhaite pas entrer dans ce genre de discussion. Il se sent mal à l'aise d'élaborer sur la question.

– Pour ma part, cela a été facile, répond Lucille. J'aime ma fille telle qu'elle est. As-tu essayé de rencontrer quelqu'un sur un site de rencontres?

– Ça ne marche pas! Dix fois plutôt qu'une. Les hommes ne comprennent pas que j'ai besoin d'une relation stable, que j'aimerais adopter un enfant. Je les fais fuir. J'ai perdu mon temps à chercher, en vain.

– J'ai une proposition : ma fille Annie fait des recherches pour des personnes qui ne possèdent pas d'ordinateur et qui veulent rencontrer quelqu'un. Malgré ses deux enfants, elle est en mesure de faire ce genre de travail de recherche. Je peux te donner son numéro de téléphone. Elle est très efficace!

—   Quel genre de clientèle a-t-elle?

—   Évidemment, quelques femmes plus âgées. Il existe encore des personnes qui ont peur des ordinateurs. Je pense qu'elle pourrait aimer ce genre de défi. Elle vient de perdre un bébé et elle déprime. Je suis certaine que tu lui rendrais service.

—   Pourquoi pas? J'ai le goût d'explorer. Vous me redonnez confiance.

Marc n'écoute que d'une oreille la conversation entre Philippe et Lucille. Il mijote des pensées négatives. Ne vaudrait-il pas mieux changer de décorateur? « Je dois reprendre le contrôle, se dit-il en terminant son café. Mais comment expliquer à Lucille ce brusque changement sans la fâcher? »

Marc laisse mûrir sa frustration. Il aborde le sujet, une fois qu'ils sont installés au lit, dans la chaleur de la couette.

—   Pourquoi renvoyer Philippe? Il a de belles qualités. Il est consciencieux et je suis convaincue qu'il va tout faire pour te plaire.

—   Il négocie trop. Nous perdons du temps. Ça me fatigue à la longue.

—   Que veux-tu dire exactement? s'inquiète Lucille.

—   Il ne respecte pas mes goûts. Son style me déplaît.

Lucille est estomaquée. Son regard mécontent trahit sa réaction.

— Pourquoi me regardes-tu comme ça? dit Marc pour la ramener à la raison.

— Tu es tout simplement frustré, jaloux parce qu'il me demande mon avis, c'est ça?

— Tu te trompes. J'aime sa délicatesse à ton endroit. Je suis content qu'il t'implique dans mon projet. Mais, il n'a pas de méthode. Ça ne bouge pas assez vite à mon goût.

— C'est ce que je pensais. Tu parles de TON projet et non du NÔTRE. Normal, puisque c'est toi qui paies.

— Lucille, ne sois pas de mauvaise foi. Même si je débourse un peu plus d'argent, je considérerai toujours que ce sera notre condo à nous. Mais trop de compromis, c'est du temps perdu. Il faut que ça avance! Tu ne comprends pas ça, merde!

— Tu me bouscules en allant aussi vite. Notre condo! Es-tu prêt à mettre ce que tu viens de dire sur papier? dit-elle en montant le ton.

Au lieu de répondre, Marc se lève sans dire un mot. Lucille sent sa colère monter. « J'aurais dû m'en douter. Il agit en « boss ». Son idée est la seule qui compte. Si j'avais une colonne vertébrale, je ferais ma valise. Cette attitude me déplaît, mais je ne sais pas où aller. J'aurais dû être moins pressée de vendre ma maison. Mes sentiments m'aveuglaient, très certainement. »

Rageusement, elle donne un coup de poing dans son oreiller. Elle tente de se calmer, mais les larmes lui viennent rapidement aux yeux. « Quelle conne je suis ! Je croyais que nous pouvions décider tous les deux. »

Quand Marc décide de revenir vers elle, Lucille fait semblant de dormir. Il s'allonge auprès d'elle sans tenter le moindre geste de réconciliation. Malgré la petite voix intérieure qui lui dit de ne pas précipiter les choses, elle ne ferme pas l'œil de la nuit. Elle sent le vent tourner. Si elle faisait fausse route. Marc aime contrôler : pourrait-elle s'adapter à cela?

\* \* \*

Pour cette femme meurtrie, la nuit a été pénible. Levée à l'aube, Lucille a cependant pressé le jus d'orange de Marc, s'est habillée sans faire de bruit et est partie en laissant un petit mot sur la table de la cuisine. « J'ai besoin de réfléchir, je reviens en fin de journée. »

Spontanément, Lucille prend sa voiture et se dirige vers son ancien quartier. Chaussures de marche aux pieds, la pluie ayant balayé toute trace de neige, elle fait son jogging matinal pour s'aérer l'esprit malgré le temps frisquet de décembre. Retrouver ses repaires lui fait le plus grand bien. La maison de monsieur Mongeon, avec ses deux colonnes romaines qui défigurent l'entrée, celle de madame Labrèche avec ses rideaux orange fluo, le parc où ses filles aimaient jouer pendant des heures. Elle laisse ses souvenirs revivre, pour un moment.

« Tiens! La municipalité a mis un mur d'escalade et deux balançoires neuves, observe-t-elle. Mathis et Charles-Antoine auraient été contents. » De retour à sa voiture, Lucille décide de se payer un déjeuner gargantuesque dans ce resto où elle n'est pas venue depuis des mois. Deux gaufres garnies d'une montagne de fruits, arrosées de vrai sirop d'érable, trois tasses de café qu'elle déguste en compagnie de son journal du matin. Était-ce dû à son jogging ou à sa solitude, elle se sent mieux. La poussière retombe peu à peu.

« Il faut que j'en parle à quelqu'un. Je me connais, je peux facilement faire une bêtise », se dit-elle. Je pourrais en discuter avec Denise. Elle compose son numéro, espérant que son amie sera disponible.

– Je suis contente de te parler. Aurais-tu quelques minutes à m'accorder? lui demande Lucille.

– Pourquoi cette question? J'ai toujours du temps pour mes amies. Préfères-tu passer à la maison, ou simplement me parler au téléphone?

– Dans l'état où je suis, c'est-à-dire cernée jusqu'aux oreilles, parce que je n'ai pas dormi de la nuit, je préfère le téléphone.

Elle lui raconte de quelle façon Marc l'a blessée et son ambivalence face au contrôle qu'il veut exercer sur elle.

– Je connais une très bonne amie qui me dirait de faire une liste écrite des qualités et des défauts de mon partenaire. Après avoir terminé ce travail, elle lui ferait la suggestion de prendre un peu de recul et d'analyser la situation avec sa logique et non sous le coup de l'émotion, suggère Denise.

– Quelle bonne idée! Comment se nomme cette merveilleuse amie? demande-t-elle en souriant.

– Là, je te reconnais. Depuis combien de temps marines-tu dans ce négativisme?

– Depuis que nous avons commencé notre magasinage. En y pensant bien, je suis consciente que la liste des qualités est beaucoup plus longue, sauf que certaines attitudes me tapent sur les nerfs. Mets-toi à ma place. Aimerais-tu que ton compagnon t'impose ses choix, qu'il te fasse sentir dépendante sur le plan financier, qu'il soit jaloux de tes rapports amicaux avec d'anciens élèves? Ça me fait peur.

— Tu n'exagères pas un tout petit peu? argumente Denise, en craignant que son intervention ne provoque une amplification des causes du désaccord.

— Je vais t'envoyer magasiner avec lui. Il ne regarde même pas les prix. Il aime, il achète. Je n'ai pas l'habitude de vivre de cette façon. C'est impossible pour moi de suivre.

— Je comprends ce que tu vis. D'un autre côté, tu ne peux pas l'empêcher de dépenser son argent comme il le veut. Il y a beaucoup de femmes qui aimeraient être à ta place, plaide-t-elle.

— C'est vrai que je suis trop fière. Penses-tu que c'est de l'orgueil mal placé?

— Non, mais si tu désires construire ton avenir avec lui, il faudra t'ajuster et accepter ce qu'il t'offre. La nuance entre un avantage donné et une manipulation doit être faite. Pourquoi dis-tu qu'il est contrôlant?

— Parce qu'il prend des initiatives sans m'en parler. J'ai vécu seule tellement longtemps; j'étais habituée de mener ma barque en solitaire. Lui, il décide d'abord, moi je sens que je n'ai plus rien à dire. Il me piège!

— Si c'était pour la même raison que toi qu'il agit de cette façon. Depuis combien de temps vit-il seul? Vous avez peut-être tous les deux à combattre une vieille attitude de célibataires endurcis.

– Je n'en sais rien. Nous avons une entente. On ne parle pas de notre passé. À l'occasion, il parle de son ex-femme, c'est normal. Il a vécu une trentaine d'années avec elle. Ils s'entendent bien, même après le divorce. J'ignore pourquoi ils se sont séparés.

– Pourquoi ne pas lui en parler? Cela te renseignera : si le même « *pattern* » se reproduit chez lui, tu pourras y voir plus clair.

– Tu me connais assez pour savoir que j'aime mieux agir que de parlementer.

– Lui aussi, à ce que je vois. Et, maintenant, il sait où tu es.

– Je lui ai laissé un mot. Je vais rentrer en fin d'après-midi. Je prends le temps de réfléchir.

– Tu veux le punir? Tu boudes?

– J'espère qu'il sera assez intelligent pour comprendre qu'il m'a blessée. Suis-je trop exigeante en voulant faire des papiers notariés? Une convention d'union libre avec les détails, c'est normal, non? Je veux clarifier ma position.

– Ton intention est légitime. C'est la seule façon de te protéger. Nous les femmes, on se doit d'être prudentes.

– Bon! Tu m'as réconfortée. Je me suis assez lamentée sur mon sort. Parle-moi de toi. Que deviens-tu?

– Pour le moment, c'est plutôt tranquille. Nous avons dû reporter notre voyage de quelques semaines. François doit subir des examens. Avec les assurances-voyage, on ne peut pas prendre de chance. Lorsque tu seras déménagée, j'aimerais vous inviter, Madeleine et toi. Un souper de filles, comme dans le bon vieux temps.

— Ce serait à mon tour de vous recevoir. Je voulais pendre la crémaillère et célébrer ma nouvelle vie. Je dis « mon condo » parce que j'en posséderai seulement une fraction, mais c'est supposé être mon chez-moi.

— Lucille!

— On fixe une date alors? capitule Lucille.

Denise espère avoir apaisé son amie. Ce n'est pas facile à nos âges de cohabiter avec un homme qui a ses propres habitudes.

— J'ai lu cette phrase quelque part : *dans la vie, il n'y a pas de problèmes et d'obstacles; il n'y a que des défis et des épreuves.* Je suis convaincue que Lucille a la sagesse de faire la part des choses.

Lucille, en effet, se sent mieux. D'avoir pu ventiler son inquiétude, parler de ses frustrations, cela lui permet de prendre le recul nécessaire pour mettre les choses en perspective.

« Je dois changer mes vieilles habitudes de célibataire. Je ne peux pas toujours fuir lorsqu'une tempête s'annonce. Pourquoi ne pas faire l'effort d'accepter Marc tel qu'il est? À son âge, il ne changera pas du tout au tout. Il faut s'adapter l'un et l'autre. Mes années de solitude ne m'ont pas permis d'apprendre à bien communiquer avec un compagnon de vie. J'ai tout un apprentissage à faire pour les années à venir. »

\* \* \*

362

Lorsque Marc se lève, il prend connaissance de la note laissée par Lucille. Perplexe, il ne sait plus quoi penser. « Quand je l'ai rencontrée, si j'avais su qu'elle avait autant de caractère, je ne l'aurais probablement pas fréquentée. À cause d'un petit différend, sans explications, elle quitte la maison. Est-ce que je pourrai m'adapter à ses sautes d'humeur? Je fais beaucoup d'efforts pour qu'elle se sente à l'aise. Il n'est pas question de changer mon train de vie pour lui faire plaisir. Si à son retour elle est encore fâchée, qu'est-ce que je fais? Pourquoi ne me fait-elle pas confiance? Elle croit peut-être faussement que je veux m'approprier ce qui lui appartient. Si c'est primordial pour elle qu'on signe des papiers, on ira chez le notaire.  C'est un détail sans importance pour moi », se dit-il en tournant le mémo entre ses doigts?

La journée prend cependant une tournure assez morose. En fin d'après-midi, lorsqu'il entend la clé dans la serrure, Marc se précipite dans la chambre et allume le téléviseur.

Mal à l'aise, Lucille l'embrasse sans pour autant le regarder dans les yeux.

— Comment s'est passée ta journée, lui demande-t-elle?

— Comme un homme qui s'est posé un tas de questions. Et je n'ai malheureusement pas trouvé de réponses.

— Je m'excuse de m'être emportée. Au lieu de fuir, j'aurais dû essayer de t'expliquer ce que je ressentais. Veux-tu qu'on en parle?

— Oui, si tu veux. Je ne sais plus comment te faire plaisir moi. Alors, je t'écoute.

— Je ne te demande rien. Je me sens aussi malheureuse que toi de ce qui s'est passé, dit-elle avec émotion.

Marc lui tend les bras pour qu'elle vienne s'y blottir. Il ne veut qu'une chose, la rendre heureuse.

— Tu sais, j'ai vécu seule pendant plusieurs années. Je menais ma vie comme je l'entendais. Puis un jour, je t'ai rencontré. Il a fallu que je m'adapte. Je croyais que ce serait facile parce que nous partagions les mêmes activités. Je devais m'ajuster à une autre réalité et j'ai eu peur. Moi j'arrive avec mon petit bagage et je dois accepter le tien. Au fil du temps, je me suis aperçue que nous étions deux personnalités fortes et autonomes. Ma plus grande difficulté face à toi est mon rapport avec l'argent..Partager, c'est répartir à parts égales dans ma logique.

Marc tente de réagir, mais Lucille lui met un doigt sur ses lèvres.

— Laisse-moi continuer, s'il te plaît. Tu es un homme très généreux et la difficulté c'est que je ne pense pas mériter tout ce que tu m'offres. L'argent que je possède, je l'ai durement gagné. Avant de me payer une folie, je regardais dans mon compte en banque et ma limite était celle de la sagesse. La majorité du temps, je me disais que je pouvais attendre et que je me gâterais plus tard. Comme disent les personnes âgées : on doit s'en garder pour nos vieux jours. Vivre ici, avec toi, dans l'abondance est un privilège et je t'aurais proposé de payer un loyer. J'ai compris qu'il était important pour toi de recommencer à zéro, dans un autre décor. Comment vais-je faire pour te remettre tout ce que tu m'offres? C'est la question qui me torture sans cesse. D'où l'idée de clarifier nos investissements en signant une entente.

Marc est touché par ces paroles remplies de sincérité. Il voudrait tout de suite la rassurer, mais elle insiste pour livrer sa pensée jusqu'au bout.

— Par ailleurs, lorsque tu prends une décision qui me concerne aussi, j'aimerais être consultée. Je vais peut-être argumenter, être en désaccord, mais au moins les choses seront claires. Voilà, je pense que je t'ai dit l'essentiel de mes préoccupations. Je n'aurais pas dû m'emporter, mais tu sais au moins que mes sentiments sont vrais et honnêtes.

Après un moment de réflexion, Marc semble plus touché qu'il ne le laisse paraître. Il cherche ses mots. S'il allait gaffer?

— J'ai bien entendu tes messages, crois-moi. Ce matin, je ne savais plus quoi penser et je t'en voulais. Parce que j'ai dit un mot qu'il ne fallait pas, tu as pris la fuite. Moi aussi j'ai travaillé fort pour arriver où j'en suis. Je veux me payer ce dont j'ai envie et je veux t'en faire profiter, parce que je t'aime et que je suis bien avec toi. Je comprends ton malaise, mais je n'y peux rien, du moins c'est ce que je pensais. J'ai aussi un effort à faire. À l'avenir, je vais essayer de faire attention pour ne pas prendre de décisions sans t'en parler. Mais tu vois, je déteste les sautes d'humeur, les fuites, la bouderie qui créent des fausses intentions, c'est trop mesquin. Il vaut mieux ne pas jouer ce jeu-là tous les deux, pour éviter d'amplifier les malentendus.

Marc s'arrête. Il a dit l'essentiel et Lucille semble rassurée.

— On apprend de nos erreurs, dit-elle en lui prenant la main. Mais tu sais, notre couple est encore si jeune. Ses racines sont fragiles et il suffirait d'un coup de vent pour tout jeter par terre. Je crois qu'il faut nous méfier de notre orgueil et donner congé à certaines de nos vieilles habitudes.

# Chapitre 25

Les présentations officielles constituent une étape incontournable des nouvelles alliances amoureuses. Cette rencontre rend tout le monde un peu plus tendu qu'à l'habitude dans la famille de Lucille. L'ambiance des Fêtes se prête cependant à merveille aux échanges parce que bonne table et festivités permettent à chacun de partager quelque chose de plus vrai. Est-ce une illusion? C'est Annie qui reçoit avec une certaine fierté puisque toute la famille sera réunie autour de sa table. Cassandre et Catherine, surprises par cette invitation, ont accepté avec enthousiasme. Pour l'occasion, Marc choisit d'apporter une bonne bouteille de vin et a même concocté un dessert qui plairait autant aux enfants qu'aux adultes. Lucille a le trac : elle espère tellement que son gendre et ses filles accepteront son nouvel amoureux sans fausses notes.

— Je te sens nerveuse? As-tu peur de la réaction d'Annie? lui demande Marc.

— Depuis que l'on a gardé les petits, elle accepte mieux notre situation. En plus, tu as consenti à venir habiter à Laval. C'est Cassandre qui m'inquiète.

– Si je comprends bien, je dois maintenant faire mes preuves auprès de ton autre fille?

– C'est important pour moi que nous ayons de bonnes relations. J'aime l'harmonie.

– Pour la séduire, comment devrais-je m'habiller? lui demande-t-il en la taquinant gentiment.

– Tu sais bien que ma fille n'est pas attirée par les hommes. Tu me fais encore marcher.

Marc fait tout ce qu'il peut pour atténuer l'inconfort de sa douce. Lorsqu'ils font leur entrée, Mathis se précipite à l'extérieur pour regarder si Marc est venu avec sa belle voiture.

– Tu as encore changé d'auto? s'étonne-t-il.

– J'ai entreposé mon bolide pour l'hiver.

– T'as deux autos. T'es vraiment riche alors?

Annie réprimande son fils pour son sans-gêne tout en étant consciente qu'à cet âge les enfants n'ont pas de filtres.

– Soyez le bienvenu chez nous, Marc. Excusez mon fils, il n'a que cinq ans.

– C'est un petit garçon adorable. Il aime autant les voitures que moi. C'est normal pour un homme, pas vrai Mathis?

Marc lui ébouriffe les cheveux pour jouer. Au grand étonnement de Lucille, Annie lui tend la main et lui fait la bise. Elle présente Marc à son mari, puis à Cassandre et Catherine.

Pendant que les adultes prennent un apéritif, Charles-Antoine et Mathis tournent autour de Marc comme des satellites autour du soleil. C'est important pour ces deux petits bonshommes de montrer à leur nouveau papi toutes les autos qu'ils ont reçues en cadeau. Lucille observe Cassandre du coin de l'œil. « J'espère qu'elle et Annie apprécient son aisance, sa facilité de communiquer avec les petits », se dit Lucille.

—  Vous n'êtes pas obligé de les endurer, lui dit Simon.

—  Nous nous entendons très bien. Je ne suis pas encore un grand-papa vraiment expérimenté, mais ça viendra. Je les adore!

Lucille et Cassandre se retrouvent à la cuisine.

—  Comment le trouves-tu? lui demande Lucille.

—  Je t'en parlerai quand nous serons seules toi et moi.

—  Juste un petit mot, implore Lucille.

Oui, elle a vraiment besoin de savoir si Cassandre approuve son choix. Mais la brusquer ne semble pas être la meilleure stratégie. Alors qu'elle s'apprête à lâcher prise sur ses attentes, c'est Cassandre qui lui tend une perche.

—  Allons dans la salle de bains, lui propose-t-elle.

Au même moment, Annie se pointe dans la cuisine.

—  Qu'est-ce que vous complotez toutes les deux?

—  Maman veut savoir tout de suite, ce que je pense de son chum. Tu dois être aussi surprise que moi. Ça ne lui ressemble pas, cette urgence! dit-elle en se moquant du caractère spontané de leur mère.

Annie se met à rire. Elle est attendrie. Sa mère qui semble si déterminée et indépendante a aussi besoin de l'approbation de ses proches.

–   On dirait une vraie adolescente. Tu es rouge comme une tomate maman! Cassandre, tu ferais mieux de lui répondre tout de suite, sinon elle va faire une crise d'angoisse.

–   Bon! D'abord, je l'avoue, c'est un très bel homme. Tu as du goût! Même si je ne m'intéresse pas aux hommes, je sais reconnaître une belle personne. Il s'adapte bien aussi. Il aime beaucoup mes neveux, donc c'est un plus. Je ne peux pas nier que vous faites un beau couple tous les deux. Vous avez en commun, il me semble, un beau sens de l'humour. Je te souhaite d'être heureuse avec lui. Tu le mérites maman.

Deux grosses larmes roulent sur les joues de Lucille. « Si elles savaient comment leur accueil me rassure. J'avais si peur d'un rejet spontané se dit-elle. Annie et Cassandre la prennent tour à tour dans leurs bras. Leurs rires trahissent une complicité bienfaisante.

–   Merci les filles. C'était important pour moi que vous l'acceptiez. Ma foi du Bon Dieu, j'ai dû perdre au moins 20 kilos d'un coup. Mes épaules sont moins lourdes.

–   Si on allait retrouver nos hommes, de dire Annie. Excuse-moi Cassandre, je ne voulais pas.

–   Ce n'est pas grave, j'ai tout compris. Je ne suis pas comme maman.  Je ne vais pas me traumatiser pour si peu!

Le souper se déroule dans l'harmonie. Marc et Simon parlent de voitures, tandis que les femmes planifient la période des Fêtes. Lorsqu'il est question de magasinage, tout le monde a son mot à dire, de la liste des souhaits à adresser au père Noël jusqu'aux détails de la décoration.de la salle à manger. Ces échanges demeurent le cœur de tous les rassemblements.

— Cette année, Catherine et moi avons décidé de vous recevoir, annonce Cassandre au grand étonnement d'Annie et de Lucille.Il y a deux raisons : pour les prochains deux ans, nous serons au Mali. Nous avons reçu notre réponse avant-hier.

— Quelle belle nouvelle! Votre projet prend donc forme. Mais le Mali, j'y pense, c'est au bout du monde! de dire Lucille.

— C'est vrai que c'est loin, mais l'organisme cherche des volontaires. Nous sommes censées partir à la fin du mois de mars. Tu pourrais venir nous visiter. Marc serait le bienvenu évidemment, dit-elle d'un ton complice à sa mère.

« Je suis vraiment fière de mes filles, se dit Lucille. Chacune à leur façon, elles mènent leur vie en gardant les valeurs que je leur ai transmises. Annie est une bonne maman tandis que Cassandre fait preuve d'un humanisme hors du commun. »

— Et pour vous deux, quand prendrez-vous possession de votre condo? lui demande Annie.

Marc et Lucille se regardent. Qui va répondre? « Voilà un bon moyen de voir qui va porter la culotte », pense Annie en trouvant ce jeu amusant.

— Si tout va bien, nous y dormirons vers la mi-janvier. Marc et moi avons très hâte de nous retrouver dans notre futur appartement. Mais j'avoue que l'ingénieur du projet est le mieux placé pour parler des détails.

–   Notre décorateur est incidemment un ancien élève de Lucille. C'est l'étape des décisions finales sur le mobilier, la décoration et cette semaine, nous magasinerons le choix des luminaires. Nous aurons la satisfaction de vous montrer le tout dans cinq ou six semaines. Je pense qu'après la réception de Cassandre et Catherine, nous serons les prochains à lancer une invitation. J'ai déjà hâte de vous montrer la superbe cuisine.

Les questions fusent. Évidemment, les garçons se vantent d'avoir déjà vu un peu comme c'est beau chez Mamie. Mais ils ont promis de garder le secret! Sinon, le père Noël risque d'oublier, lui aussi, quelques cadeaux de sa liste. Plus que jamais, Lucille savoure la complicité des membres de sa famille.  À l'insu des regards, elle glisse sa main sur la cuisse de Marc. Il frémit. Le message est clair : tu les as conquis! C'est mission accomplie.

# Chapitre 26

C'est avec le cœur rempli de chaleur que l'hiver se déroule, pour Marc et Lucille. Dans un restaurant à l'ambiance romantique, la soirée de la Saint-Valentin prend un tournant que la jeune amoureuse de 60 ans n'avait jamais imaginé. Marc aborde d'abord en douce les étapes qu'ils s'apprêtent à vivre. Il évoque tout le chemin parcouru depuis leur première rencontre et ils lèvent leurs verres à l'amour, comme tous les autres couples attablés ce soir-là au restaurant « Tango pour deux. »

— Te souviens-tu de la question que je t'ai posée, lorsque nous étions en voyage? J'attends depuis ce jour une réponse de ta part. L'aurais-tu oubliée? demande Marc avec une émotion qu'il réussit à peine à contenir.

Lucille ferme les yeux un moment et se revoit à Paris comme si elle y était encore. Son amoureux lui tient la main pendant qu'une java s'élance d'une fenêtre. Il est inquiet des dernières querelles que le couple a vécues pendant le voyage et Marc a besoin d'être rassuré. Il lui avait demandé : « Lucille, c'est toi que je veux. C'est en ta compagnie que je veux découvrir et bâtir ma vie. Accepteras-tu de partager cela avec moi? Hésitante à s'engager,

Lucille n'avait rien répondu. Elle voulait d'abord rentrer au pays et prendre le temps de planifier la transition. Pourtant, ce soir, elle se sent en confiance. Sans plus hésiter, Lucille prend sa main et elle trace dans sa paume un cœur imaginaire.

– Oui, Marc, je veux moi aussi partager ma vie avec toi. Enfin, ce qu'il en reste,  ajoute-t-elle en riant.

* * *

Les branches des arbres emmitouflées de neige viennent se graver dans le regard de Lucille. Elle observe les blocs de glace qui flottent sur la rivière et elle respire la joie de ce calme qu'on associe à la vie à la campagne. Mais la ville est là, muette, juste derrière son dos et aussi là, devant, sur l'autre rive. Mais dans cette oasis de paix que Marc a su créer, c'est un coin du paradis qu'elle déguste en ce premier matin. Après trois jours de va-et-vient pour apporter les derniers objets et installer le mobilier au meilleur endroit qui soit, la vue de cet appartement les enchante. La fatigue fait place à la quiétude.

– La déco est vraiment parfaite pour nous deux, lui avoue-t-elle en constatant que cela ne ressemblait ni à son condo précédent ni à la maison qu'elle avait habitée pendant plus de trente ans.

Des mois de tension prennent fin pour le couple qui célèbre, après une nuit parsemée d'élans amoureux, le premier petit-déjeuner sur fond de neige.

– Nous aurons le plaisir de vivre ici de nombreuses saisons ma douce. Des printemps doux, des étés chauds et verdoyants, des automnes tout en couleur et des hivers pacifiques à moins que nous ne fassions nos valises pour rejoindre le soleil, quelque part où il se trouve.

— À ce sujet, Cassandre a appelé hier. Elle voulait encore te remercier. Ton idée de prendre soin de son condo pendant son absence, c'est génial.

Marc et elle étaient devenus de grands amis. Il avait offert à la fille de Lucille de s'occuper de la sous-location de son appartement durant son séjour au Mali.

— Ils partent bientôt? demande-t-il en regardant le calendrier. Tu ne voulais pas les recevoir samedi, avant leur départ?

— Oui, elles vont venir prendre le souper avec nous. Et je t'annonce que c'est toi le chef invité! Moi, je me laisse gâter un peu et je veux profiter de cette dernière présence de Cassandre pour me consacrer à elle et à ses projets de bénévolat avec Catherine.

Lorsqu'elles se pointent au condo, Lucille les fait entrer dans le vestibule, range manteaux et bottes puis, retenant son souffle, elle ouvre la porte qui leur permet de découvrir la maison neuve dans toute sa splendeur.

— Wow! C'est chic et chaleureux. Quelle harmonie! Je crois qu'on ne verra rien d'aussi beau au Mali.

— Ta sœur en a eu le souffle coupé. Et tout n'était pas encore en place comme ce soir, dit Lucille. Marc avait bien raison de me répéter qu'il savait exactement ce qui me conviendrait. Je me sens ici comme une reine!

Secrètement, Annie avait confié à Cassandre dans la soirée d'hier qu'elle enviait sa mère. La beauté du paysage et l'opulence de l'appartement et des meubles éveillaient en elle une certaine jalousie. Elle avait même osé prendre un peu de mérite pour elle, dans le dénouement heureux de cette relation de couple. « M'man est chanceuse. J'espère qu'elle n'oublie pas que c'est grâce à moi si elle a rencontré Marc », avait-elle dit, fière de son exploit.

La soirée se termine tard dans la nuit et des larmes arrosent les adieux. Elles passeront des mois sans se voir, chacune étant occupée à construire quelque chose d'important.

    — Maman, je veux te remercier pour tout ce que tu m'as permis de réaliser. C'est la confiance en moi-même que tu m'as transmise qui me semble être le plus bel héritage. Je veux maintenant partager cela avec Catherine, et aussi avec d'autres personnes qui en ont grand besoin. Je t'aime!

Lucille ne trouve pas de mots. Elle ressent un mélange de fierté et d'inquiétude, de bonheur et de douleur. Marc passe son bras amoureusement autour de ses épaules et c'est lui qui rassure tout le monde.

    — Vous pouvez compter sur moi l'une comme l'autre, quoi qu'il arrive!

La distance aura-t-elle un impact sur cet attachement si sincère entre Lucille et Cassandre? Désireuses de partir sans verser de larmes, les deux jeunes coopérantes ont décidé de taire l'heure et le jour de leur départ. Lorsque Lucille reçoit un courriel, trois jours plus tard, son sang ne fait qu'un tour. Sa fille est maintenant rendue en Afrique de l'Ouest. Elle donne des précisions sur le voyage, qui s'est passé sans aucun problème et joint ses premières photos de la capitale du Mali, Bamako où elle demeure pendant la première semaine d'inculturation.

— Viens voir, Marc, nos filles sont devenues des femmes sans frontières!

\* \* \*

Le printemps fait son entrée en douce sur le Québec. Une fois par mois, Marc et Lucille reçoivent les deux moustiques pour une nuit ou un week-end. Charles-Antoine et Mathis arrivent avec leur petit sac à dos et s'amusent follement avec leur nouveau papi. Marc déborde d'imagination pour stimuler leur intelligence et les divertir. Il prend son nouveau rôle très au sérieux.

— Te rends-tu compte, lui dit Lucille, en septembre prochain, Mathis entrera déjà à la maternelle. À cause de sa date de naissance, il a perdu une année. Il en sait déjà bien plus que les autres de son groupe. Lorsqu'il sera en première année, il va s'ennuyer. Je dois en parler avec Annie. Elle pousse beaucoup trop son fiston. Il sait compter jusqu'à cent et il arrive même à écrire son nom.

— Est-ce la grand-mère ou l'ancien professeur qui parle?

— Les deux. Tu ne trouves pas que la vie passe de plus en plus vite?

— Oui, c'est aussi mon sentiment. Il faudrait ralentir les mois, les jours, les heures. Mais je me rends compte avant tout de notre chance. Nous sommes tous les deux en santé, et nous ne manquons jamais d'amour.

Le fils de Marc, Félix, se pointe le bout du nez une fois par mois. Fait nouveau : il n'arrive plus à l'improviste. Il prend la peine de téléphoner à son père pour lui demander s'il peut faire un saut ou souper avec eux. Depuis qu'il a reçu le rapport de l'ADN lui confirmant que l'enfant n'était pas le sien, Marc trouve son fils plus mature, plus réfléchi. Pour le moment, Félix lui apprend qu'il fréquente une avocate.

– À quand les présentations?

– Le jour où j'aurai la certitude qu'elle est vraiment en amour avec moi.

– Les temps ont changé. Ce n'est plus toi le bourreau des cœurs? de taquiner Marc. On dirait bien que c'est toi qui as été séduit, cette fois.

– J'avoue que c'est une femme spéciale. Et puis, il faudra bien que je me case un jour ou l'autre.

Bien installés dans leur condo, Lucille et Marc mettent de l'avant de nouveaux projets. Marc se porte volontaire pour faire partie du conseil d'administration de l'immeuble. La majorité des propriétaires étant aussi des retraités, il se crée une nouvelle amitié entre chacun. Lors de la première assemblée des copropriétaires, Lucille propose de donner des cours d'aquaforme à petit prix. Six personnes acceptent de profiter de ses conseils pour garder souplesse et santé. Marc aménage, avec l'aide d'un architecte retraité habitant l'immeuble, un atelier où les hommes peuvent se rendre bricoler à leur guise. Après avoir ramassé une certaine somme, il achète tous les outils nécessaires. L'initiateur récolte de nombreux compliments. Pour son propre plaisir, tous les mercredis, Lucille suit des cours de bridge. Voulant sauver son honneur, l'apprentie attend de maîtriser complètement ce jeu avant de demander à Marc d'être son partenaire. « J'ai ma fierté après tout! » se dit-elle.

Certes, il y a quelquefois des accrochages, mais l'un ou l'autre essaie d'atténuer les situations délicates. À la suggestion de Marc, les deux amoureux consultent un notaire pour mettre sur papier les termes de leur entente de vie commune. Profitant de l'occasion, ils décident également de refaire leur testament. Leur nouvelle vie se confirme comme étant la plus belle tranche de leur existence, parce que la communication vient l'alimenter, autant le jour que la nuit. Mais ils craignent les reproches des autres, car ils savent que le bonheur rend les gens égoïstes. Alors, ils ont toujours à cœur de nourrir leurs amitiés.

Lucille et Madeleine se parlent une fois par semaine. Elles reçoivent régulièrement des cartes postales de Denise qui semble heureuse de faire ce magnifique voyage en compagnie de François. Madeleine, encore sur ses gardes, veille sur Paul. Repentant, réapprenant à exprimer son affection autrement que par la sexualité active, il écoute les recommandations de sa douce moitié. Sa peur de la perdre a fait toute la différence. Loin de profiter de son grand cœur en ne pensant qu'à lui, Paul a évolué et il apprend à mieux veiller sur celle que la vie lui a permis de rencontrer : sa perle rare!

La routine s'installe peu à peu pour le couples, après une année remplie de changements. Lucille se dit parfois que la vie à deux n'est jamais simple, qu'il faut sans cesse jeter des ponts entre les deux îles pour éviter qu'elles ne s'éloignent l'une de l'autre.

L'attrait des premiers mois fait place à une complicité, à une espèce de tendresse qui ne suffit pas toujours à satisfaire la fougue de Lucille. Après le repas du midi, Marc déserte de plus en plus souvent la maison, au grand désespoir de sa compagne. Elle se doit de faire un menu pour le souper et de concocter des repas qui répondront à l'appétit de son homme, trop occupé par son nouveau hobby, la menuiserie. Désenchantée par la place qu'occupe cette passion. Lucille décide d'en toucher un mot à Madeleine.

— Il ne vit pas à l'hôtel. Pourquoi te donner autant de trouble?

— Parce que je le connais, il aime bien manger et que je ne veux pas le décevoir.

— J'voudrais pas être à ta place. Paul, il mange ce que j'lui sers. Il est toujours content. C'est vrai que j'fais différent tous les jours. Ton Marc doit ben aimer le pâté chinois, le ragoût, la sauce à spaghetti, les croquettes de poulet. C'est simple, mais c'est bon!

— Pour être franche, il n'aime pas beaucoup ce genre de nourriture.

— Mets-y des p'tits légumes autour, pis des herbes. Fais des dessins avec de la crème. Mais pas trop, il faut faire attention au cholestérol, ajoute-t-elle en riant.

— J'aurais aimé qu'il continue à cuisiner. C'est la même chose pour le sexe. Il est moins fringant qu'au début. Penses-tu que c'est grave?

— On peut pas être en lune de miel toute sa vie. Reviens sur terre! Depuis combien de temps ça colle vous deux?

— Presque un an. J'aimerais qu'il mette un peu de piquant dans notre couple.

— Pourquoi ce serait pas toi qui en mettrais?

— Je n'ai jamais connu ça, l'habitude en couple. Après tant d'années de solitude, j'ai peut-être idéalisé la chose. Toi, comment ça se passe avec Paul?

— Ben, c'est normal. On se chicane jamais. On joue aux quilles, on prend des grandes marches. C'est le médecin qui nous l'a conseillé. Ça me fait du bien, j'fais presque pus de pression. On aime les mêmes programmes à la télé. Des fois, il vient me retrouver dans ma chambre. C'est pas comme au premier jour, mais ça peut aller. Je manque de rien, surtout pas de tendresse... et de compliments!

— Tu n'as jamais été bien gâtée de ce côté-là, de souligner Lucille.

— L'autre jour à la télé, ils ont dit qu'il fallait innover pour garder la santé du couple.

— Je dois dire que je ne fais pas grand effort. J'ai même res-sorti mes vieilles jaquettes. J'oublie de me maquiller en me levant le matin. Faut croire que notre contrat conjugal commence à vieillir, avoue Lucille.

— Fais attention de pas l'perdre.

— Tu penses qu'il pourrait me quitter?

— Il y a ben des femmes qui aimeraient ça l'avoir. Séduire un homme qui est en couple, c'est un jeu qui allume ben des femmes.

Les dernières paroles de Madeleine viennent se loger dans l'oreille de Lucille comme si elles étaient reliées à une clochette.

–   Justement, il y a une femme qui lui tourne autour. Imagine-toi qu'elle s'est découvert des talents de menuiserie. En plus, elle est très jolie. Je ne suis pas jalouse, enfin..., je ne pense pas, mais celle-là me semble un peu suspecte. Tu m'ouvres les yeux. Je dois faire des efforts pour garder mon homme. Il y a une prédatrice dans les parages!

–   Un conseil d'amie : prends pas de chance.

Il n'en faut pas plus pour que Lucille mette de l'avant un projet de voyage romantique pour reconquérir Marc. Est-il survenu à temps? Lucille espère que oui, mais le démon de la tentation a plus d'un tour dans son sac.

* * *

À son insu, Lucille orchestre une fin de semaine d'amoureux dans la belle région de Charlevoix. L'auberge choisie près du fleuve offre de la massothérapie et même de l'algothérapie. Son seul désir : que son homme soit bichonné, traité comme un prince. Pour l'occasion, elle fait l'achat de nouveaux vêtements qui la rajeunissent. Malgré ses demandes insistantes, la destination reste secrète : pas question qu'elle dévoile à Marc le lieu de leur escapade. Il s'agit presque d'un enlèvement!

–   Pourquoi tous ces mystères? lui demande Marc un peu sur ses gardes.

–   Parce que c'est une surprise. Je te kidnappe pour trois jours.

« Ta Lucille des premiers jours vient enfin de se réveiller, mon cher monsieur! » pense-t-elle excitée par son audace.

– Si je comprends bien, je dois annuler mes activités, avoue Marc avec un air contrarié.

« Moi qui ai dit à Lise que je l'aiderais pour la finition de son meuble. De quoi vais-je avoir l'air? » se dit-il.

– Depuis quand bricoles-tu les fins de semaine? lance Lucille sur un ton faussement naïf.

« Il croit peut-être que je ne vois rien. Je ne suis pas aussi aveugle qu'il le pense. »

– Lise voulait que je lui donne des cours de scie à onglet. Les fins de semaine, l'atelier est plus tranquille. Tu devrais voir le meuble qu'elle fabrique pour sa petite-fille. Un vrai chef-d'œuvre.

« Je ne suis pas pour avouer à Lucille que j'aime bien sa compagnie et qu'elle me complimente constamment, que ça flatte mon orgueil », pense Marc.

– Tu parles de la dame du 408? Comment va-t-elle réagir si tu t'absentes? demande Lucille en guettant les réactions de son homme.

« Pourquoi détourne-t-il les yeux? A-t-il quelque chose à se reprocher? »

– Je lui dirai tout simplement que j'ai un empêchement. Ce n'est pas la fin du monde!

« Lise comprendra, j'en suis certain, se dit Marc en tentant de cacher son irritation..Pourquoi tant de questions, soudainement? Lucille est-elle jalouse? »

– Elle va comprendre que toi et moi, nous partons en amoureux, pour un week-end. Tu l'aideras au retour.

« Et s'il ne m'aimait plus? se demande Lucille, subitement inquiète. Il est peut-être déjà trop tard! »

– Son mari l'a quittée, elle est encore sous le choc. Elle se sent seule. Le fait d'avoir un projet concret l'aide à s'accrocher à la vie. Elle est assez habile, ma foi, ajoute Marc pour tester les intentions de sa compagne.

– Évidemment, elle cherche un consolateur. Tu es un homme parfait pour la remettre sur ses rails. N'en fais pas trop, tout de même!

– Ma foi, tu me fais une crise de jalousie? affirme Marc en riant. Tu doutes de mes intentions? Tu crois que mon charme opère encore ? C'est flatteur!

– Si tu n'as rien vu, c'est inquiétant. Elle tourne autour de toi comme une mouche autour d'un pot de miel; tu n'es pas naïf au point de l'ignorer, j'espère?, s'amuse à son tour Lucille.

– « Je n'ai pas besoin de lunettes pour y voir clair. Mon homme est encore très séduisant. Il joue le bon samaritain avec une telle candeur! »

– Tu n'exagères pas un peu? se défend-il.

– Parce que tu m'assures que tu ne la trouves pas jolie, que tu n'es pas attiré par elle, peut-être?

– Ce n'est pas dramatique. Elle a seulement besoin de compagnie, alors je l'écoute.

– Marc, on peut en rire et ignorer les faits, mais sois honnête. C'est un jeu qui peut devenir un piège. Es-tu heureux avec moi? ose demander directement Lucille.

Elle appréhende la réponse. « S'il me répond par la négative, qu'est-ce que je fais? »

– Je te rassure ma belle. Tout va très bien entre toi et moi. Je crois que tu me cherches des poux? Je n'ai rien à te cacher alors, je me sens très bien dans cette relation amicale.

– Tu n'es pas aussi amoureux qu'avant. Tu as changé. Le sexe t'intéresse moins. La routine nous rattrape, on dirait.

– Moi, je croyais que tu aimais avoir plus d'espace. Je te trouve plus indifférente depuis quelque temps. Je me demande même où est passée ma belle petite chatte en chaleur? Elle me manque, tu sais.

– Ta féline d'amour a besoin d'être conquise, d'avoir la certitude que son mâle la désire encore.

– Viens dans mes bras, je vais te le prouver sur-le-champ, dit-il en passant de la parole aux actes. Ce que tu es manipulatrice!

Lucille se prête aux caresses de Marc en conservant une arrière-pensée qui l'empêche de s'abandonner vraiment au moment présent. Son imagination dévale une autre pente : la belle Lise revient constamment la hanter. L'a-t-il embrassée? L'atelier où ils se retrouvent seuls a-t-il déjà été le cadre d'une excitation plus directe. Elle ne peut s'empêcher de ramener ce vieux fantasme masculin de conquérir une belle femme sur un établi en désordre, dans l'odeur excitante des sciures de bois. Stop! Elle referme la caméra mentale qui va la conduire à une crise excessive et elle respire. « Je crois que je vais aller prendre l'air, j'en ai grand besoin » se dit Lucille pour reprendre confiance en elle.

— Et moi, je vais annoncer à Lise que je m'absente, lance Marc en se dirigeant vers la porte. Ne t'inquiète pas, je t'aime! Ma vie entière t'appartient. Tu peux faire de moi tout ce que tu veux.

Lucille revoit les faits. Elle comprend que son projet de week-end ne peut pas mieux tomber et que c'est la suggestion de Madeleine qui l'a mise sur la voie de l'audace. « Les femmes n'ont pas toujours à attendre que leur homme prenne l'initiative; sortir de la routine est une bonne façon de démontrer nos sentiments. Je l'aime Marc; je dois le lui prouver. »

« Comment faire pour garder un homme dans la force de l'âge, bien conservé, qui sait parler aux femmes? Je ne peux tout de même pas me tenir à ses côtés jour et nuit. » Consciente que la jalousie n'est pas une attitude très saine, elle décide de réchauffer la flamme de sa relation, par son originalité. Ce petit voyage est une belle occasion de parler franchement et de profiter d'une intimité rassurante. Mais la peur de perdre son homme s'était logée en elle. Pendant qu'elle ventilait, qui sait ce que lui pouvait bien faire?

* * *

Malgré un interrogatoire serré digne d'un avocat d'expérience, Lucille s'entête à ne pas dévoiler à Marc le lieu de leur escapade.

— Est-ce que je dois m'apporter un habit et une cravate? lui demande-t-il.

—   Hum... peut-être. Ton habillement n'a pas beaucoup d'importance, c'est ton corps qui m'obsède, en réalité, badine-t-elle pour le faire marcher.

—   Donne-moi au moins quelques indices. De un : ce n'est sûrement pas un voyage en avion, de deux : tu prends ta voiture, donc on doit faire de la grande route.

—   Même sous la torture, je ne répondrai pas à tes questions. Un enlèvement! C'est tout ce que je te dis!

Heureux de cette prise d'otage annoncée, tout au long du trajet, Marc se laisse aller à une bonne humeur contagieuse. Il chantonne, caresse le cou de Lucille, lui masse les épaules pour s'assurer qu'elle n'accumule pas de fatigue. Comme Marc ne connaît pas la destination, après chaque panneau d'indication, il essaie de deviner l'endroit où sa belle l'amène.

—   J'y suis : nous allons au Cap-de-la-Madeleine. Le département des miracles!

—   J'ai pensé qu'un petit pèlerinage, en effet, te ferait le plus grand bien, renchérit-elle.

—   J'espérais un endroit plus romantique. Un peu plus excitant qu'un bol d'eau bénite.

Elle rit franchement à cette boutade. Un spa à l'eau bénite! Quelle formule miraculeuse pour un couple qui veut combattre l'usure du temps. Plusieurs kilomètres plus loin, il se hasarde à une nouvelle hypothèse :

—   J'ai trouvé. Nous allons à Québec. J'ai toujours aimé la vieille ville, l'histoire. Ça fait des siècles que je ne suis pas allé voir notre beau parlement.

Lucille continue sa route, sourire aux lèvres. Elle se dirige vers Sainte-Anne-de-Beaupré. Elle anticipe déjà sa réaction.

— Ne me dis pas que nous allons à la basilique! Ma très chère sœur, depuis que je suis avec vous, je n'ai commis que quelques péchés véniels. Me confesser n'est pas aussi urgent que ça!

— Je vois, lorsque l'on se confesse, il faut avoir le ferme propos de ne plus recommencer. C'est pour ça que tu hésites. Le péché est un régal. Et cela inclut les mauvaises pensées mon fils? termine-t-elle en prenant une voix pincée.

— Un homme a toujours de mauvaises pensées. Les grands penseurs sont unanimes sur le sujet. Mais dans mon cas, elles sont sans conséquence. J'ai la chance d'avoir auprès de moi la femme que je voulais vraiment et je l'aime pleinement.

— Un vrai séducteur. Ça fait tout de même plaisir à entendre. Moi aussi, je te suis totalement dévouée.

Le paysage montagneux de La Malbaie offre aux voyageurs un cadre enchanteur en ce début de juin. L'accueil et le sourire des habitants de cette région s'harmonisent si bien avec ce décor idyllique. À mesure que le couple se rend disponible pour absorber ce paysage verdoyant, le charme du dépaysement commence à opérer.

L'auberge que Lucille a choisie répond parfaitement à ses attentes. Le lit immense est paré d'un édredon moelleux orné de tournesols, les deux fauteuils berçants et le pupitre antique sur lequel se trouvent une plume et un encrier touchent les goûts et la sensibilité esthétique de Marc. Une demi-heure après leur arrivée, un massothérapeute frappe à la porte, tenant entre ses mains une robe de chambre de ratine et des mules.

– Bonjour monsieur, madame, je suis Patrice. Monsieur, si vous voulez bien me suivre. On nous a prévenus : il semblerait que vous avez grand besoin de relaxer. Nous serons à votre service durant les prochaines quarante-huit heures.

– Wow! J'aime ça. Merci ma chérie pour cette délicate pensée.

– C'est à ton tour de te laisser gâter un peu.

Marc s'abandonne entre les mains expertes du massothérapeute. Plus tard, pendant le repas sept services, assortis des meilleurs vins, Lucille regarde son compagnon de façon différente. Il est souriant, détendu et irrésistible.

« Quelle chance de l'avoir rencontré. Qui aurait dit qu'un jour, grâce à un site de rencontres, je ferais ma vie avec un tel homme? Madeleine a raison, je dois tout mettre en œuvre pour le garder. À un certain âge, il faut savoir pimenter sa vie de couple. C'est mon défi. »

– J'apprécie ce petit voyage improvisé. Tu es ravissante ce soir. J'ai repensé à la conversation que nous avons eue avant de partir. Depuis quelque temps, je me rends compte que je suis moins présent. Ce n'est pas révélateur de mon attachement envers toi.

Lucille le regarde avec attention. Il poursuit :

– Dans mon ancienne vie, j'avais tendance à m'évader pour ne pas m'encroûter dans un quotidien qui ne me convenait pas. Lorsque je t'ai rencontrée, je m'étais promis de ne pas retomber dans mes anciens *patterns*. Je ne sais pas pourquoi, mais pendant que Patrice me massait, j'ai vu ma vie telle que je la vivais. Je veux changer et il va falloir que tu m'aides.

Le cœur battant, elle lui prend la main.

— Tu devras m'apprendre. J'ai vécu très peu de temps en couple avant toi, avec un homme malade qui avait des problèmes de santé mentale. Il a fallu que je m'organise sans compter sur lui. Avec toi, tout est différent. Si je veux être franche, j'ai encore parfois peur de ne pas être à la hauteur de tes attentes. Moi aussi, j'ai besoin de ton appui, mais nous devons continuer à communiquer de cœur à cœur, comme maintenant.

— Et pour le sexe, par exemple si ce soir je ne t'approche pas, vas-tu comprendre que cela n'est pas par manque d'amour?

— Oui, parce que je vois bien dans tes yeux que tu as grand besoin de sommeil. Ce n'est que partie remise, monsieur le matou. Quoi que... tu ne crois quand même pas pouvoir t'esquiver de la sorte?

— Demain, je demanderai un massage plus énergisant. Et toi, pourquoi ne pas en prendre un aussi? Je me sens mieux dans ma peau, comme si j'étais libéré d'un étau.

— Parce que cette fois-ci, c'est toi qui dois en profiter.

— Laisse-moi te faire aussi ce cadeau. Patrice est beaucoup trop beau, mais tu pourrais essayer une autre massothérapeute.

— Si je comprends bien, tu souhaites que ce soit une femme? Tiens! Tiens!

— Je protège mon royaume, c'est normal. Je tiens à l'exclusivité.

390

Après une bonne nuit de sommeil, Marc a pris rendez-vous pour Lucille. On lui a assuré que Marie était l'une des meilleures masso-thérapeutes de l'équipe. C'est avec plaisir que Lucille entre dans la cabine de massage, tout heureuse de ce retour d'ascenseur.

– Je voudrais savoir quels sont vos besoins. Qu'est-ce qui vous détend le plus?

– Je n'en sais trop rien. Aujourd'hui, je me sens entre deux eaux. C'est probablement à cause du vin que j'ai bu hier.

Marie évalue le degré d'énergie que sa cliente dégage.

– Vous permettez que je vous touche? Je vais y aller en douceur. Vous avez quelques blocages. Avec votre permission, je vais harmoniser vos chakras. Il se peut que vous sentiez un malaise. Si c'est le cas, n'hésitez pas à m'en faire part.

Lorsque Marie touche la région du plexus solaire, Lucille se crispe et elle repousse sa main.

– Cette pression vous rend inconfortable?

– J'ai envie de pleurer et je n'aime pas me trouver dans cette situation.

– Vous pouvez me faire confiance. Laissez-vous aller.

Lucille ne veut pas vraiment s'abandonner. Elle craint que si elle baisse sa garde, ses blessures passées refassent surface.

– Dites-moi ce qui vous fait peur? questionne Marie.

– Si je lâche prise, je sais que je ne pourrai plus revenir en arrière. Mon conjoint aimerait tellement que je m'engage. Ma peur me prive peut-être de quelque chose de meilleur? Je suis terrifiée.

Au même moment, Lucille est incapable de retenir les gros sanglots qui semblent remonter de très loin, du plus profond d'elle-même.

Tous ses souvenirs, pendant que Marie lui masse les cheveux, elle les revoit : sa jeunesse, ses frères qui se moquent constamment d'elle, sa mère peu présente lorsqu'elle a du chagrin, son mariage pour prouver au monde qu'elle est importante, ses années de professorat où elle s'acharne à performer pour se faire aimer, admirer, ses deux amies qui la côtoient depuis plus de trente ans et qui ne savent pas qui elle est vraiment et Marc, cet homme bon et généreux qui l'a choisie elle, avec ses qualités et ses défauts. Pourquoi après tant d'années, pense-t-elle encore que ce bonheur qui est à la portée de sa main n'est pas mérité?

Marie devine la remise en question profonde qui s'opère. Elle attend patiemment que la tempête se calme. Couchée en position du fœtus, avec sa petite taille, Lucille ressemble à un oiseau blessé par la vie. La détente de cet après-massage, de ce retour dans le passé, s'accomplit en douce.

Discrètement, Marc frappe à la porte.

Marie lui demande de rester à l'écart pour quelques minutes. Il a entendu les pleurs de Lucille. Inquiet, il marche de long en large dans le couloir.

« J'espère qu'elle n'est pas dans le même état que moi hier. Ça brasse les émotions, ce genre de massage. Est-ce qu'elle va finalement me choisir? Suis-je à la hauteur de ses attentes? Lucille est une femme à la fois forte et si fragile, je ne pourrais pas imaginer ma vie sans elle. »

Marie a laissé sa cliente récupérer seule pendant une quinzaine de minutes. En lui touchant le bras, Lucille sursaute.

— Je m'excuse de vous déranger, mais malheureusement j'ai d'autres clients.

— Qu'est-ce qui m'a mise dans cet état?

— Je n'y suis pour rien. Lorsque vous m'avez permis d'ouvrir une petite porte, c'est vous qui avez fait le travail de revisiter votre passé.

— J'imagine que j'en avais grand besoin. Je comprends mieux mon amoureux. Hier, il était dans un état second. Il m'a révélé des choses qui m'ont surprise. Je pense que moi aussi je dois lui ouvrir mon cœur.

— Je vous souhaite la meilleure des chances, conclut Marie en souriant.

Après s'être rhabillée, Lucille a entrouvert la porte et s'apperçoit que Marc l'attend. Bras dessus, bras dessous, ils marchent sans rien dire jusqu'à leur chambre. Sitôt la porte refermée, Lucille se jette dans ses bras.

— Nous avons toute la journée pour nous deux, dit-il.

Il approche la berceuse et comme un bébé, il berce la femme qu'il aime et, comme jamais dans son passé, Lucille mesure son grand besoin de tendresse.

J'ai souvent pris soin des autres, mais bien peu de moi. Merci de si bien me comprendre. Je suis beaucoup plus vulnérable que j'en ai l'air.

– Maintenant, je le sais. Si tu le veux, je serai toujours là. Seulement si tu me choisis à ton tour!

# Chapitre 27

Par un jour de pluie particulièrement morne, malgré les indices d'un retour de la belle saison, Lucille se sent prise d'une nostalgie qui lui colle à la peau comme une toile d'araignée invisible. Elle n'arrive pas à sourire en se disant que le soleil reviendra demain, qu'il est là-haut, par-dessus l'épaisse couche de nuages gris. Le départ de Cassandre d'abord, lui pèse. Les nouvelles arrivent périodiquement, mais la possibilité de lui rendre visite, de recevoir un appel à l'improviste, de l'imaginer dans son quotidien, tout cela la rend nostalgique. Il y a tellement de distance entre elles, maintenant, que Lucille se sent orpheline de sa fille. Elle prend un thé vert en tentant de se raisonner, sans succès.

La longue absence de Denise tire à sa fin et, bien évidemment, cet éloignement lui laisse aussi des regrets. Comme si le trio des « PBG » avait été amputé d'un membre. Philosophe, Madeleine a bien essayé de lui faire comprendre que même si la vie les séparait pour quelque temps, leur amitié demeurait indéfectible. Un certain vague à l'âme lui pèse. Elle consulte le calendrier. « Attendre... Quelle horreur! » La solution réside sans doute dans l'action. Lucille décide donc de faire le ménage de ses courriels, ce qu'elle a négligé depuis qu'elle a amorcé sa relation avec Marc.

Elle sourit en relisant sa page d'annonce. Elle avait fait preuve d'audace... et aussi d'une certaine naïveté, juge-t-elle aujourd'hui. Et lorsqu'elle révise la fiche de Marc, elle tente de voir pourquoi le déclic s'est produit avec lui et pas avec les autres candidats. « Nous avions en effet quelque chose en commun qui n'a jamais été écrit : la souplesse de caractère, bien que... j'ai été assez difficile à déprogrammer, j'en conviens. Pauvre de moi! La richesse n'était pas pour Lucille. Un « pauvre » gars plus « riche » que moi, c'était une raison suffisante pour me braquer, pour me méfier, pour fuir même. Tout cet héritage culturel négatif dans ma relation avec l'argent, c'est l'os qui aurait pu nous éloigner pour toujours. Quand va-t-on apprendre qu'on n'est pas seulement ce que l'on possède. Notre valeur est en nous et non dans notre compte bancaire. »

En quelques mois, les trois amies avaient connu toutes sortes d'expérience dans leurs rencontres avec des hommes disponibles, mais pas toujours réellement libres de s'attacher sans les fantômes de leur passé. L'implication d'Annie dans le débat avait aussi été difficile à assumer : trop de méfiance de la part des enfants, cela aussi crée des doutes pour tous ces parents aujourd'hui trop solitaires. « Chercher un compagnon, c'est contre-nature dans la perception de nos enfants. Pourtant, il y a une vie après la famille... », se dit Lucille. Combien d'aînés vivraient leur troisième âge plus sereinement s'ils avaient la possibilité de compter sur un partenaire qui les comprend, dans le respect et l'appréciation? « Je suis vraiment chanceuse. Marc m'apporte tellement de bonheur! »

Après des heures à philosopher sur les relations humaines, à l'approche de la retraite et après aussi, Lucille se sent ragaillardie. « Même s'il pleut dehors, moi, j'ai une vie que j'aime et je la partage avec un homme que j'aime. Est-ce un feu de paille? Je commence à croire que cette peur-là vient aussi de mon vieux passé d'écorchée de l'amour. Si je regardais la réalité avec confiance, pour une fois! »

\* \* \*

À son grand étonnement, deux jours plus tard, Lucille reçoit un appel de Denise.

– Allo! Tu reconnais ma voix? dit Denise enjouée.

– Comment l'oublier. Tu es de retour... enfin! Tu as fait un bon voyage? lui demande Lucille avec soulagement.

– Je pourrais t'en parler pendant des heures. Mais j'aime autant le faire juste une fois, en présence de Madeleine aussi. Que dirais-tu si j'organisais un petit souper de filles, comme dans le bon vieux temps.

– Parfait! Quand ça? Si j'ai bien compris, c'est toi qui décides de l'endroit!

– Je tiens à vous recevoir chez moi. Je veux vous inviter à souper. Durant mon voyage, j'ai pris de grandes décisions. Imagine! J'ai commencé à cuisiner. Vous serez mes premières dégustatrices. Que dirais-tu de mardi prochain?

– Excellent pour moi. Tu ne sais pas à quel point tu m'as manquée. As-tu contacté Madeleine?

– Je lui ai parlé ce matin. Elle est libre. Il n'y a pas une journée où je n'ai pas pensé à vous deux. J'ai dû casser les oreilles à François des centaines de fois en lui racontant certaines anecdotes que nous avons vécues. Mais ne t'en fais pas, je suis restée discrète sur certains sujets. Je vous attends vers 17 h. J'ai l'impression que la soirée sera longue. On a tellement de choses à se dire!

Les retrouvailles sont remplies d'émotion. Comment résumer en quelques mots les cinq mois d'absence de Denise? La tempé-rature clémente de juin permet à l'hôtesse de faire profiter à ses amies du site enchanteur qu'elle habite, près du mont Royal. Comme à son habitude, Lucille arrive la première, apportant un immense bouquet de fleurs des champs.

— Tu n'aurais pas dû. Je te remercie.

Elle dépose le bouquet sur la table et fait une longue accolade à son amie. Émues, elles se regardent pendant un moment.

— Tu as beaucoup changé. Je te sens plus sereine, lui avoue Lucille.

—. Tu n'as pas tort. François est en grande partie responsable de ma métamorphose. On en reparlera lorsque Madeleine sera avec nous. Installe-toi sur le balcon pendant que je mets tes fleurs dans un pot.

Lucille admire le décor : les arrangements floraux, la table bien mise, la vaisselle qui s'harmonise avec le parasol. « Quel talent! C'est dommage que la vie ne lui ait pas permis d'être designer; elle aurait pu exercer ses talents de créativité et en faire profiter les autres », se dit-elle émerveillée.

Madeleine arrive à son tour, un peu essoufflée, et dépose une immense boîte à gâteau sur le comptoir.

— Satan en personne! Heureusement que la gourmandise est un péché véniel. Quand vas-tu arrêter de nous gâter? Je peux regarder à l'intérieur? Hum! C'est notre gâteau préféré, avoue Denise.

— Je commençais à perdre la main. Ça fait des mois que j'ai remisé mes recettes.

Les embrassades font remonter des larmes à ses yeux.

— Il était temps que tu reviennes. J'ai tellement de choses à vous raconter. Et toi, Lucille? Viens par ici, tu es magnifique! ajoute Madeleine.

— Nous allons manger sur la terrasse, à l'extérieur. J'ai pensé que le paysage serait témoin de nos confidences. Allez vous installer, j'apporte les hors-d'œuvre.

— As-tu besoin d'aide? propose Lucille.

— Oui! Débouche la bouteille de champagne, s'il te plaît.

— Wow! Tu sais que les bulles délient les langues. J'aime beaucoup ta nouvelle coiffure. C'est tout nouveau?

— Je dévoilerai tout en présence du conseil. Allez... ouste! J'ai hâte que notre réunion commence.

Denise apporte les canapés qu'elle avait elle-même confectionnés : biscottes nappées de fromage et de saumon fumé, choux farcis à la mousse de crabe, mini coquilles de foie gras, crudités avec trempette et trois flûtes de cristal. Un délice!

— Tu as fait tout ça toi-même? lui demande Madeleine. Un vrai chef!

— J'avoue que j'ai eu un peu d'aide. François a mis la main à la pâte.

Après avoir servi ses deux amies, Denise lève son verre à leurs re-trouvailles. Tout en dégustant les petites bouchées, la kyrielle des anecdotes se tisse comme un collier d'amitié où chaque perle prend son importance.

Pendant les premières minutes, elles parlent de tout et de rien. Sachant que la dynamique ne devait pas changer, Madeleine demande à Lucille :

–    Maintenant qu'on a fait le tour de nos cheveux, de nos tenues et de nos autres sujets cosmétiques, qui commence le feuilleton?

–    Je n'ai plus envie de jouer à la mère supérieure, moi. J'ai changé!

–    Tu s'ras jamais capable. Ça fait partie de ta personnalité, dit Madeleine.

–    Ce rôle ne me convient plus. Depuis ma rencontre avec Marc, j'ai constaté que pour mon bien-être, je devais, disons... évoluer.

–    Explique-toi! Je ne suis pas certaine de bien de comprendre, lui dit Denise.

–    J'ai envie de vous montrer qui est la véritable Lucille. C'est vrai que j'ai toujours eu du leadership, mais avec l'âge, j'aimerais qu'on me laisse faire comme tout le monde, c'est-à-dire suivre la parade. C'est une façon de conserver mon énergie.  Alors..., c'est à vous de décider qui commence.

Denise et Madeleine se regardent, étonnées par ce changement radical.

— D'accord! J'commence, dit Madeleine résignée. Vous avez dû remarquer que j'ai perdu du poids. C'est parce que j'suis le même régime que Paul. Depuis que j'ai appris qu'il souffrait de diabète, il file doux. Il suit les conseils du médecin à la lettre. J'lui ai ben dit que j'étais pas sa garde-malade. S'il se prend pas en mains, j' pourrais le laisser. J'pense qu'il a eu peur. J'lui ai pardonné ses mensonges. Vivre dans le ressentiment, c'est malsain. Le jour où j'ai décidé de rester avec lui, j'me suis dit qu'il fallait que j'aie une vie à moi. Imaginez! J'vais suivre des cours de peinture. Ça commence dans deux semaines. J'ai fait quelques dessins pour me faire la main. J'me trouve pas pire.

— C'est un beau hasard. J'aurais une belle place dans mon salon pour ta première toile, lui annonce Denise. Je l'achète. Ce sera un tel cadeau pour moi! Je sais que tu as du talent.

— Pis si c'est raté? J'suis pas certaine de vous la montrer. On verra si j'ose. Lucille, j'voulais attendre que Denise soit revenue pour te remercier. Si t'avais pas été là, j'aurais jamais rencontré Paul. J'aime ça vivre avec un homme. Avec lui, c'est pas le paradis, mais j'suis bien. Enfin, mieux que toute seule.

— Je n'y suis pour rien. Je crois que c'est le destin qui l'a mis sur ton chemin. La vie nous a fait à toutes les trois de belles surprises cette année.

— Disons que t'as un peu aidé le destin, hein la p'tite? Faut que t'apprennes à recevoir les compliments quand y passent!

— Madeleine a raison. C'est grâce à toi si la solitude ne fait plus partie de nos vies. Tu as eu le courage de te lancer dans une aventure qui nous a fait réfléchir. Grâce à ton audace, tu nous as permis de nous aider à nous prendre en mains. Moi aussi, je te remercie.

Lucille a les larmes aux yeux. Les aveux de ses deux amies touchent une corde sensible en elle. « Je suis contente si j'ai pu faire une différence dans leur vie, se dit-elle, car l'amitié a été pour moi aussi une bouée de sauvetage, faut en convenir! »

— À Denise maintenant. Ce soir, j'triche. J'prendrais bien un autre verre. Comme dirait Lucille, j'vais plusse parler. Pis tes canapés sont super. T'es un vrai cordon-bleu, conclut Madeleine avec son franc-parler habituel.

— Tu changeras peut-être d'avis après le souper. Bon! Je me jette à l'eau. Avec François, j'ai vécu un voyage de rêve. Après deux mois, notre amitié s'est changée en amour-tendresse. Je ne remplacerai jamais sa femme, il l'a bien compris, mais il me considère comme sa complice, son âme sœur pour le dernier tiers de sa vie. Il m'a appris à vivre le moment présent. Il a compris que j'avais vécu toute ma vie en fonction de ma dépendance affective. Il m'aide à m'en guérir. Philosophe, il regarde toujours l'intérieur des gens et non l'extérieur. À son contact, j'ai changé mes priorités.

— Tu veux dire, plus de p'tits pots de crème, adieu l'esthéticienne? s'étonne Madeleine.

— Je ne perds pas ma féminité pour autant, je n'entre pas au monastère, chez les bonnes sœurs, mais j'essaie de m'accepter telle que je suis. Comme le propose le dicton : je suis dans l'être au lieu du paraître. C'est un gros changement. Et il y a aussi..., ça, c'est plus délicat! Vous vous souvenez de mon secret?

– Si ma mémoire est fidèle, ça concernait les problèmes érectiles de François.

– Justement! En prenant le temps de mieux nous connaître, nous avons réussi à faire l'amour comme un couple normal. Il n'arrête pas de me remercier. Il se dit enfin guéri, que ses démons sont chose du passé. Mais on a aussi beaucoup discuté d'un autre point. Je me demande ce que vous allez en penser : nous avons pris la décision de ne pas cohabiter ensemble pour le moment.

– Tu veux dire que vous allez vivre chacun de votre côté? de s'exclamer Madeleine.

– Pour quelque temps, oui. Nous sommes conscients que le partage au quotidien ne nous convient pas. Il tient à son indé-pendance et je le comprends. Nous continuerons à nous courti-ser. Notre porte ne sera jamais fermée pour l'un ou pour l'autre. Qu'en penses-tu Lucille?

– Je trouve que vous avez beaucoup de maturité. La vie à deux, ce n'est pas toujours facile. J'en sais quelque chose. Marc et moi avons eu plusieurs différends : je n'aurais jamais pensé que l'argent serait une cause de discorde entre nous. Je dois appren-dre à accepter ce qu'il m'offre. Je voudrais lui rendre la pareille, mais financièrement c'est impossible. Je me suis torturée, les filles, comme c'est pas possible, comme si j'allais trahir mon vœu de pauvreté!

– Il est donc si riche que ça? demande Madeleine, la bouche entrouverte dans l'attente de la réponse.

– Disons qu'il est bien nanti. Les trois premiers mois, je me suis aperçue qu'il était contrôlant. Comme moi aussi j'aime bien « bosser », nous avons dû mettre notre orgueil de côté. Nous avons appris à dialoguer, mais surtout à ne pas garder pour soi nos irritants. J'essaie de l'écouter sans intervenir. Ce n'est pas toujours facile, mais j'y arrive. J'ai lu un livre qui m'a beaucoup aidée. On recommande de parler toujours avec le « je », de ne jamais accuser l'autre. Ces techniques devraient être apprises dès le secondaire. Il y aurait moins de séparation chez les jeunes couples d'aujourd'hui.

– Et avec tes filles? Comment ça se passe? L'ont-elles bien accepté? questionne Denise.

– Annie se rapproche tranquillement de lui. Son mari aussi commence à fraterniser. Mais pour ce qui concerne mes petits-fils, Marc est un véritable héros, un père Noël plutôt. On peut comprendre ça, vu leur âge. Il les gâte beaucoup trop d'ailleurs. Et Annie met les freins, selon ses valeurs maternelles. Nous respectons cela, évidemment.

– Et ta belle Cassandre, est-elle toujours fâchée de voir que tu as « remplacé » son père? Elle n'avait pas encore renoncé à l'illusion de vous voir réunis, dans le fond d'elle-même, commente Denise.

– Avant son départ, Cassandre m'a avoué que, selon elle, c'était exactement le genre d'homme dont j'avais besoin. Ce n'est pas encore le grand attachement, mais elle a apprécié son aide à titre de gardien de son condo, pendant son absence. J'ai même été étonnée puisqu'elle aurait pu demander ce service-là à son père. Elle le trouve responsable et beau bonhomme... C'est son expression! De plus, la propre fille de Marc étant homosexuelle, elle sait qu'il n'a pas de préjugés envers sa façon de conduire sa vie.

— Pis ses enfants à lui? interroge Madeleine.

— J'ai une belle relation avec son fils Félix. Je n'ai pas encore rencontré sa fille Jasmine. Les présentations se feront la semaine prochaine. Elle a accepté de me rencontrer pour faire plaisir à son père. J'imagine que le temps arrangera les choses. Mais si tout semble parfait, je vous arrête. Ma vie n'est pas si simple qu'il y paraît. J'ai un très, très gros problème sur les bras. Je n'en ai encore parlé à personne, avoue Lucille en prenant un air découragé. Quand on dit qu'un bonheur n'arrive jamais seul.

D'instinct, les deux meilleures amies de Lucille se dressent, comme pour la soutenir, la défendre contre un ennemi sans merci.

— Prends encore un peu de champagne et dis-nous ce qui te tourmente à ce point. Pas ta santé au moins? Je ne sais pas pourquoi, quand tu parles comme ça, je vois le fantôme du cancer rôder dans l'air, s'inquiète Denise.

— Non, je te rassure. Je suis en bonne santé, grâce à Dieu! C'est avec Marc que ça accroche. Sur un point qui me torture. Il faut que j'en parle sinon je vais devenir folle.

— Ben, voyons donc! Tu m'fais peur. Il a pas l'Alzheimer? de renchérir Madeleine.

— Rien de tel. C'est une manie qu'il a depuis toujours. Vous savez, ce genre d'homme qui ne peut pas se retenir.

— Un homme infidèle! C'est une vraie peste. Il court déjà la galipote? Pauvre fille… On sait ben, il peut tout se payer, avec de l'argent, se désole Madeleine.

– Pas vraiment ça, je te rassure. Il aime bien regarder les autres femmes, mais il est honnête. Je dirais que c'est plutôt le contraire de ça, mon gros problème.

– Est-ce un dépendant affectif? Un de ces hommes contrôlant et jaloux qui veut te mettre en cage. Avec les moyens qu'il a, la cage peut être dorée et confortable, mais te connaissant, tu risques d'étouffer. Est-il un manipulateur? demande Denise qui a tout lu sur le sujet, étant elle-même consciente des pièges de ces déformations.

– Non, il accepte bien que j'aie mes activités, que je voie mes amies. Quand je pense qu'il m'a piégée, je ne sais pas trop si je dois le détester ou l'aimer. Après tout, je suis une femme indépendante, peut-être même trop d'ailleurs, renchérit Lucille.

– Ben, dis-nous donc ce qu'il t'a fait. J'en peux pu, déclare Madeleine.

Lucille avale une dernière gorgée de son champagne puis elle ouvre enfin son cœur à ses amies, visiblement inquiètes pour elle.

– Ç'a commencé pendant notre voyage. Marc s'est mis à me poser toujours la même question. Puis il a commencé à mettre de la pression quand on a emménagé ensemble au condo, puis à la Saint-Valentin. Pour lui changer les idées, je l'ai quasiment enlevé de force pour aller passer un week-end de couple à Charlevoix. Mais je pense que c'est à ce moment-là que j'ai perdu le contrôle. Il est tellement entêté.

– J'ai deviné. Il est échangiste. Il veut que tu fasses des choses avec d'autres couples. C'est terrible ça? À ton âge! se désespère Madeleine.

– Non, il n'est pas pervers. Sa question concerne justement notre décision de s'inscrire sur le site de rencontres. Imaginez-vous qu'il a relevé tous les courriels qu'on s'est échangés, nos fiches du départ, et sa question c'est justement ça. Si j'avais su l'avenir, je ne sais pas si je referais la même bêtise!

– Quoi? Pour l'amour, dis-nous ce qu'il manigance. Paul va venir y casser la gueule, s'emporte Madeleine.

– Voyons donc, veut la calmer Denise, ce n'est pas une solution ça. Il faut plutôt parler du problème, trouver un terrain d'entente.

– Marc veut absolument... exige qu'on... J'ai beau essayer de le raisonner, il me demande sans cesse : veux-tu m'épouser? Il aimerait se marier le jour même de la date de notre premier anniversaire de notre rencontre sur internet. Il dit que ça va nous porter chance. Imaginez! Un vrai mariage. Je voulais absolument vous en parler avant!

– Ben j'rêve moi! Tu nous annonces quoi? Ton problème gros comme ça, c'est une demande en mariage. J'vas perdre connaissance! J'me sens pas bien du tout. Ça fait-tu ça, le champagne?

– La vraie question : je ne sais plus quoi dire.

Madeleine s'étouffe avec sa gorgée de champagne tandis que Denise reste figée avec la bouteille dans les mains.

– Dites quelque chose. Je ne vous ai pas annoncé que j'allais mourir. Je ne lui ai pas encore donné ma réponse. Je voulais vous en parler avant, ajoute Lucille, consciente du choc que sa demande vient de provoquer.

– Tu vas te remarier. À nos âges, c'est un gros risque, tu penses pas? ose avancer Madeleine. Moi, si Paul me l'demandait, je dirais non, c'est sûr. Mais toi?

– C'est un peu rapide non? De nos jours, hésite Denise c'est une grande décision qui nous lie pour le reste de nos jours. Je crois que je dirais non, moi aussi. Dis-nous franchement : as-tu accepté?

– Je vois bien que vous n'êtes pas d'accord. Vous pensez comme moi que je m'apprête à faire une folie? C'est ce que je lui ai répété cent fois. Mais finalement, j'ai dit oui. Qu'est-ce que ça va changer? Il partage déjà tout et il m'aime vraiment! J'ai posé une condition. Une seule, et ça vous concerne.

– Quoi? Nous tes amies? disent-elles d'une seule voix.

– Acceptez-vous d'être mes deux demoiselles d'honneur, vous deux ensembles? Je serais si heureuse que vous soyez mes premiers témoins. Ma nouvelle vie ne peut pas commencer si vous n'êtes pas à mes côtés, comprenez-vous?

Madeleine se lève d'un bond, comme mue par un ressort, pour embrasser son amie avec enthousiasme. Denise essaie tant bien que mal de retenir ses larmes. Mais devant les cris de joie de Lucille, elle explose littéralement de bonheur.

– Super! Bravo! Oui! Tu nous as bien fait marcher! Ton gros problème. On a la solution. T'as pas à t'inquiéter. On te consolera aussi s'il y a un divorce dans quelques années.

– Ça, c'est de l'amitié pure, les filles, du 14 carats au centre du cœur! ajoute Lucille en les prenant toutes les deux dans ses bras. Je réalise que notre attachement est ce qu'il y a de plus important dans ma vie, après ma famille. Je voudrais vous remercier d'avoir toujours été aussi fines et compréhensives avec moi.

– Quand je pense qu'on avait 9 ans, la première fois qu'on s'est vu. Ben je nous souhaite de rester amies jusqu'à 99 ans, pas moins! dit Madeleine en s'épongeant les joues.

– Nous nous sommes respectées dans nos différences, nous n'avons jamais mêlé notre vie de couple à notre amitié. Nous nous sommes soutenues dans les épreuves et nous sommes encore ensemble après tout ce temps, pour un autre beau chapitre de notre vie. C'est grâce à toi Lucille, si notre amitié a survécu. Je te remercie de faire partie de ma vie, tu as fait une différence, tout au long de mon parcours, ajoute Denise.

Cette fois-ci, Lucille ne peut retenir ses larmes.

– Est-ce que c'était prévu à ton menu de ce soir de me faire brailler?

– Prends ce qui te revient la p'tite. Moi, j'ai pas eu de sœurs, mais une chance que j'vous ai. Paul me dit souvent qu'il est jaloux de nous parce que lui, y n'a pas d'ami.

– François m'a dit la même chose. Pourquoi ne pas déroger à notre règle? Si pour une fois, on se rencontrait en couple. Qu'en dites-vous?

– Quelle excellente idée! Marc et moi pendons la crémaillère dans trois semaines. Vous recevrez de vraies invitations dans quelques jours. Et si je n'ai qu'un vœu à faire, ce serait : devinez quoi? Que nos amoureux deviennent eux aussi des amis!

- Adopté à l'unanimité! La réunion des PGB est levée.

- Si on allait manger maintenant! conclut Denise.

# FIN

# Remerciements

Un immense merci à Raymond qui partage ma vie depuis de nombreuses années. Ton respect, ta patience, ta compréhension et ton aide m'ont permis d'arriver à bon port.

Un merci tout particulier à Marie Brassard, ma « coach », mon ange gardien. Ta collaboration, ta maîtrise de l'écriture, ton expérience et ta générosité m'ont guidée au fil de ce projet avec sérénité et efficacité. Cette merveilleuse rencontre est et sera déterminante pour la suite des choses. Grâce à toi, je serai sûrement une meilleure écrivaine.

Merci également à Françoise, Lucie, Michèle et Mélanie qui ont eu la gentillesse de me lire et de me faire des commentaires pertinents.

Merci à une grande amie, qui par son vécu et son ouverture m'a aidée à comprendre et à analyser les hauts et les bas des rencontres sur Internet.

Ceci dit, ce roman est une œuvre de fiction. Toutes ressemblances avec l'un ou l'autre de mes personnages sont purement fictives.

# Vous avez aimé ce livre?

# PARLEZ-EN À VOS AMIS

## Découvrez aussi la conférencière!

Pour connaître les dates de conférences et autres activités prévues par l'auteure Renée Bonneville, rejoignez-là sur le site de l'éditeur
**www.editionsveritasquebec.com**
ou adressez-lui un message personnel par courriel
**reneebonneville12@hotmail.com**

Les éditions Véritas Québec sont membres de l'AQÉI, l'alliance québécoise des éditeurs indépendants.
Suivre le lien **www.editeurs-aqei.com**

Tous les titres sont distribués en librairie par Benjamin Livres, pour les versions imprimées, et par
De Marque-l'Entrepôt numérique pour la version e-book.

Pour rejoindre l'éditrice et coache en écriture
**Marie Brassard**
Composez le **450-687-3826** ( laissez votre message )

Marquis imprimeur inc.

Québec, Canada
2011

ACHEVÉ D'IMPRIMER
LE 23 SEPTEMBRE 2011